새벽의 열기

FEVER AT DAWN
by Péter Gárdos

새벽의 열기

가르도시 피테르 지음 · 이재형 옮김

무소의뿔

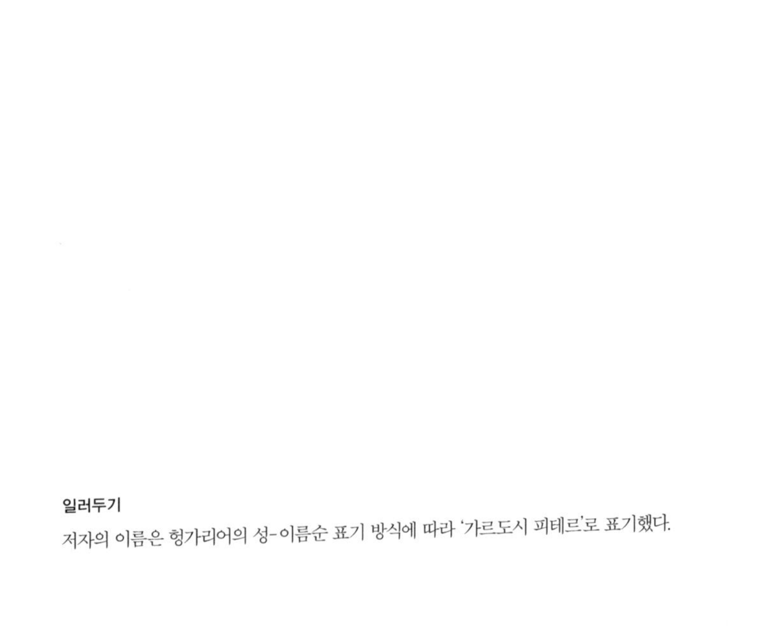

일러두기

저자의 이름은 헝가리어의 성-이름순 표기 방식에 따라 '가르도시 피테르'로 표기했다.

차례

1

느닷없이 비가 쏟아져 내리기 시작하던 어느 여름 날, 미클로스는 스웨덴에 도착했다.

전쟁이 끝난 지 겨우 3주밖에 지나지 않았다. 그의 나이 25세였다.

북풍이 세차게 불고 있었다. 스톡홀름행 선박이 높이 2, 3미터에 달하는 발트 해의 높은 파도 속에서 앞뒤로 심하게 흔들렸다. 우리의 미클로스가 몸을 뉘일 침대는 3등 선실 1층으로 배정되었다. 밀짚을 넣은 부대에 기댄 피난민들은 배가 무시무시하게 흔들리자 물에 빠진 사람이 지푸라기라도 잡는 심정으로 침대에 꼭 매달린 채 마치 경련이라도 하듯 온몸을 바들바들 떨었다.

배가 출항하고 나서 한 시간도 채 지나지 않아 미클로스의 몸 상태는 갑작스레 나빠졌다. 처음에는 피가 섞인 가래가 기침과 함께 뿜어져 나왔다. 그러더니 이젠 선체 옆구리에 부딪치는 파도소리도 집어삼킬 듯이 가래 끓는 신음을 토해내기 시작했다. 미클로스는 상태가 워낙 심각해 바깥바람이 드는 승강구 바로 옆 맨 앞줄에 자리를 잡고 있었다. 선원 둘이 뼈만 남아 앙상한 그의 몸뚱이를 들어 올리더니 옆 선실로 옮겼다.

의사는 망설이지 않았다. 진통제를 놓고 어쩌고 할 시간이 없었다. 그는 굵은 주사바늘을 미클로스의 가슴, 갈비뼈 사이에 꽂았다. 천만다행으로 바늘은 제자리에 도달했다. 그의 폐에서 늑막액 반 리터가 빠져나가는 동안 흡인기가 도착했다. 의사가 주사기를 작은 플라스틱 관으로 바꾼 다음 종처럼 생긴 흡인기로 1.5리터 가량의 분비물을 재빨리 빨아들였다.

미클로스의 몸 상태는 한결 나아졌다.

다행히 미클로스가 위급한 상황을 벗어났다는 얘기를 전해 들은 선장은 이 중환자에게 특별한 호의를 베풀었다. 두터운 담요로 몸을 감싸 갑판에 앉힌 것이었다. 화강암처럼 회색을 띤 바닷물 위에 먹구름이 한 점 두 점 쌓여갔다. 깨끗한 유니폼을 입고 허리를 꽉 졸라맨 선장이 미클로스가 몸을 누인 긴 의자를 향해 다가갔다.

"독일어 할 줄 알아요?"

미클로스가 고개를 끄덕였다.

"이렇게 무사히 살아 돌아온 걸 축하해요."

상황이 더 나았다면 대화를 즐겁게 이어갈 수도 있었을 것이다. 하지만 미클로스는 기껏해야 선장에게 호의 정도나 표할 수 있을 뿐, 한가하게 세상 돌아가는 얘기를 나눌 만한 상태가 아니었다.

"그러게요. 제가 이렇게 살아 있군요."

선장이 그의 모습을 찬찬히 살펴보았다. 두개골에 가죽을 씌워놓은 듯 비쩍 마른 잿빛 얼굴. 안경알 때문에 더 커 보이는 눈동자, 거기다 입은 크게 벌리고 있어 검은 구멍처럼 보였다. 그 당시 나의 아버지 미클로스에게는 이가 거의 남아 있지 않았다. 정확히 무슨 일이 있었는지, 나는 모른다. 갓도 없이 전구만 하나 달랑 매달려 있는 지하방공호를 떠올려본다. 전구가 이리저리 흔들리며 어지럽게 그림자를 드리우는 방을. 어쩌면 그곳에서 세 명의 건장한 망나니들이 피골이 상접한 그를 인정사정없이 두들겨 패서 묵사발로 만들어놓았는지 모른다. 아니면, 그중에 한 흉악범이 다리미를 움켜잡고는 너무 말라서 가슴이 깔때기 마냥 움푹 들어간 미클로스를, 그의 얼굴을 서너 차례 무자비하게 후려쳤는지도 모른다. 거의 모든 치아는 공식적으로 1944년 헝가리의 마르기트 거리에 있는 감옥에서 깨진 것으로 알려져 있다.

그 모든 일을 겪고도 지금 그는 살아남아 숨을 쉬고 있다. 비록 숨을 쉴 때마다 휘파람 소리가 나긴 했지만 그의 허파는 짭짤하고 신선한 바다 공기를 열심히 들이마시고 있었다.

선장이 망원경에 눈을 갖다 대고 육지를 살펴보았다.

"말뫼에 5분간 기항하겠습니다."

사실 그건 미클로스와는 상관없는 일이었다. 강제수용소에서 살아남은 224명의 생존자가 뤼벡을 떠나 스톡홀름으로 가는 중이었다. 승선자 중 몇몇은 살아남는 일 말고는 바랄 것이 없었다. 삶이 고된 이 사람들의 입장에서 보면, 말뫼에 5분간 기항한다고 해서 달라질 건 아무것도 없었다. 그러나 선장은 마치 상관에게 보고라도 하는 양 말을 이어나갔다.

"원래 말뫼에 기항할 계획은 없었는데, 저희도 무전으로 연락을 받았습니다."

뱃고동이 울렸다. 말뫼 항의 부두가 파도의 물보라 너머로 뚜렷이 그 모습을 드러냈다. 갈매기들이 미클로스의 머리 위를 맴돌고 있었다.

배가 부두 끄트머리에 접근했다. 선원 두 명이 뭍에 내리더니 항구 쪽으로 달려갔다. 그들의 손에는 커다란 빈 바구니가 들려 있었는데, 우리 미클로스의 기억 속에서 그건 여자 세탁부들이 널어야 할 빨래를 고미 다락방으로 올릴 때 사용하던 손잡이 달린 커다란 바구니였다.

방책이 쳐져 있어서 부두로는 접근할 수 없었다. 자전거를 타고 온 여인들이 그 뒤쪽에서 기다리고 있었다. 쉰 명가량 되어 보였는데, 소리 내는 이 하나 없이 꼼짝하지 않았다. 그중 많은 수가 머리에 검은색 숄을 둘렀다. 두 손은 자전거 핸들을 꼭 움켜쥐고서. 꼭 까마귀들이 나뭇가지 위에 올라앉아 있는 것처럼.

선원 두 명이 방책에 도착했다. 미클로스는 작은 꾸러미들이 자전거 핸들에 매달려 있는 것을 눈여겨보았다. 선장이 그의 어깨에 손을 얹었다.

"이게 다 미친 것임에 분명한 어떤 랍비가 시작한 일입니다. 그가 조간신문에 광고를 냈지요. 당신들이 배를 타고 올 거라고 말입니다. 그리고 우리가 말뫼 항에 기항해도 좋다는 허가를 받아냈지요."

여인들은 가져온 꾸러미를 순식간에 손잡이 달린 바구니 속에 집어넣었다. 멀찌감치 서 있던 한 여인은 핸들을 놓치는 바람에 자전거가 쓰러졌다. 미클로스는 부두에 깔린 현무암에 금속이 부딪치는 소리를 들었다고 하는데, 그렇게 먼 거리에서 이 소리를 듣는다는 건 도무지 가능해 보이지 않는다. 하지만 나중에 그는 이날을 기억할 때마다 자전거가 바닥에 넘어져 소리가 났다는 얘기를 절대 빼먹지 않았다.

선원들은 여인들이 주는 꾸러미를 다 모으고 돌아서더니 배를 향해 뛰었다. 이 장면은 미클로스의 뇌리 속에 사진처럼 오래도록 잔상으로 남았다. 기이한 느낌이 들 정도로 인적이 뚝 끊긴 부두, 바구니를 끌고 가는 선원들, 그리고 그 뒤로, 끌고 온 자전거의 핸들에 손을 올려놓은 채 미동조차 하지 않는 여인들의 오묘한 모습.

작은 꾸러미 안에는 얼굴 한 번 본 적이 없는 스웨덴 여인들이 자기 나라에 온 박해받은 자들을 위해 만들어온 과자가 들어 있었다. 미클로스는 밀가루를 반죽해서 만든 이 달고 부드러운 과자를 치아가 거의 남아 있지 않은 입속에 집어넣었다. 바닐라와 라즈베리 향이 났다.

"스웨덴은 당신을 환영합니다."

이런 비슷한 말을 몇 마디 중얼거리던 선장은 선원들에게 지시를 내리러 가려고 돌아섰다. 배는 이미 뭍에서 멀어지고 있었다.

미클로스는 과자를 씹어 먹었다. 복엽기 한 대가 경의를 표하기 위해 하늘의 구름 사이에서 두 바퀴를 돌았다. 미클로스는 자기가 정말 살아 있음을 조금씩 느끼기 시작했다.

1945년 7월 7일, 고틀란드 섬의 작은 마을 라르브로에 있는 병원의 6인용 병실. 미클로스는 베개로 등을 받치고 편지를 쓰고 있었다. 창문을 통해 황금빛 햇살이 쏟아져 들어오고 있었다. 여자 간호사들은 흰색 간호모를 쓰고 풀을 먹인 간호복을 입고 있었는데, 치마로 병실 바닥을 쓸다시피 하며 침대 사이를 왔다 갔다 했다.

미클로스는 글씨를 정말 예쁘게 잘 썼다. 아름다운 글씨, 우아한 세로획. 단어들 사이에는 다시 숨을 쉬는 데 필요한 만큼 여백이 머물렀다. 편지를 다 쓰면 그는 봉투를 찾아내서 집어넣은 다음 봉인하고, 머리맡 테이블 위에 놓인 물병에 기대놓았다. 두 시간 뒤면 카트린이라는 간호사가 다른 환자들의 우편물과 함께 미클로스의 편지를 부칠 것이다.

미클로스는 처음에만 해도 침대에서 잘 일어나지 못했으나, 열하루가 지나고 나서부터는 라르브로 병원 복도에 나가 앉을 만큼 호전되었다. 어느 날, 그는 편지를 받았다. 매일 아침 우편배달부가 사람들에게 편지를 나눠줬는데, 그날은 우리의 미클로스에게도 편지가 배달된 것이다. 스웨덴 난민 등록 사무소에서 온 그 편지에는 117명에 달하는 여성들의 이름과 주소가 기록되어 있었다. 미클로스는 스웨덴의 여러 지역에 흩어져 있는 병원 막사에서 의사와 간호사들의 도움을 받아 건강을 되찾으려 애쓰고 있는 여성들의 정보를 손에 넣은 것이다. 그는 얇은 공책 한 권을 구해서 인적사항을 일일이 옮겨 적었다.

그 비극적인 통지를 받고 나서 이틀인가 사흘 뒤에 일어난 일이었다.

미클로스는 엑스레이에 가슴을 꼭 갖다 붙인 채 움직이지 않으려고 애썼다. 옆방에서는 린드홀름 의사가 검사에 필요한 자세를 큰 소리로 외쳤다. 키가 2미터나 되는 이 의사는 헝가리어를 희한하게 구사했다. 장모음과 단모음을 구분하지 않고 마치 가죽 공에 바람을 불어넣듯이 모두 뭉뚱그려 발음하는 것이었다. 의사는 12년 전부터 라르브로 병원을 운영해오고 있었으며, 그가 서투르게나마 헝가리어를 할 줄 알게 된 건 순전히 그의 아내 덕분이었다. 놀라울 정도로 키가 너무 작은(미클로스 말에 따르면, 아무리 커도 1미터 40센티미터) 그의 아내 마르타 역시 라르브로에서 간호사로 일하고 있었다.

"숨을 꾹 참고 몸을 움직이지 말게!"

찰카닥 소리에 이어 웅웅거리는 소리가 들렸다. 엑스레이 촬영이 끝난 것이다. 미클로스는 드디어 힘을 풀고 어깨를 펼 수 있게 되었다.

린드홀름이 그에게 다가왔다. 이 의사는 연민으로 가득 찬 눈길이 미클로스의 눈길과 마주치지 않게 애썼다. 미클로스는 웃통을 벗고 있어서 가슴이 움푹 들어간 게 훤히 보이는데도 다시는 옷을 입고 싶어 하지 않는 사람처럼 엑스레이 옆에 서서 꾸물거리고 있었다. 병 밑바닥만큼이나 두꺼운 그의 안경알에 살짝 김이 어려 있었다.

"자네는 직업이 뭔가, 미클로스?"

"저널리스트였습니다. 시인이기도 했고요."

"오! 오! 영혼의 기술자(스탈린의 표현)였군! 멋진 직업이지."

미클로스가 한쪽 발을 다른 쪽 발 위에 올려놓고 몸을 옴짝거렸다. 웃통을 벗고 있던 탓에 한기가 느껴졌던 것이다.

"왜 그러고 서 있나? 옷을 입게."

미클로스는 느릿느릿 한쪽 구석으로 가서 실내복 상의를 다시 입으며 물었다.

"무슨 문제가 있나요?"

린드홀름은 여전히 그에게서 시선을 돌린 채 자신의 진료실 쪽으로 향하면서 그에게 따라오라고 손짓했다. 린드홀름이 중얼거렸다.

"그래. 문제가 있네."

에릭 린드홀름의 진찰실은 정원 쪽에 면해 있었다. 그 푸근한 한여름 밤에 고틀란드 섬의 풍경은 도무지 말도 안 되는 방향에서 이 지방 전역을 비추는 구릿빛 햇살 속에 펼쳐져 있었다. 가구에서 드러나는 짙은 갈색은 이곳이 내밀하고 안전하다는 느낌을 풍겼다.

미클로스는 이제 실내복 차림을 하고 가죽 소파에 자리 잡았다. 사무용 책상 건너편에 고급스런 조끼를 입고 그를 마주 보고 앉아 있는 린드홀름은 긴장된 표정이었다. 그는 걱정스런 얼굴로 엑스레이 필름들을 뒤적였다. 그는 쓸데없이 유리로 된 바다색 탁상 전등을 켰다.

"몸무게가 어떻게 되지, 미클로스?"

"47킬로그램입니다."

"으음… 꼭 롤러코스터를 타는 것 같군."

집중적으로 치료를 받은 덕분에 겨우 몇 주 만에 29킬로그램에서 47킬로그램으로 늘어난 미클로스의 몸무게를 빗댄 말이었다. 미클로스는 실내복 상의 단추를 끌렀다가 다시 채우기를 반복했다. 옷이 어찌나 큰지 그의 몸이 꼭 그 안에서 헤엄쳐 다니는 것 같았다.

"오늘 새벽에 몸에 열이 있었나?"

"체온이 38.2도였습니다. 새벽이면 어김없이 열이 납니다"

린드홀름은 엑스레이 필름들을 책상 위에 집어던졌다.

"단도직입적으로 얘기하겠네. 그러는 게 좋겠지? 이제 자네도 현실을 직시할 수 있을 만큼 강해졌으니까 말이야."

미클로스가 미소 지었다. 그의 치아는 대부분 값이 매우 저렴하고 잘 부식되지 않으며 너절하게 생긴 비플라라는 의학용 금속으로 되어 있었다. 그가 라르브로에 도착한 다음 날, 치과 의사 한 사람이 찾아와 그의 턱뼈 모형을 뜨는 등 필요한 조처를 취했다. 의사는 미클로스가 모양은 좀 투박하지만 실용적인 임시 틀니를 받게 될 것이라고 알려주었다. 그러고 나서 이 값싼 금속을 단숨에 미클로스 입속에 박아 넣었다. 미클로스의 미소는 전혀 편안해 보이지 않았지만, 린드홀름은 그에 아랑곳하지 않고 그를 쳐다보았다.

"객관적인 입장을 취하겠네. 그게 더 쉬우니까. 자네가 살 수 있는 시간은 이제 6개월밖에 안 남았다네, 미클로스."

미클로스가 몸을 일으키더니 책상 위로 허리를 숙였다. 린드홀름의 가느다란 손가락이 비스듬히 놓인 엑스레이 사진을 여기저기 짚어보였다.

"자, 여기, 여기, 그리고 여기… 봤지, 미클로스? 이건 그냥 티푸스균의 후유증에 불과하네. 그리고 이 점들 보이지? 이게 결핵균이라네. 이 점들이 앞으로도 계속해서 퍼져 나갈 걸세. 그리고 불행하게도 원상태로는 회복될 수가 없어. 이런 말을 해야 한다는 게, 참 괴로운 일이지만… 속된 말로, 결핵균이 지금 자네 폐를 게걸스럽게 먹어치우고 있는 중일세. '폐를 게걸스럽게 먹어치운다'라는 헝가리어가 이게 맞나?"

두 사람은 엑스레이 사진을 뚫어지게 들여다보았다.

체력이 거의 소진된 미클로스는 잠시 책상에 몸을 기대었다. 그는 맞다, 라고 대답함으로써 의사가 헝가리어의 비밀을 완벽하게 이해하고 있다는 사실을 인정했다. '게걸스럽게 먹어치운다'라는 단어야말로 의학기술 용어를 사용하지 않고도 그다지 멀지 않은 미래에 무슨 일이 일어날지 느끼게 할 만큼 정확한 단어였다.

미클로스의 아버지는 전쟁이 일어나기 전에 데브레센(헝가리 제2의 도시)에서 서점을 했다. 서점은 시내 한가운데에 있는, 큰 광장에서 어른 걸음으로 몇 분 걸리지 않는 주교관 건물의 아치형 회랑에 자리 잡고 있었다. 주교관은 흔히 감브리누스관館이라고 불렸고, 서점도 감브리누스 서점이라고 불렸다. 서점에는 좁고 천장이 높은 방이 세 개 있었다. 여기서는 사무용품도 팔았고, 책을 빌려주기도 했다. 사춘기 때 미클로스는 이 서점 안에서 높은 나무 사다리 맨 위에 쪼그리고 앉은 채 전 세계의 문학작품을 읽었다. 그래서 린드홀름의 시적인 표현을 높이 평가한 것이었다.

의사가 미클로스의 눈을 깊숙이 들여다보았다.

“우리가 지금까지 도달한 의학의 수준으로 볼 때 난 자네가 가망이 없다고 말할 수밖에 없네. 호전될 때도 있겠지만… 그랬다가 다시 나빠질 걸세… 어쨌든 난 늘 자네 곁에 있을 거야. 자네에게 거짓을 말할 수도 있겠지만, 그러고 싶진 않아. 6개월일세. 아무리 길어도 7개월은 넘기지 못할 거야. 이런 말하는 거 잔인하다고 생각할지 모르지만, 사실은 사실이니까.”

미클로스는 옷매무새를 정리하며 여전히 웃고 있었다. 그는 넓은 소파에 몸을 파묻고 차분하게 몸을 뒤로 젖혔다. 의사는 과연 그가 자기 말을 제대로 알아듣긴 한 걸까 의문스러웠다.

사실 그때 미클로스는 자기 목숨보다 더 중요한 의문에 사로잡혀 있었다.

2

이렇게 비극적인 얘기를 나누고 보름 뒤에 미클로스에게는 짧은 시간이나마 병원의 아름다운 정원을 산책해도 좋다는 허락이 떨어졌다. 그는 위풍당당한 나무 한 그루가 풍성한 잎사귀로 그늘을 드리우는 벤치에 앉았다.

그가 고개를 들어 하늘을 올려다보는 일은 거의 없었다. 꼭 인쇄라도 한 듯 빼어난 글씨체로 정성 들여 편지를 한 통 한 통 써내려갈 뿐이었다. 그는 마르틴 안데르센 넥쇠(Martin Andersen Nexø, 1869~1954. 덴마크 최초의 사회주의 문학가로 덴마크와 유럽 전역의 사회적 각성에 큰 역할을 했다. 대표작 『정복자 펠레』가 있다)가 쓴 소설의 빳빳한 스웨덴어 번역판 표지를 책받침 대신 사용했다. 미클로스는 이 작가의 정치적 관점과 그의 소설에 등장하는 몇몇 노동자들이 가진 고요하면서도 거침없는 용기에 감탄했다. 어쩌면 이 위대한 덴마크 작가 역시 결핵에 걸렸다가 나았다는 생각이 그의 머릿속에서 감돌고 있었는지도 모른다.

미클로스는 빠른 속도로 편지를 썼다. 편지를 다 쓰면 바람에 날려가지 않도록 그 위에 돌을 올려놓았다.

그다음 날, 그는 진찰실 문을 두드렸다. 그는 린드홀름이 자신의 진실함에 매혹되어 감정을 누그러뜨릴 것이라고 생각했다. 미클로스는 의사의 도움이 간절했다.

린드홀름은 언제나 이 시간에는 가죽 소파에 앉아 환자들과 얘기를 나누곤 했다. 이날도 그랬다. 소파 쪽에는 의사 가운을 입은 그가, 반대쪽에는 환자복을 입은 미클로스가 있었다.

린드홀름은 어안이 벙벙해서 봉투들을 넘기고 또 넘겼다.

"일반적으로 우리는 누구랑 왜 편지를 주고받는지 환자들에게 물어보지 않는다네. 지금은 그렇게 호기심이 이는 것도 아니고…."

"알겠습니다. 하지만 의사 선생님이 알고 계셨으면 해서요."

"미클로스, 편지봉투가 모두 117개라고 그랬나? 자네, 정말 많은 사람들이랑 편지를 주고받는군. 축하하네."

린드홀름은 편지다발의 무게가 얼마나 되는지 어림해보려는 듯 두 팔을 들어올렸다.

"편지봉투에 우표를 붙이라고 간호사에게 곧바로 얘기하겠네. 앞으로도 금전적으로 무슨 문제가 있으면 안심하고 내게 얘기하게나."

미클로스는 태연스럽게 다리를 꼬았다. 다리가 너무 비쩍 마른 탓에 실내복 바지가 마치 담요 같았다. 그가 미소 지었다.

"전부 여자들입니다."

린드홀름이 눈썹을 치켜올렸다.

"아, 그런가?"

"더 정확히 말하자면 젊은 여성에게만 편지를 썼습니다. 전부 헝가리 여성들입니다. 다들 데브레센과 그 주변에서 온 여성들이죠. 저도 거기 출신이고요."

의사도 그의 말에 맞장구를 쳤다.

"알겠네."

하지만 린드홀름은 이해하지 못했다. 미클로스가 왜 수많은 여성들에게 편지를 보내는 이런 비정상적인 행동을 하는 것인지 전혀 감을 잡지 못했음에도 불구하고 그의 말을 알아들은 척했다. 왜냐하면 그가 지금 얘기를 나누고 있는 사람은 시한부 인생을 선고받은 환자였기 때문이다.

미클로스는 안도의 한숨을 내쉬며 말을 이어나갔다.

"보름 전에 저는 스웨덴 전역에 분산되어 있는 여성들 중에 데브레센 쪽 출신이면서 여전히 치료를 받고 있는 사람이 누구인지 알아내려고 애썼습니다. 서른 살이 안 된 사람 중에 말입니다."

"병원 막사에서 말인가? 저런, 세상에!"

이 두 사람은 이 나라에 라르브로 재활센터 말고도 재활센터가 수천 개나 운영되고 있다는 사실을 알고 있었다.

미클로스가 몸을 일으켰다. 그는 자신이 세운 작전이 몹시 자랑스럽게 느껴졌다.

"제가 방금 말씀드린 조건에 맞는 여성들은 무척 많아요. 자, 여기 명단이 있습니다."

실내복 상의 호주머니에서 명단을 꺼낸 미클로스는 얼굴을 붉히며 의사에게 내밀었다. 그는 열심히 준비했다. 이름마다 옆에 십자가나 화살 혹은 삼각형으로 표시가 되어 있었다.

"오, 오! 자네는 지인들을 찾고 있군. 알겠네, 알겠어."

그러자 미클로스는 눈을 깜박이고 미소를 지으며 말했다.

"그게 아니고, 전 신붓감을 찾는 겁니다. 결혼을 하고 싶습니다."

결국 미클로스는 그 말을 입 밖에 내고야 말았다. 그는 몸을 뒤로 젖히고 자기가 한 말의 효과가 나타나기를 기다렸다.

린드홀름이 이마를 찌푸렸다.

"미클로스, 내가 지난번에 내 생각을 분명하게 표현하지 않은 것 같군."

"아닙니다, 안 그래요, 의사 선생님."

"내가 헝가리어를 잘 몰라서 이런 문제가 생긴 거 같네만. 자, 6개월일세. 자네가 살날은 이제 6개월밖에 남아 있지 않아. 미클로스, 자네도 알겠지만 의사로서 이런 얘기를 해야 된다는 것처럼 힘든 일은 없네."

"무슨 말씀을 하시려는지 잘 알겠습니다, 의사 선생님."

이 말에 대답하기란 쉬운 일이 아니었다. 두 사람은 각자 소파 한쪽 모퉁이에 앉아 침묵을 지켰다.

그들은 잔뜩 긴장하여 점점 더 커지는 불안감에 시달리며 5분쯤 더 그러고 있었다. 린드홀름은 시한부 인생을 선고받은 사람에게 훈계를 하는 게 과연 자신의 의무일까, 그가 자신이 맞게 될 위험을 제대로 깨닫도록 하는 게 과연 자기가 해야 하는 일이 맞는가, 생각하며 미클로스의 계획에 찬성할지 반대할지 고민하고 있었다. 한편 미클로스는 린드홀름처럼 경험 많은 과학자에게 낙관적인 세계관을 받아들이도록 설득할 만한 가치가 있을까, 생각했다.

서로 다른 생각에 빠졌던 두 사람은 상대방을 그냥 내버려두기로 했다.

오후가 되자 미클로스는 의사가 권유하는 대로 다시 침대에 누워 베개에 등을 기댔다. 낮잠 자는 시간인 4시경이니 다른 환자들은 다 병동에 있을 것이다. 대부분은 잠이 들었고, 카드놀이를 하는 사람도 몇 있었다. 해리는 바이올린을 집어 들고 낭만적인 소나타의 피날레 중에서 가장 어려운 구절을 짜증이 날 정도로 집요하게 연주하고 또 연주했다.

미클로스는 117개의 봉투에 우표를 붙였다. 우표에 침을 묻혀 붙이고, 다시 침을 묻혀 붙이다 보니 마치 그 바이올린 소리가 지금 자기가 하고 있는 일에 맞춰 반주를 해주는 것 같은 느낌이 들었다. 이따금 입이 마를 때마다 그는 머리맡 테이블에 놓인 유리잔을 들어 물을 한 모금씩 마시곤 했다.

묵지墨紙를 이용해 이 117통의 편지를 복사하는 방법도 있었다. 오직 한 가지, 받는 사람의 이름만 서로 다를 뿐, 그 나머지는 다 똑같았던 것이다.

미클로스는 단 한 번이라도 상상해본 적이 있을까? 이 편지의 수신자들이 봉투를 열고 편지를 꺼냈을 때 그녀들이 어떤 느낌을 받게 될지…. 편지를 꺼내어 그의 단정하고, 휘몰아치는 듯한 필체를 읽어 내려가며 그녀들은 무슨 생각을 했을까?

오, 그 여인들! 병원 침대 가장자리와 정원 벤치, 소독약 냄새가 풍기는 복도 후미진 곳, 두꺼운 유리가 끼워진 창문 앞에 쭈그리고 앉은 그 여인들, 중간 중간 단段이 하나씩 허물어진 계단과 우람한 보리수나무 앞, 아주 작은 연못가에서 걸음을 멈추는 그 여인들! 냉기가 느껴지는 누르스름한 도기 타일에 몸을 기대고 있는 그 여인들! 미클로스는 상상했을까? 잠옷이나 재활센터의 희끄무레한 유니폼을 입은 그들이 편지봉투를 뜯고 편지를 꺼내 읽는 모습을. 처음에는 불안한 마음으로, 그러다가 점점 더 빨리 뛰는 심장을 느끼고는 미소 지으며, 혹은 그냥 무척이나 놀라워하며 편지를 읽고 또 읽는 모습을.

친애하는 노라, 친애하는 에르즈세베트, 친애하는 릴리, 친애하는 쥬쟈, 친애하는 사라, 친애하는 스즈레나, 친애하는 아그네스, 친애하는 기자, 친애하는 바바, 친애하는 카탈린, 친애하는 주디트, 친애하는 가브리엘라….

만일 당신이 헝가리어를 한다면 느닷없이 낯선 사람들이 다가와 자기도 헝가리 사람이라며 당신에게 말을 거는 것에 익숙해져 있을 겁니다. 우리는 조금씩 예의가 없어져가는 것 같습니다.

예를 들면 저도 우리가 같은 나라 사람이라는 핑계로 당신에게 허물없이 말을 겁니다. 당신이 데브레센에 살 때 저를 알고 있었는지, 그건 잘 모르겠습니다. 저는 대독협력강제노동국에 끌려 가기 전에 「독립신문Független Újságnál」에서 일을 했고, 저희 아버지는 주교관 내에서 서점을 하셨습니다.

당신의 이름과 나이를 보니 저는 당신이 누군지 알 것도 같습니다. 혹시 감브리누스에 살지 않았나요?

연필로 편지를 써서 죄송합니다. 의사의 처방에 따라 이제 저는 다시 며칠 동안 침대를 지켜야 합니다.

117통의 편지를 받게 될 여성들 중 한 명의 이름은 릴리였다. 그녀는 열여덟 살 때 스몰란스스테나르 재활센터에 몸을 의탁하고 있었다.

그녀는 8월에 편지를 배달받았다. 릴리는 봉투를 뜯어 편지를 꼼꼼하게 읽어 내려갔다. 그리고 멀고 먼 라르브로라는 곳에서 아름다운 필체를 담은 편지를 보내온 남자가 자기를 다른 여자랑 혼동한 게 틀림없다고 생각하며 이 모든 걸 금방 잊었다.

그 당시 그녀의 생활은 잔뜩 들뜨고 흥분한 상태가 이어지고 있었다. 사라 스테른과 주디트 골드라는 친구를 새로 사귀고, 며칠 전에는 끝도 없이 지루한 데다가 매일같이 되풀이되는 이 따분하고 지겨운 요양 생활에 종지부를 찍기로 결심했다. 주디트 골드는 얼굴이 말상이었고, 입은 작아 엄격해 보였으며 얇은 입술 위에 갈색 잔털이 한 가닥 나 있었다. 반면 사라는 호리호리한 체격에 좁은 어깨, 예쁜 다리의 소유자였다.

이 세 친구는 재활센터의 문화관 무대에서 꼭 한 번 헝가리식으로 공연을 해보고 싶어 했다.

세 사람 모두 음악을 공부했다. 릴리는 8년간 피아노를 공부했고, 사라 스테른은 어느 합창단에서 노래를 했으며, 주디트 골드는 전쟁이 일어나기 전에 무용을 배웠다. 에리카 프리드만과 지타 플라네르라는 젊은 여성 두 명이 순수하게 호감을 느끼고 그들과 합류했다. 그들은 의사 사무실에 있는 타자기를 이용, 30분가량의 스케줄 표를 타자로 쳐서 세 군데에 붙여놓았다. 음악 애호가들은 삐걱이는 나무의자에 자리 잡았다. 대부분은 재활센터의 환자들이었지만, 작은 도시인 스몰란스스테나르에서 온 호기심 많은 사람들도 있었다. 음악회는 큰 성공을 거두었다. 마지막 순서로 격렬한 헝가리 무곡이 끝나자 일제히 일어나서 오랫동안 박수갈채를 보냈고, 이 다섯 명의 젊은 아가씨들은 얼굴을 붉혔다. 그러고 나서 그들이 무대 뒤로 뛰어 들어갔을 때 릴리는 갑작스럽게 골반에 격렬한 통증을 느꼈다. 그녀는 푹 고꾸라져 두 손으로 배를 누르더니 들릴 듯 말 듯 신음했다. 그녀가 바닥에 드러누웠다. 이마가 땀으로 흥건했다.

가장 친한 친구인 사라가 그녀 옆에 쭈그리고 앉았다.

"릴리, 무슨 일이야?"

"너무 아파."

릴리는 의식을 잃었다. 그녀는 자기가 어떻게 구급차에 실리게 되었는지는 하나도 기억나지 않았다. 그저 사라의 희끄무레한 얼굴이 자신을 살펴보고 있었다는 것, 사라가 자신에게 뭐라고 소리를 질렀다는 것, 그렇지만 자신의 귀에는 아무 소리도 들려오지 않았다는 것만 생각날 뿐이었다.

나중에 그녀는, 만일 자기가 느닷없이 콩팥에 통증을 느끼지 않았더라면, 그 커다란 흰색 고물 구급차가 자신을 엑셰 군병원으로 싣고 가지 않았더라면, 주디트 골드가 처음 면회를 올 때 칫솔과 일기장 말고 라르브로의 그 남자가 보낸 편지를 가져오지 않았더라면, 그리고 그때 주디트가 이 멋진 젊은 남자에게 최소한 동정심에서라도, 다만 몇 문장이나마 답장을 하도록 자신을 설득하지 않았더라면 결코 미클로스를 알게 되지 못했을 것이라고 생각하며 가끔 미소짓게 될 것이다.

이렇게 해서 병원에서 보내는 그 지겨운 밤에, 스산함이 감도는 승강기 문 삐걱거리는 소리와 정신이 둔해질 듯한 복도의 웅성거림이 더 이상 들려오지 않자 릴리 라이히는 종이 한 장을 집어든 다음 잠시 생각에 잠겼다. 이윽고 그녀는 침대 위에 고정된 전구의 희미하고 흐릿한 불빛 아래서 편지를 쓰기 시작했다.

친애하는 미클로스!
어쩌면 저는 당신이 생각하는 여성을 닮지 않았을지도 모르겠어요. 왜냐하면 전 데브레센에서 태어나긴 했지만 한 살 때부터는 부다페스트에서 컸거든요. 그렇긴 하지만 전 당신을 자주 생각했답니다. 당신이 쓴 편지의 직설적인 어조가 마음에 들어요. 그래서 앞으로도 당신과 계속해서 편지를 주고받기로 결심했답니다.

이건 절반만 사실이었다. 다시 병명을 알 수 없는 병에 걸리는 바람에 침대에서 꼼짝할 수 없게 되자 그녀는 두려움을 벗어나고자, 아니면 살고 싶은 마음에 지푸라기라도 잡는 심정으로, 지루함을 떨쳐버리는 한 방편으로 꿈을 꾸기 시작했던 것이다.

저에 관해서 딱 한마디만 하겠어요. 전 잘 다려진 바지나 정성들여 빗질한 머리에는 혹하지 않아요. 저를 매혹시키는 건 오직 그 사람의 인간성뿐이거든요.

미클로스는 조금씩 체력을 회복했다. 해리와 함께 최소한 라르브로까지는 걸어갈 수 있었다. 재활센터에서는 피난민들에게 일주일에 5크로나(스웨덴과 아이슬란드의 화폐단위)씩 용돈을 지급했다. 라르브로에는 제과점이 두 군데 있었는데 그중 한 곳에는 전쟁 전에 헝가리 카페에서 흔히 봤던 대리석 탁자들이 놓여 있었다. 길을 가다가 그들은 볼이 통통하고 키가 작은 미용사 크리스틴을 만났다. 두 사람은 그녀에게 말을 걸었다. 세 사람은 대리석 원탁 주위에 둘러앉았다. 크리스틴은 세련된 포크질로 사과잼이 든 파이를 먹었고, 두 남자는 소다수를 한 잔씩 시켜서 마셨다. 이 두 헝가리인들이 이제 막 스웨덴어를 배우기 시작했던 터라 대화는 독일어로 이루어졌다.

설탕이 크리스틴의 입술을 둘러싼 잔 솜털 위에서 가볍게 떨리고 있었다.

"두 분 모두 정말 친절하세요. 정확히 어디서들 태어나셨나요?"

미클로스가 자랑스럽게 상체를 불룩 내밀었다. 그는 꼭 마법의 단어를 발음하듯 속삭이듯 말했다.

"하이두나나시에서 태어났습니다."

"전 서요센트피테르에서 태어났지요."

물론 크리스틴은 불가능한 일을 시도했다. 방금 들은 걸 따라한 것이다. 가글을 하는 소리와 물이 찰랑거리는 소리가 뒤섞인 잡음 같은 소리가 그녀의 입에서 튀어나왔다. "하이주… 나나… 센트… 피테르…."

두 남자가 웃음을 터트렸다. 크리스틴은 다시 파이를 조금씩 먹기 시작했다. 헝가리식 기습 공격을 준비하기에 필요한 딱 그 시간만큼만 짧은 침묵이 이어졌다. 해리는 이 분야의 권위자라 할 수 있었다.

"아담과 이브가 처음 만났을 때 과연 무슨 얘기를 나눴을까요?"

크리스틴은 씹는 걸 잊어버린 채 해답을 알아내기 위해 깊은 생각에 잠겼다. 해리는 좀 기다리는 척 하다가 벌떡 일어나서 자기가 갓난애처럼 벌거벗고 있다는 것을 몸짓과 표정으로 보여주었다.

"좀 떨어져주세요, 부인. 이 물건이 과연 얼마나 커질지, 저도 잘 모르니까요."

이렇게 말하고 난 그는 바지 앞쪽의 트인 곳을 손으로 가리켰다.

크리스틴은 처음에는 말뜻을 알아듣지 못하고 있다가 얼굴을 붉혔다. 미클로스는 거북해하며 소다수를 한 모금 마셨다.

해리는 아랑곳하지 않았다.

"또 있어요. 어떤 귀부인이 새로 들어온 하녀에게 물었지요. '그동안 일 잘한다는 얘길 들었나요?' '예, 마님. 어느 집에 가나 절 마음에 들어 하셨답니다.' '요리할 줄 알아요?' 하녀는 할 줄 안다는 뜻으로 손짓을 했지요. '아이들은 좋아해요?' '네, 물론 아이들을 좋아합니다. 하지만 나으리를 주의하시는 게 더 나을 거예요.'"

크리스틴이 깔깔대고 웃었다. 해리는 그녀의 손을 잡더니 손등에 뜨겁게 입을 맞추었다. 크리스틴의 첫 번째 반응은 손을 빼내는 것이었으나, 그가 자기 손을 단단히 붙잡고 있었으므로 더 이상 저항하지 않기로 마음먹었다. 미클로스는 눈길을 돌리며 소다수를 다시 한 모금 마셨다.

크리스틴은 손을 치마에 쓱 문지르더니 자리에서 일어났다.

"화장실 갔다 올게요."

이렇게 말하고 난 그녀는 아주 품위 있게 제과점 안쪽으로 향했다.

해리가 그 즉시 헝가리어로 말했다.

"바로 근처에 살아. 여기서 두 블록만 가면 돼."

"그걸 어떻게 알았어?"

"크리스틴이 말해줬지. 못 들었어?"

"네가 마음에 드나 봐."

"너도 마음에 들어 해."

미클로스는 해리를 무섭게 째려보았다.

"난 그런 거 관심 없어."

"넌 아주 오랫동안 카페에 들어가보지 못했어. 벌거벗은 여자를 본 지도 오래되었고….”

“그거랑 우리가 여기 와 있는 거랑 무슨 상관이야?”

“우리는 드디어 병원에서 나올 수 있게 되었어. 새로운 삶을 시작해야 한다구.”

크리스틴이 요염한 걸음걸이로 원탁을 향해 걸어왔다. 해리가 다시 한 번 미클로스 귀에 대고 속삭였다.

“샌드위치 어때?”

“샌드위치?”

“우리가 양쪽에, 크리스틴은 가운데….”

“나한테는 그런 기대하지 마.”

해리는 흥분을 감춘 호흡으로, 탁자 밑 크리스틴의 발목을 슬그머니 쓰다듬으며 독일어로 말했다.

“크리스틴, 내가 당신에게 홀딱 반했다는 얘기를 조금 전 미클로스에게 했어. 당신은 어때?”

크리스틴은 장난기 어린 표정을 지으며 경고의 뜻으로 집게 손가락을 해리의 입에 갖다 댔다.

크리스틴은 니바겐이라는 동네에 있는 작은 집의 4층에 세 들어 살고 있었다. 창문을 여니 자동차들이 붕붕거리며 길거리를 달리는 소리가 들려왔다. 크리스틴은 자기 옆에 해리가 앉을 자리를 만들어놓고 침대에 앉았다. 그녀는 첫 번째 시험을 보겠다며 등 부분이 찢어진 자신의 브래지어를 꿰매달라고 그에게 요구했다. 물론 그녀는 브래지어를 차고 있었다. 크리스틴은 해리가 브래지어 꿰매는 걸 거울을 통해 지켜보았다.

"다 꿰맸어?"

"금방 끝나. 브래지어를 벗어서 꿰매면 훨씬 쉬울 텐데."

"말도 안 돼."

"넌 지금 날 고문하는 거야."

그러자 그녀가 웃으며 말했다.

"고문이 필요해. 넌 고통을 겪어봐야 한다구. 꾹 참고 일해. 이 정도 집안일은 별로 힘든 거 아니니까."

해리는 바느질을 끝내자 이로 실을 끊었다.

벌떡 일어난 크리스틴이 거울 앞에 서더니 한 바퀴 돌았다. 그리고 브래지어의 가죽 끈을 잡아당겼다가 놓자 톡 소리가 났다. 그녀를 탐욕스런 눈초리로 바라보는 해리의 얼굴이 점점 더 붉어졌다. 그는 크리스틴을 껴안았다. 그리고 브래지어의 후크를 서투른 솜씨로 끌렀다. 그가 거친 목소리로 속삭였다.

"내가 요리도 하고, 빨래도 하고, 집안 청소도 할게. 내가 다방면으로 능력이 뛰어난 사람이거든."

그녀는 대답 대신 그에게 입을 맞추었다.

한 시간 뒤에 해리가 제과점으로 돌아와 여전히 한쪽 구석

대리석 테이블에 앉아 있는 미클로스 옆에 털썩 주저앉았다. 미클로스는 그에게 눈길조차 주지 않았다. 미클로스는 테이블에 올려놓은 종이에 편지를 써내려가고 있었는데 거의 다 끝나 가는 듯했다. 연필 끝부분이 종이 위에 미끄러지듯 움직이고 있었다. 해리가 깊은 한숨을 내쉬었다. 그는 절망에 빠져 있었다.

미클로스가 드디어 고개를 들었다. 그는 당황해서 어쩔 줄 모르는 친구 얼굴을 보고도 별로 놀라지 않았다.

"이제 더 이상 그녀를 사랑하지 않는 거야?"

해리는 미클로스의 잔에 약간 남아 있는 소다수를 마저 들이켰다.

"난 실패자야. 사랑에 빠진 남자가 아니고…."

"두 사람, 벌써 헤어진 거야?"

"크리스틴이 나더러 자기 브래지어를 꿰매달라고 하더라고. 그러고 나서는 내가 그녀의 옷을 벗겼지. 피부가 정말 탱탱하더군!"

"그럼 다 잘된 거네. 그러니 날 방해하지 마. 이 편지를 마쳐야 하니까."

이렇게 말하고 난 미클로스는 다시 편지를 쓰기 시작했다. 해리는 버튼 한 번만 누르면 마치 더 이상 이 세상에 없다는 듯 바로 외부 세계와 단절될 수 있는 미클로스의 능력이 부러웠다. 조금 뒤에 그가 중얼거렸다.

"그전에는 안 그랬는데, 더 이상 단단하지가 않아…. 그래서 되지를 않아. 되지를 않는다니까."

미클로스는 미친 사람처럼 계속 편지를 썼다.

"도대체 뭐가 안 된다는 거야?"

"하루에도 다섯 번씩 할 수 있었고… 거기다가 물이 가득 찬 양동이를 매달고 이렇게 왔다 갔다 할 수도 있었는데…."

미클로스는 깊은 생각에 잠겨 그럴듯한 수식어를 찾고 있었다.

"양동이를 어디다 매달았다고?"

"그런데 지금은… 내 두 다리 사이에는 괄태충 한 마리만 대롱대롱 매달려 있을 뿐이야… 희끄무레하고, 흐물흐물하고, 아무 희망도 없는…."

미클로스는 드디어 마땅한 단어를 떠올렸다. 그는 흐뭇한 마음으로 그 단어를 편지지에 써넣었다. 이제 마음의 안정을 되찾았으니 해리도 진정시킬 수 있었다.

"그건 정상이야. 마음이 가야 몸도 가는 법이거든."

해리는 분을 삭이지 못해서 입술을 깨물었다. 그는 느닷없이 편지지를 자기 쪽으로 돌리더니 읽기 시작했다. "친애하는 릴리! 나는 스물다섯 살입니다…." 미클로스는 한 손으로 편지지를 가렸고, 해리는 손을 치우려고 애썼다. 두 사람은 잠시 이렇게 다투었지만, 동작이 더 날랜 미클로스가 편지를 빼앗아 바지 호주머니 속에 감추었다.

> 친애하는 릴리! 나는 스물다섯 살이고, 유대인들에 관한 법으로 일자리를 빼앗기기 전까지는 신문기자였습니다….

미클로스는 시적 과장을 더한 날카로운 감각을 발휘했다. 정확성을 기하기 위해 그가 여드레하고 반나절 동안 신문기자였다고 말할 수도 있을 것이다. 데브레센의 「독립신문」은 월요일에 그를 사회부 기자로 채용했다. 하지만 그 당시는 역사상 최악의 시대였다. 그다음 주에 유대인들을 일부 직업에서 축출한다는 내용의 법안이 선포되면서 화려하게 시작된 그의 이력은 끝이 났다. 그렇지만 8일하고 반나절 동안 몸담았던 그의 직업 생활은 그의 전기에 영원한 기록으로 남았다.

이 열아홉 살짜리 청년에게는 이 짧았던 경력이 결코 쉬운 일이 아니었다. 어느 날은 귀에 연필을 꽂은 채 하루를 보냈고, 그다음 날은 물건을 파는 소형 마차를 타고 길거리를 돌아다녀야 했다. 마차 발판 위에서 균형을 잡으려고 애쓰며 소리치는 우리의 미클로스. "소다수 사세요! 소다수 팝니다! 소다수 드실 분 안 계세요?" 말들은 걸음이 빨랐고, 바람은 그의 귓가에서 휙휙 소리를 냈다.

> …그러고 나서 1941년 대독협력강제노동국에 징용당할 때까지는 다른 멋진 직업들 가운데서 소다수 행상, 방직공장 노동자, 사립탐정 사무소의 조사원, 사무원, 광고 중개

인으로 일했습니다. 첫 번째 기회가 생기자 나는 탈출해서 러시아로 피신했지요. 치르니우치의 한 식당에서 한 달 동안 접시를 닦다가 부코비나 국제 빨치산 여단의 일원이 되었습니다.

붉은 군대Red Army는 여덟 명의 헝가리 출신 탈영병들에게 집중적으로 스파이 훈련을 시켜 적의 진지 후방에 낙하산을 태워 투하했다. 물론 러시아인들은 그들을 전혀 신뢰하지 않았다. 소비에트가 그 누구도 믿지 않았다는 건 역사가 증명한다. 하지만 이 헝가리 탈영병들이 거기 있었으므로 그들을 징집하기로 결정한 것이었다.

푸파이카(러시아의 누비옷) 차림에 등에는 낙하산을 메고, 열린 비행기 문에 매달려 있는 미클로스의 모습이 상상되었다. 그는 아래쪽을 내려다보고 있었다. 허공, 구름, 저 아래로 까마득해 보이는 초원. 그는 허공에 대한 공포증이 있었다. 허공을 보고 머릿속이 뱅뱅 돌면서 현기증이 나는 바람에 슬그머니 고개를 돌리고 토하기 시작했다. 누군가의 손이 거칠게 그의 뒷목을 움켜잡더니 떠밀었다. 그날 새벽에 경기관총으로 무장한 군인들이 나기바라드(루마니아 오라데아의 헝가리 이름) 인근 어딘가에 있는 '성긴 숲'의 나무들 사이에서 그들을 기다리고 있었다는 것은 분명한 사실이었다. 낙하산부대원들이 지상으로부터 3, 4미터 위까지 내려왔을 때 군인들은 마치 오락이라도 하듯 일제사격을 가해 그들을 차례로 한 명씩 사살했다.

미클로스는 운이 좋았다고 할 수 있었다. 오직 그만이 아주 특별하게 마련된 사격대에 진열된 모든 인형들 중에서 유일하게 총탄 세례를 받지 않았던 것이다. 하지만 그가 땅에 발을 딛자마자 군인들이 그에게 달려들어 수갑을 채우고는 그다음 날 부다페스트로 데려가 그의 이를 몽땅 뽑아버렸다.

라르브로의 제과점에서 해리는 질투 어린 시선으로 미클로스를 관찰했다.

"몇 명이나 답장을 보냈어?"

"열여덟 명."

"그럼 열여덟 명 전부랑 편지를 주고받을 거야?"

미클로스는 편지를 집어넣은 봉투를 손가락으로 가리켰다.

"이 사람이 좋을 것 같아."

"그걸 어떻게 알아?"

"난 알아."

3

릴리는 엑셰 군병원의 4인용 병실에 입원했다. 9월 말이었다. 창문 건너편으로 보이는 자작나무 한 그루가 겨울 날 준비를 하느라 나뭇잎을 하나씩 떨구고 있는 중이었다.

주치의인 스벤손은 일찍부터 대머리가 되기 시작했다. 마흔이 넘지 않은 나이였지만, 갓난애 엉덩이를 연상시키는 그의 장밋빛 피부가 이미 무채색의 머리카락 아래에 드러나기 시작한 것이다. 그는 작달막하고 단단했다. 어린애의 것처럼 보이는 그의 엄지손톱은 아주 작은 체리 꽃잎이랑 흡사했다. 그는 금속광택이 나는 천과 가죽으로 된 두꺼운 앞치마를 벗어버린 다음 옆방으로 건너갔다. 릴리는 색이 엷게 바랜 줄무늬 실내복을 입고 있었고, 엑스레이 촬영실의 거추장스런 기계 옆에 아무 장식 없이 딱 하나 놓여 있는 의자에 앉아 기다리고 있었다. 겁에 질려 창백한 얼굴로.

스벤손 의사가 릴리 옆에 쭈그리고 앉더니 그녀의 손을 만졌다. 이 헝가리 출신 여성이 독일어를 완벽하게 이해한다니, 안심이 되었다. 단어 하나하나의 섬세하고 미묘한 차이가 매우 중요했던 것이다.

"당신의 엑스레이 필름을 살펴봤어요. 오늘 찍은 건 내일이나 되어야 나올 겁니다. 우리는 처음에 성홍열이 아닌가 생각했는데, 그건 아닌 게 확실해요."

"그럼 제가 그보다 더 큰 병에 걸렸나요?"

그녀는 마치 그들이 극장 안에 있기라도 한 것처럼 속삭이듯 작은 소리로 말했다.

"어떤 관점에서 보면 그래요. 하지만 전염돼서 그런 건 아니니까 불안해하지 않아도 돼요."

"어디가 아픈 거예요?"

"신장이 안 좋은 것 같아요. 하지만 내가 낫게 해줄게요. 약속할게요."

릴리는 쏟아지는 눈물을 참을 수가 없었다. 스벤손이 그녀의 손을 잡았다.

"울지 마요. 제발 부탁이에요. 다시 또 침대에 누워 있어야 합니다. 이번에는 정말 꼼짝 말고 그냥 누워 있어야 해요."

"얼마 동안이나요?"

"일단은 2주쯤. 아니면 3주가 될 수도 있어요. 그러고 나서 또 얼마나 누워 있어야 할지 그건 그때 가서 다시 결정하기로 합시다."

그가 손수건을 꺼냈다. 그녀는 거기 코를 푼 다음 눈물로 뒤

범벅이 된 얼굴을 닦았다.

> 제 사진은 없답니다… 전 며칠 전에 엑세라는 도시에 있는 병원으로 옮겨왔고, 지금은 병상에 누워 있어요.

> 전 춤추는 건 싫어하지만, 즐겁게 노는 것도 좋아하고, 고기나 채소 다진 걸로 속을 채운(물론 진한 토마토소스를 뿌려야지요) 피망 요리도 좋아한답니다.

미클로스가 아주 어렸을 때부터 춤에 대해 가지고 있던 콤플렉스는 가족사의 전설로 전해진다.

이야기의 시작은 미클로스가 아홉 살도 채 되지 않은 어린 시절로 거슬러 올라간다. 그의 부모는 미클로스의 머리에 물을 묻혀 빗기고 갑옷 같아 보이는 양복을 입혀서 '골든 불'이라는 이름의 호텔로 데려갔다. 이때 이미 그는 시력이 좋지 않았다. 눈의 굴절 이상 때문에 두꺼운 구식 안경을 쓰고 있어서 미클로스는 우스꽝스러워 보였다.

무도회가 한창일 때 그는 다른 한 여자아이와 함께 여자들이 이루고 있는 둥근 원 안으로 떠밀려 들어갔다. 깡충깡충 뛰던 여자들은 몸을 배배 꼬며 어쩔 줄 몰라 하는 두 아이에게 빙글빙글 돌아보라고 열렬한 박수갈채를 보내며 격려했다. 전해지는 얘기에 따르면 멜린다라는 이름의 소녀가 먼저 시동을 걸었다. 그녀는 다들 기분 좋게 열광하는 분위기에 휩쓸려 미클로스 팔을 붙잡고 빙빙 돌기 시작했다. 미클로스는 얼마 전에 초칠을 해서 거울처럼 반질반질한 마루바닥 위로 미끄러져 꼴사납게 넘어졌다. 그는 멜린다가 그날 밤 파티에서 거둔 눈부신 성공을 처음부터 끝까지 두꺼비가 웅크리고 있는 것 같은 자세로 지켜봐야만 했다.

미클로스와 해리는 코르스비바겐이라는 도시를 통해 재활센터로 이어지는 길로 접어들었다. 바람이 세차게 불고 있었다. 미클로스는 봄가을에 입는 얇은 외투의 깃을 올렸다. 해리가 갑자기 멈춰서더니 그의 팔짱을 끼었다.

“그 여자한테 친구 있냐고 물어봐.”

“아직은 안 돼. 나중에 물어볼게. 이제 겨우 시작했단 말이야.”

그날, 같은 공동침실을 쓰는 남자들은 흥분의 도가니에 빠졌다. 그들은 침실을 온통 엉망진창으로 만들어놓고, 침대를 몽땅 구석으로 밀어붙였다. 제노 그리거가 유행곡을 제법 연주할 줄 안다는 사실을 알게 된 그들은 어디선가 기타를 빌려왔다.

남자들이 춤을 추기 시작했다. 처음에는 발랄한 리듬에 맞추어 다리를 흔들며 미친 듯이 춤만 춰댔다. 그러다 보니 어떤 역할극을 해보고 싶다는 욕망이 솟아난 듯했다. 그들은 서로 미리 말을 맞춘 것도 아니건만, 거만한 기병장교라든가 행실이 경박한 매춘부 등 몇몇 역할을 기이하고 경망스런 동작으로 흉

내 내기 시작했다. 구두 뒤축을 바닥에 두드려서 소리를 내기도 하고, 무릎을 구부려 격식 차린 인사를 하기도 하고, 서로의 귀에 대고 욕설을 퍼부어대기도 하고, 질질 짜면서 훌쩍거리기도 했다. 그들은 꼭 도발이라도 하듯, 마치 몇 달 동안 억눌렸던 본능이 느닷없이 폭발하기라도 한 것처럼 잔뜩 흥분해서 돌고 또 돌았다. 마치 화산이 폭발한 것 같았다.

미클로스는 이 유치한 익살극에 참여하지 않았다. 그는 말이 없고 고독을 즐기며 반골 성향을 갖고 있었다. 그의 침대는 한쪽 구석에 밀려서 다른 침대로 둘러싸여 있었고, 그는 구석에 내몰린 자신의 침대에 틀어박혀 있었다. 미클로스는 벽에 등을 기대고 자기가 아끼는 넥쇠의 책을 무릎 위에 올려놓은 채 편지를 써내려갔다.

당신은 자신이 어떻게 생겼는지에 대해서는 한마디도 안 하는군요! 어쩌면 당신은 내가 지방으로 이주했으며 오직 유행에만 관심이 있는 부다페스트 출신의 겉멋 든 젊은이라고 생각하겠지요. 하지만 당신에게만 살짝 알려줄게요. 난 그런 사람이 아니랍니다.

문을 두드리는 소리가 들려왔다. 릴리는 고개를 들지 않았다. 그녀의 눈은 종이 색이 다 바랜 책을 읽어 내려가고 있었다. 그

전날 스벤손 의사가 쥘 베른의 『딕 샌드: 열다섯 살짜리 선장』 독일어 번역판을 선물해주었던 것이다.

사라 스테른이 손에 보따리를 들고 문가에 서 있었다. 릴리는 자신의 눈을 믿을 수가 없었다. 사라가 허겁지겁 달려오더니 릴리의 침대 앞에 무릎을 꿇었고, 두 사람은 서로 얼싸안았다. 『딕 샌드: 열다섯 살짜리 선장』이 릴리의 손에서 미끄러져 방바닥으로 떨어졌다.

"스벤손 선생님이 날 들여보내줬어. 네 옆에 말이야. 아픈 데가 하나도 없는데 말이야."

사라는 마치 사교댄스를 추듯 빙글빙글 돌며 단 몇 초 만에 옷을 벗어던지더니 잠옷으로 갈아 입고 옆에 있는 침대 속으로 미끄러져 들어갔다.

릴리는 꼭 미친 사람처럼 웃고 또 웃었다.

지금은 사진이 없으니 제가 어떻게 생겼는지 글로 써볼게요. 전체적으로 동글동글하고(스웨덴 사람들 덕분에 이렇게 되었답니다) 중간 정도의 키에 머리는 갈색이에요. 눈은 청회색이고, 입술은 얇으며, 얼굴빛은 어두운 편이랍니다. 제가 예쁘다고 상상하셔도 되고, 못생겼다고 상상하셔도 돼요. 당신이 뭐라 하건 전 일체 아무 말 하지 않겠어요. 저 역시 당신의 모습을 상상하고 있는데, 그게 어느 정도나 실제와 일치할지 궁금해요.

린드홀름의 제안에 따라 버스 세 대가 환자들을 병원에서 20킬로미터 떨어진 바닷가로 싣고 갔다. 해리와 미클로스는 무리에서 떨어져 나왔다. 얼마 지나지 않아 그들은 작은 협만에 들어앉은 모래사장을 발견했다. 인적이 없어 온전히 그들에게만 주어진 곳 같았다. 햇살이 쏟아지는 오후야말로 하늘이 내려주신 선물이나 다름없었다. 하늘은 마치 그들의 머리 위에 천을 드리운 것처럼 코발트블루색을 띠었다. 두 사람은 신발을 벗어던진 다음 발목을 핥는 바닷물 속을 마치 술에 취한 사람들처럼 천천히 거닐었다.

나중에 해리는 큰 바위 뒤로 사라졌다. 미클로스는 못 본 척해주었다. 얼마 전부터 해리는 자신의 남성다움을 시험해보기 위해 이곳저곳에 몸을 감추곤 했다. 오후가 끝나갈 무렵이 되니 그림자가 길게 늘어났다. 바위 뒤에서 집요하고 체계적으로 자신을 만족시키려고 애쓰는 사람의 실루엣이 꼭 에곤 실레의 그림처럼 모래밭에 투사되었다. 미클로스는 파도에 주의를 기울이려고, 환하게 빛을 발하는 드넓은 수평선에 관심을 집중시키려고 애썼다.

지금 나는 당신이 사회주의에 대해 어떻게 생각하는지가 궁금해요. 당신이 중산층이란걸 편지에 쓴 가족들 얘기에

서 알 수 있어요. 마르크스주의를 알게 되전의 내가 그랬던 것처럼 중산층은 마르크스주의에 대해 이상하게 생각하려는 경향이 있어요.

가을은 눈이 섞인 비와 날카로운 소리를 내며 불어대는 강풍을 동반하여 밤사이 순식간에 엑셰에 도달했다. 두 젊은 여성은 병실의 침대에 누워 한 그루밖에 없는 자작나무가 돌풍을 맞아 구부러지는 것을 창문 너머로 바라보며 두려움을 느꼈다.

그들의 침대 사이 거리는 이제 서로를 향해 이불 밑으로 손을 뻗으면 닿을 수 있을 정도로 많이 가까워졌다. 두 사람은 나지막한 목소리로 속삭였다.

"딱 12크로나만 있으면 정말 좋을 것 같아!"

"그걸로 뭐하려구?"

릴리가 두 눈을 감았다.

"미오소티스 거리 모퉁이에 채소 가게가 있었는데, 어머니가 과일을 사 오라고 항상 날 거기로 보내시곤 했지."

"막코 씨! 그래, 맞아. 채소 가게 주인아저씨 이름이 막코 씨였어!"

"난 기억 안 나는데."

"나는 기억나. 그 비슷한 이름이었을 거야. '누누르 씨'였나? 근데 왜 그분 생각이 난 거야?"

"그냥 기억이 났어. 지난달에 내가 아프기 전에 말야, 스몰란 스스테나르의 어느 가게에 진초록색 피망이 진열되어 있는 걸 봤어…."

"오, 세상에! 진초록색 피망이? 여기는 없는 줄 알았는데."

"나도 그렇게 알고 있어. 12크로나면 1킬로그램 정도 될 것 같아. 아님, 그 절반 정도 되려나?"

"그게 먹고 싶었던 거야?"

"바보 같은 생각이란 거 나도 잘 알아. 하지만 어제는 그게 너무 간절히 생각났어. 바보 같은 꿈이지."

비가 줄기차게 내리고 있었다. 빗줄기가 유리창을 후려쳤다. 두 젊은 여성은 비가 내리는 걸 꿈꾸는 듯한 눈동자로 바라보고 있었다.

> 친구 사라가 사회주의에 관해 많은 걸 가르쳐줬어요. 고백하자면, 전 사실 지금까지는 이념이라는 것에 별로 관심이 없었답니다. 사라가 책을 한 권 줘서 읽고 있어요. 제목은 『1937년. 모스크바』(리온 포이흐트방게르가 쓴 소련 여행기). 당신은 아마 오래전에 읽었을 거예요….

어느 날 밤, 미클로스는 느닷없이 호흡곤란을 일으켰다. 소리를 지를 시간조차 없었다. 그는 병동 한가운데 멈추어 섰다. 몸이 뻣뻣해졌다. 입을 크게 벌리고 산소를 들이마시려고 애썼다. 그러다가 쓰러졌다. 이번에는 2리터나 되는 체액을 그의 흉곽에서 뽑아냈다.

미클로스는 밤새도록 작은 방의 침대에 누워 있어야만 했다. 해리는 만일 미클로스가 또다시 발작을 일으키면 즉시 린드홀름 의사에게 알리려고 침대 옆의 마룻바닥에 누웠다. 의사는 당분간은 다시 발작을 일으키지 않을 테니 걱정 안 해도 된다고 말하며 미클로스를 안심시키려고 애썼지만 소용없었다.

"무슨 일이 일어난 건가요?"

미클로스는 차분하게 가라앉은 목소리로 새 한 마리가 상처 입고 날개를 퍼덕거리는 걸 봤다고 말했다.

"네가 발작을 일으켰어. 그래서 흉곽에 찬 체액을 주사기로 뽑아낸 거야. 지금은 회복실에 있는 거고."

소나무를 잘라서 깐 마룻바닥이 어찌나 딱딱한지 해리는 허리가 너무 아파 누워 있을 수가 없었다. 그래서 차라리 일어나 책상다리로 앉아 있기로 했다. 미클로스는 오랫동안 아무 말 없이 침묵을 지키다가 떨리는 목소리로 말했다.

"내 말 들어봐, 해리. 그럼 날 속이지 못할 거야."

"누가 널 속이지 못한다는 거야?"

"누구든. 사람들은 내가 얼마나 질긴지 몰라."

"그렇게 강하다니, 난 네가 부럽다."

"너도 이제 곧 회복될 거야. 괄태충이 소나무가 되어 무럭무

럭 자라다가 하늘에 닿을 거라구. 그렇게 되면 발기부전증도 말끔히 낫는 거지!"

해리가 몸을 앞뒤로 흔들었다. 발기부전증이 말끔히 나을 거라는 미클로스 말에 그가 잠시 깊은 생각에 잠겼다.

"그렇게 생각해?"

미클로스는 웃으려고 애쓰며 그를 안심시켰다.

"칼을 높이 들어라, 들어라!"

그러는 동시에 미클로스는 릴리에게 쓸 편지를 계속 머릿속에 떠올리고 있었다.

> 아주 이상한 질문을 하나 할게요… 혹시 지금 연애 중인가요? 제가 너무 무례하다고 화를 내시는 건 아닌지 모르겠습니다만.

어느 날 오후, 사라는 군병원을 빠져나와 부슬부슬 내리는 비를 맞으며 엑셰에 있는 채소 가게까지 뛰어갔다. 오랜 역사를 갖고 있는 엑셰는 전쟁이 끝난 뒤에도 여전히 꿈처럼 아름다운 마을로 남아 있었다. 간호사 한 사람이 어느 길거리에 가면, 이 마을에서 가장 널리 알려진 채소 가게가 있는지 그녀에게 가르쳐주었다. 운명의 여신이 그녀에게 상을 주고 싶어 하기라도 한 것처럼, 진열창 안에는 마침 버드나무로 짠 채소 바구니가 딱 하나 놓여 있었고, 바구니 안에는 묵직하고 두툼한 진초록색 피망이 몇 개 담겨 있는 게 아닌가.

여전히 숨가빠하며 헐떡거리던 그녀는 숨을 네댓 번 깊이 들이마시고 난 뒤에야 원래의 리듬을 어느 정도 되찾을 수 있었다. 그녀는 동전이 호주머니 속에 있는지 다시 한 번 확인한 다음 가게 안으로 들어갔다.

당신이 "이상하다."고 한 질문에 대한 대답은 간단해요. 저 역시 구혼자가 있었어요. 전 알고 있어요. 절 좋아하던 남자가 한 명이었는지, 아니면 여러 명이었는지를 당신이 알고 싶어 하리라는 걸 말이에요. 맞춰보세요!

해리는 병원에서 멋쟁이로 통했다. 그는 자기가 무슨 카사노바라도 되는 듯 으스대며 활보하고 다녔으며, 이미 수많은 여자들을 울렸으리라는 생각이 절로 들 정도로 미소가 신비로웠다. 그래서 우리 미클로스 말고는 그 어느 누구도 그가 말 못할 걱정거리를 하나 갖고 있다는 사실을 알지 못했다.

어느 날, 해리가 감춰두고 쓸 정도로 아끼는 오드콜로뉴에 다른 사람들이 손을 대는 일이 벌어졌다. 그가 그걸 어떻게 구했는지 알아내는 건 불가능했다. 이따금 그가 시내에 나갈 때면 몹시 자극적인 라벤더 향이 온 병동을 가득 메웠다. 그러다가 그가 오드콜로뉴를 매트리스 아래에 숨겨놓는다는 사실을 누군가 알아낸 것이다. 오드콜로뉴는 두꺼운 유리에 모양이 우아하게 생긴 작은 병에 담겨 있었다.

어느 날 저녁 무렵, 해리가 시내에 나가기 위해 침대 밑에 손을 집어넣었는데 오드콜로뉴 병이 손에 잡히지 않았다. 그때 오드콜로뉴 병이 마치 공처럼 이리저리 날아다니기 시작했다. 해리는 그걸 잡으려고 사방으로 뛰어다녔다. 남자들은 병을 들고 있다가 그가 그걸 빼앗으려고 가까이 다가오면 그의 머리 위로 다른 사람에게 던졌다. 그렇게 장난을 치던 그들은 그것도 싫증이 났는지 병마개를 따더니 서로에게 오드콜로뉴를 듬뿍듬뿍 뿌리기 시작했다. 해리는 눈물이 그렁그렁한 눈으로 돈을 빌려서 산 것이니 제발 오드콜로뉴 병을 돌려달라고 송아지처럼 울며 애원했다.

내가 있는 병실에는 전부 헝가리 남자들뿐인데, 다들 얼마나 극성맞은지 모릅니다! 그래서 내 편지가 이렇게 두서가 없는 겁니다. 어찌나 소란을 피워대는지 도대체 글을 쓸 수가 없을 정도예요! 그들은 오드콜로뉴를 자기 얼굴뿐만 아니라 내 편지지에까지 뿌렸답니다. 우리는 위험해 보일 정도로 혈기가 지나치게 왕성하답니다.
아, 잠깐! 혹시 해리와 내가 당신을 찾아가면 뭘로 우리를 재미나게 해줄 건가요?

사라가 구시가지에서 산책을 하고 돌아와 보니 릴리는 잠을 자고 있었다. 환자들이 낮잠을 자는 게 드문 일은 아니었다. 낮에 특별히 할 일도 없고 또 배불리 먹은 다음에는 식곤증을 이기기 힘들었다. 사라는 마침 잘 됐다고 생각했다. 그녀는 진초록색 피망 두 개를 릴리의 얼굴 옆 베개 위에 살그머니 올려놓았다.

…미클로스, 당신과 당신 친구가 우리를 찾아온다고 생각하니 마음이 설레고 흥분돼요….

미클로스와 해리는 병원의 넓은 정원 사이로 나 있는 길을 땀이 흠뻑 날 정도로 열심히 함께 걷곤 했다. 엑셰 여행을 할 날이 가까워지자 해리는 열렬한 관심을 나타내면서 미클로스가 편지를 주고받는 여자들 중 한 명이랑 어떻게든 엮이든지, 아니면 최소한 점점 더 구체화되어 가는 릴리 방문 계획에 자기도 낄 수 있게 미클로스를 설득해야 되겠다고 생각했다.

해리가 물었다.

"정확히 몇 킬로미터나 돼?"

"270킬로미터."

"가는 데 이틀, 오는 데 이틀… 그럼 허가가 안 날 텐데?"
미클로스는 고개를 들지 않은 채 빠르게 걸었다.
"허가 받을 거야."
해리에게는 자신의 성기능과 관련된 일체의 의혹을 배제하는 것이 중요했다.
"몸이 점점 더 좋아지고 있어. 아침에 일어나보면 이렇게 빳빳하게 서 있다니까!"
그는 이만큼 크다는 뜻으로 두 팔을 죽 펼쳐 보였으나, 미클로스는 아무 반응도 보이지 않았다.

어쨌든 나는 당신의 사촌이라고 할 거니까, 잊으면 안 됩니다. 해리는 당신 친구 사라의 삼촌이라고 할 거고요. 역에서부터 바로 당신의 사촌이 되어 당신을 포옹할 것이니, 그 점 유의하세요. 겉으로 보이는 행동에 각별히 신경을 써야 하니까요.
친구로서는 당신과 악수하고, 친척으로서는 당신을 포옹합니다.

미클로스 씀

모처럼 햇살이 비치는 어느 날 아침, 엑셰. 문이 벌컥 열리더니 온몸이 둥글둥글한 주디트 골드가 활짝 웃으며 나타났다.

그녀는 보따리를 내던지더니 두 팔을 활짝 벌렸다.

"스벤손 의사가 나도 여기로 보내주었어! 악성 빈혈이래! 우리는 이제 함께 있게 된 거야!"

사라가 주디트를 향해 달려갔고, 두 사람은 서로를 얼싸안았다. 원래는 그러면 절대 안 되는 거였지만, 릴리도 침대에서 몸을 일으켰다. 그들은 서로 부둥켜안은 채 창문 앞에서 춤을 추다가 릴리의 침대에 앉았다. 주디트가 릴리의 손을 꼭 움켜쥐었다.

"그 남자가 지금도 편지를 써 보내니?"

릴리는 잠시 기다렸다. 자신의 말이 극적인 효과를 발휘할 순간까지 기다리는 것이었다. 마치 연극배우처럼 천천히 일어난 그녀는 머리맡 테이블 쪽으로 가서 서랍을 열었다. 그리고 고무줄로 묶어놓은 편지다발을 꺼내 자랑스럽게 흔들었다.

"여덟 통이야!"

주디트가 두 팔을 공중으로 들어올렸다.

"부지런한 사람이네!"

사라가 그녀의 무릎을 손가락으로 가볍게 툭툭 쳤다.

"똑똑하기는 또 얼마나 똑똑한 줄 알아요? 그리고 사회주의자래요!"

그 말을 듣자 주디트가 입을 삐죽거렸다.

"푸우! 난 사회주의자들 싫어하는데!"

"릴리는 싫어하지 않아요!"

주디트는 릴리의 손에서 편지를 낚아채더니 코를 킁킁거리며 냄새를 맡았다.

"그 남자, 총각인 거 확실해?"

릴리는 그걸 보고 깜짝 놀랐다. 왜 편지에 코를 갖다 대고 냄새를 맡는 거지?

"2 곱하기 2가 4인 것만큼이나 확실해요."

"그건 확인해봐야 해. 내가 한두 번 속은 게 아니거든."

주디트 골드는 두 사람보다 최소한 열 살은 더 많았다. 미인은 아니었지만, 어쨌든 남자에 대해서는 그들보다 아는 게 많았다. 릴리는 다시 편지다발을 주디트에게서 건네받아 고무줄을 푼 다음 맨 위에 있던 봉투에서 편지를 꺼냈다.

"그 남자가 이렇게 썼어요. '좋은 소식을 알려드릴게요. 헝가리에 전보를 보낼 수 있어요. 하지만 오직 영어로만 써야 하고, 또 길게는 보낼 수 없습니다. 최대 스물다섯 단어까지만 되니까요. 그리고 특수용지를 이용해야 하고요. 용지는 영사관이나, 아니면 스톡홀름에 있는 적십자사 앞으로 신청하면 된답니다.' 자, 어떻게 생각해요?"

그건 정말 반가운 소식이었다. 그들은 잠시 깊은 생각에 잠겼다.

릴리가 다시 침대에 눕더니 편지다발을 배 위에 올려놓고 천장을 뚫어져라 쳐다보았다.

"엄마한테서도 아무 소식이 없고, 아빠한테서도 아무 소식이 없어. 그 생각만 하면 가슴이 무너지는 것 같아. 두 사람은 걱정 안 돼?"

세 사람은 감히 서로의 얼굴을 쳐다볼 용기가 나지 않았다.

그날은 구름이 하늘을 뒤덮고 있어서 햇빛이 거의 비치지 않았다. 이제 고틀란드 섬에도 슬그머니 가을이 자리 잡았다. 잔뜩 흐리고 으스스한 그날, 린드홀름은 12시에 병동의 환자들을 모두 집합시켰다. 그는 그들의 상황에 중요한 변화가 있을 거라고 짤막하게 환자들에게 알려주었다. 환자들 중 단 한 사람도 다른 사람에게 병을 전염시키지 않을 거라는 건 좋은 소식이었다. 그러나 한 가지 소식이 또 있었다. 헝가리에서 온 환자들은 그다음 날 그들이 지금 살고 있는 라르브로를 떠나 거기서 200킬로미터가량 떨어진 스웨덴 북쪽의 아베스타라는 작은 도시에 최근 세워진 수용소 겸 병원으로 옮겨가리라는 것이었다. 린드홀름이 그들과 함께 가게 될 것이다.

그들은 꼬불꼬불한 노선을 달리는 완행열차에 실려 꼬박 하루하고도 반나절 동안 짐짝처럼 요동친 끝에 아베스타에 도착했다.

새로운 재활센터는 그들에게 저주받은 장소로 보였다. 아베스타에서 7킬로미터 떨어진 빽빽한 숲속에 자리 잡은 재활센터는 철조망에 둘러싸여 있었으며, 거대한 공장 굴뚝이 한가운데에 우뚝 솟아 있었다.

그들은 벽돌로 지은 병동에 수용되었다. 만일 음산한 날씨가 기분을 그토록 침울하게 만들지 않았더라면, 아마도 그들은 이 새로운 변화를 더 쉽게 받아들였을 것이다. 아베스타에서는 하루 종일 바람이 불었고, 모든 것이 서리로 뒤덮여 있었으며, 익을 대로 익은 오렌지색을 띤 원반 모양의 태양은 하루에 단 몇 분밖에 모습을 나타내지 않았다.

그들의 창문 앞에는 콘크리트로 포장된 작은 공간이 열려 있었는데, 이곳에서 좋은 풀, 나쁜 풀 할 것 없이 풀이 다시 자라고 있었다. 마당에는 긴 나무 식탁과 벤치들이 놓여 있어서 마치 대평원의 풀밭에 앉아 있는 듯 목가적인 분위기가 물씬 풍겼다. 밤이 되면 환자들이 망토용 모포와 담요를 몸에 두르고 벤치에 앉아 있곤 했다.

린드홀름은 비록 3주일 지난 헝가리 신문이었지만 한 주에 세 번씩 배달되도록 조처를 취해놓았다.

질이 떨어지는 종이에 인쇄된 신문이 구깃구깃해진 상태로 도착하면 사람들은 그걸 네 부분으로 나눈 다음 삼삼오오 모여 앉아 서로 몸을 기댄 채 거기 실린 기사를 한 글자 한 글자 꼼꼼히 읽어 내려갔다.

그들의 머리 위에 있는 전등이 바람 속에서 이리저리 춤을 추었다. 그들은 이따금 어슴푸레한 빛 속에서 신문 조각을 서로 바꾸었다.

그들은 소리를 내서 신문을 읽지는 않았다. 하지만 그들의 입술은 움직였고, 그들의 영혼은 먼 나라를 향해 날아올랐다.

250마력짜리 엔진이 달린 증기선, 수리를 마치고 출항 준비 중.
소련 화가 구에라시모프, 겔레르트 호텔에서 축하연을 열다.
소련 점령군, 켁스케메트 시에 황소 300쌍을 기증.
스제게드에서 사이클 대회 개최.
영화 〈여교사〉 크랭크인.

우와! 「코수스」 신문 8월호를 구해서 한 줄도 빼놓지 않고 처음부터 끝까지 다 읽었습니다. 심지어는 광고까지요! 귀향을 다룬 연극은 다 만원이라는군요. 네 쪽짜리 신문은 값이 2펜괴(1927년에서 1946년까지의 헝가리 화폐단위)이고, 열네 쪽짜리 신문은 밀가루 1킬로그램 값이랑 똑같아요. 인민재판소는 '화살십자당'(헝가리의 극우정당)의 책임자들에게 한 명씩 차례로 유죄판결을 내리고 있어요. 거리 이름도 바뀌고 있다고 하네요.
그래서 무솔리니 광장은 마르크스 광장으로 이름이 바뀌었어요. 지금 헝가리 사람들은 희망에 가득 차 있답니다. 그들은 일을 하고 싶어 하지요. 교사나 교수들은 재교육을 받아야 합니다. 마티아스 라코시(1948년 당시 헝가리 공산당

서기장)가 취임연설을 했고요. 하지만 이런 정치 얘기 들으면 당신은 분명 따분해하겠지요….

아베스타의 작은 엑스레이 촬영실은 라르브로의 그것과 전혀 다르지 않았다. 다른 게 딱 한 가지 있다면, 아베스타의 엑스레이 촬영실 천장에는 거미줄만큼이나 가느다란 금이 가로지르고 있다는 것뿐이었다. 미클로스는 그 금이 상징적이라고 생각하며 막연하게나마 희망을 품었다. 그는 다시 엑스레이 사진을 찍었다. 여기서도 촬영을 하는 동안 깔때기 모양의 흉곽과 앙상한 어깨를 기계에 갖다 붙이고 있어야만 했고, 역시 슈우하는 소리가 나면서 촬영이 끝났다. 미클로스는 문이 열리면서 빛이 어둠을 쫓아내자 손으로 두 눈을 가렸다. 여기서도 역시 내방사능복을 꽉 졸라맨 린드홀름이 출입구에 우뚝 서 있었다.

엑스레이 판독은 그다음 날 이루어졌다. 미클로스는 진료실로 들어가 이번에도 역시 책상 앞에 놓인 같은 의자에 자리를 잡았다. 그는 의자에 앉자마자 의자의 앞쪽 다리 두 개가 허공으로 들어 올려질 때까지 몸을 뒤로 한껏 젖혔다. 아베스타에서 이 행동은 보는 사람에게 짜증을 불러일으키는 그의 습관이 되었다. 지금 그는 자기 자신과 내기를 하는 셈인데, 뭔가 매우 중요한 얘기를 할 때면 의자에서 그처럼 불안정한 균형을 유지하고 있어야만 한다는 것이었다. 그는 꼭 말 안 듣는 어린

아이처럼 자신의 체중이 한쪽으로 치우치게 한 다음 의자의 뒤쪽다리 위에서 균형을 잡곤 했다. 물론 이러고 있는 동안에는 오직 거기에만 정신을 집중시켰다.

린드홀름이 미클로스의 눈을 들여다보면서 말했다.

"엑스레이는 잘 찍혔네. 또렷하게 나와서 쉽게 판독할 수 있겠어."

"뭐 달라진 게 있나요?"

"솔직히 말하자면, 전혀 긍정적이지 않네."

쾅! 의자가 뒤로 넘어졌다.

"엑셰 여행은 포기하게. 아베스타에서 너무 멀리 떨어져 있어. 난 거기까지 가는 데 시간이 얼마나 걸리는지조차 모르고 있네."

"사흘이면 충분합니다."

"자네, 새벽에 지속적인 고열이 있어. 기적은 일어나지 않아."

"이건 제 문제가 아닙니다. 제 사촌 여동생이 혼자 쓸쓸하게 지내는 바람에 우울증에 걸렸거든요. 제가 가서 위로해주면 다시 살아갈 희망을 얻게 될 겁니다."

린드홀름은 미클로스를 보며 깊은 생각에 잠겼다. 그와 그의 아내는 이미 아베스타의 새로운 집으로 이사했다. 그는 미클로스를 집으로 초대하기로 결심했다. 어쩌면 가족적인 분위기에서 식사하면서 이 매력적이지만 고집 센 젊은이가 그 황당한 계획을 포기하도록 설득할 수 있을지도 모른다.

린드홀름의 아파트는 철길 쪽에 면해 있어서 이따금 열차가 굉음을 내며 지나가곤 했다. 미클로스는 자리가 자리인지라 상의와 넥타이를 빌려서 차려 입고 갔는데, 평소에는 이런 옷차림을 안 하고 다니기 때문에 영 불편했다. 미클로스는 아베스타에서 수간호사로 일하게 된 린드홀름의 아내 마르타와 사이가 좋았지만, 어색한 분위기에서 대화가 시작되었다.

마르타가 양배추말이 요리를 내왔다. 린드홀름은 냅킨을 목에 둘러맸다.

"마르타가 자네를 위해 손수 요리했다네. 나는 이게 헝가리 음식이라고 알고 있네."

완행열차 한 대가 울부짖으며 창문 아래로 지나갔다.

다시 침묵이 찾아오자 미클로스가 말했다.

"제가 좋아하는 요리입니다."

그는 빵 껍질을 깨부순 다음 그 부스러기를 정성들여 모았다. 마르타가 그의 손을 때렸다.

"청소하는 거 지금 당장 그만두지 않으면 부엌으로 보내서 설거지시킬 거야."

미클로스 얼굴이 빨개졌다. 다들 잠시 동안 뜨거운 양배추말이 요리에 입김을 불어내며 식혔다.

미클로스가 잔기침을 했다.

"의사 선생님은 헝가리 말을 정말 잘 하시네요."

"그거 한 가지만은 내 덕분이지. 다른 건 다 그이 스스로 알아서 잘하고 있지만…."

마르타는 린드홀름을 보며 미소 지었다.

세 사람은 먹기 시작했다. 좀 끈적끈적한 양배추 소스가 미클로스의 입가에 흘렀다. 마르타가 그에게 냅킨을 내밀었다. 미클로스는 당황해하며 얼굴을 오랫동안 닦았다.

"두 분, 어떻게 만났는지 여쭤봐도 될까요?"

의자에 앉아 있으면 얼굴이 식탁에 겨우 닿을 정도로 키가 작은 마르타가 포도주를 한 잔 마시고 기지개를 펴더니, 다시 한 잔 더 마신 다음 손을 남편의 팔위에 올려놓았다.

"얘기해도 돼?"

린드홀름이 괜찮다는 뜻으로 고개를 끄덕였다.

"딱 10년 전이었어. 스웨덴 의사협회 대표단이 부다페스트의 로쿠스 병원을 방문한 적이 있었지. 그때 내가 그 병원의 수간호사였어."

마르타는 단숨에 이렇게 말하고 나서 문득 입을 다물었다. 린드홀름은 포도주를 한 모금 마실 뿐 그녀를 도와줄 생각이 없어 보였다.

"십 대가 되자 나는 모든 사람의 웃음거리가 되었지. 미클로스, 내 모습을 보면 사람들이 왜 그랬는지 알겠지? 수업시간에 창문을 열려면 다른 사람에게 부탁해야만 했어. 열여섯 살 때였어. 어느 날 나는 몇 년 뒤 스웨덴으로 가서 결혼할 거라고 어머니에게 말했지. 그리고 어학원에 등록했어."

밖에서 열차가 굉음과 충격을 일으키며 지나갔다. 마치 열차가 식탁 위에 놓인 접시 사이로 지나간 듯했다.

"그런데 왜 스웨덴인가요?"

린드홀름이 잽싸게 대답했다.

"잘 알려져 있다시피, 이 나라 남자들이 키가 작잖아."

미클로스는 5초의 시간이 흐른 뒤에야 스스럼없이 웃을 수 있었다. 그러면서 결국 긴장도 풀렸다. 꼭 동결조치가 해제된 듯했다. 어색했던 분위기도 씻은 듯 사라졌다.

"1935년에 이미 난 스웨덴어를 유창하게 구사했지. 그때 남편은 키가 1미터 80이나 되는 거인이었던 전 부인에게 싫증을 내고 있었어. 맞지, 여보?"

린드홀름이 진지한 표정으로 그렇다고 대답했다.

"그러니 내가 어떻게 해야 되겠어? 어느 날 밤, 저 사람을 유혹했지. 병원 수술실 옆에서 말이야. 그지, 맞지, 에릭? 미클로스, 이젠 네 차례야. 네가 어떤 상황에 있는지, 그 아가씨한테 말해줬어?"

여전히 냅킨으로 얼굴을 닦고 있던 미클로스는 부랴부랴 나이프와 포크를 집어 들더니 게걸스럽게 양배추말이를 먹기 시작했다.

"대충은 얘기해줬어요."

"난 남편이랑 생각이 달라. 가서 그 아가씨를 즐겁게 해줘. 너도 즐거운 시간 보내고."

한숨을 내쉬고 난 린드홀름이 포도주 병을 집어 들더니 잔 세 개에 포도주를 따랐다.

"지난주에 아델포르스에서 일하는 동료 의사에게서 편지를 한 통 받았어."

그가 벌떡 일어나서 옆방으로 뛰어가더니 채 1분도 안 되어 편지를 손에 들고 그 방에서 다시 나왔다.

"미클로스, 내가 여기서 한 구절을 읽어주지. 아델포르스에도 400명의 여성들이 재적응 훈련을 받고 있는 센터가 있네. 그런데 그중에서 쉰 명이 감시가 더 엄격한 다른 수용소로 이송되어야만 했지."

그가 편지를 흔들었다.

"자네 생각엔 왜 그랬을 것 같나?"

미클로스는 잘 모르겠다는 뜻으로 어깨를 으쓱거렸다. 린드홀름은 대답을 기다리지 않았다.

"방탕해서 그런 거야. 내가 읽어줄 테니 잘 들어보게. '…젊은 여자들이 젊은 남자들을 침실로 끌어들이고 인근에 있는 숲속에서 만나곤 했다네….'"

잠시 침묵이 이어졌다. 그러다가 마르타가 물었다.

"헝가리 여자들이었어?"

"그건 모르겠어."

미클로스는 그 질문에 대한 대답을 알고 있었다.

"완전히 제멋대로인 상류층 여자들이에요."

그의 목소리에 멸시의 감정이 가득 담겨 있었기 때문에 마르타가 포크를 내려놓았다.

"그게 무슨 뜻이지, 미클로스?"

미클로스는 드디어 자기가 잘 아는 분야에 이르렀다. 그는 그걸 즐기기로 했다. 사회주의의 신선한 바람이 과거의 낡은 세계를 휩쓸어버려야만 한다.

"그 여자들은 아주 특별한 윤리의 소유자들이에요. 담배 피우고, 나일론 스타킹 신고 다니고, 깊이 없이 얄팍한 얘기만 하면서 시시덕거리죠. '반면에 깊이 있는 말은 단 한마디도 하지 않아요(헝가리의 민중시인, 아틸라 요제프의 시 「다뉴브 강가에서」에 대한 암시).'"

린드홀름은 이런 식의 접근법에는 전혀 관심이 없었다.

"난 그런 건 잘 몰라. 내가 아는 건 기회가 도둑을 만든다는 것뿐이라네. 견물생심이라고도 하지."

그러나 자기가 좋아하는 주제에 일단 접근한 미클로스는 그렇게 쉽게 물러나려고 하지 않았다.

"이 부르주아적 윤리관을 치료할 수 있는 방법은 오직 한 가지뿐입니다."

"그게 뭔데?"

"새로운 세계를 건설해야 합니다! 새로운 토대 위에서 말입니다!"

그 순간부터 저녁식사는 미클로스가 자유와 평등, 박애라는 세 가지 가치를 찬양하는 시간으로 변했다. 그는 자기들이 디저트를 먹어치웠다는 사실조차 깨닫지 못했다.

자정이 넘어서야 린드홀름의 자동차가 커브를 돌아 재활센터 정문의 방책 앞에서 멈추어 섰다. 매우 만족스러운 기분으로 자동차에서 내린 미클로스는 엑셰 여행에 대한 기대에 잔뜩 부풀어 의사와 작별 인사를 나누었다. 병동 안에서 촛불을 켠 다음 침대에 쭈그려 앉은 그는 자신이 수립한 세계 구원 이론을 네 쪽짜리 편지에 요약했다.

위에 쓴 문제들에 대해 어떻게 생각하는지 알려줬으면 좋겠어요. 더더구나 당신은 중산층 출신이니 당신이 속해 있는 부르주아 계급의 관점에서 바라봐주세요….

4

3주일 뒤에 스벤손 의사는 처음으로 릴리에게 침대에서 일어나도 좋다고 허락했다. 그녀는 타일이 깔린 병원 복도를 쓸쓸하게 배회했다. 복도에는 역겨운 약 냄새가 이제 막 내장을 제거한 생선에서 풍기는 악취와 뒤섞여 코를 찔렀다. 여성 병동은 4층에 있었다. 이 병원에서는 무뚝뚝한 스웨덴 군인들도 치료를 받고 있었다.

스벤손은 또 릴리가 반듯한 집안인 비요르크만 가족과 첫 번째 일요일을 보낼 수 있도록 손을 써주었다. 두 달 전에 젊은 여성들이 스몰란스스테나르 재활센터로 옮겨오자 후원자는 환자 한 명당 한 가정씩 배정되었다. 릴리는 비요르크만 가족을 후원자 가정으로 맞게 되었는데, 가장인 스벤 비요르크만 씨는 시내에서 문방구를 운영하는 열렬한 가톨릭 신자로 통했다.

릴리가 이 가정에 맡겨진 건 결코 우연이 아니었다. 그녀가 '배교'한 이후로 다섯 달이 채 지나지 않았다. 5월에 전쟁이 끝나고 강제수용소에서 구출되어 벨젠 병원에서 회복되자마자 그녀는 유대 신앙을 완전히 버렸다. 사실 그녀가 가톨릭 신자가 되기로 한 것은 별다른 뜻이 있어서가 아니었다. 하지만 그녀가 도착하자 스웨덴 당국은 세심함과 깊은 배려를 발휘하여 그녀에게 비요르크만 가정을 소개해주었다.

일요일 이른 아침, 자동차를 타고 엑셰에 간 비요르크만과 그의 아내는 병원 정문에서 릴리를 기다리다가 그녀와 다시 만나게 된 기쁨을 표하기 위해 꼭 껴안은 다음 곧장 스몰란스스테나르에 있는 성당으로 이동해 함께 미사를 드렸다.

스몰란스스테나르 성당은 소박하면서도 넓고 밝았다. 비요르크만 가족과 헝가리 여성 릴리 라이히는 앞에서 세 번째 줄에 함께 자리를 잡았다. 행복으로 환하게 빛나는 얼굴들이 소박하게 장식된 제단을 바라보고 있었다. 릴리는 스웨덴 말을 겨우 몇 마디밖에 알아듣지 못했지만, 주일 강론은 곧이어 오르간으로 연주된 푸가만큼이나 장중하게 그녀의 마음속에서 울려 퍼졌다. 그러고 나서 그녀는 짙푸른 눈의 젊은 신부가 자기 혀 위에 성체 빵을 놓아줄 때까지 줄서서 기다렸다.

미클로스, 부탁하건대, 너무 서두르지 말고 당신이 누구에게, 무슨 내용의 편지를 쓰는 건지 잘 생각해보세요. 우리는 그렇게까지 가까운 사이가 아니라구요. 그러니 나한테 그런 식으로 말하면 안 되는 거예요. 맞아요. 난 전형적인 부르주아 여성이에요. 설사 400명의 여성 중에 당신이 묘사하는 그런 부르주아지 타입의 여성이 50명 정도 있다 하더라도 그것 때문에 놀라지 않기를 바라요.

바로 그 일요일 밤, 아베스타 재활센터의 공동식당에서 미클로스와 해리는 브리오슈 식빵 몇 개와 소다수 한 잔으로 식사를 했다. 그 큰 식당 건물에 단 두 사람만 식사를 한다는 건 흔히 있는 일이 아니었다. 그들은 이 드문 순간이 선사하는 행운을 자축할 수도 있었을 테지만, 미클로스는 너무 상심해 있어서 그 사실을 아예 알아차리지 못했다.

그가 중얼거렸다.

"내가 모든 걸 망쳐버렸어."

해리는 그렇지 않다는 제스처를 취했다.

"힘내! 릴리는 이제 곧 진정될 거야."

"절대 그럴 리 없어. 그렇게 느껴져."

"그럼 다른 여자한테 편지하면 되잖아."

미클로스는 분개한 표정으로 해리를 올려다보았다. 해리가 그렇게까지 둔감하다는 사실이 믿기지 않았다.

"다른 여자는 없어. 릴리 아니면 난 죽어버릴 거야."

해리가 웃음을 터트렸다.

"말로만? 그저 말로만?"

미클로스가 소다수에 손가락을 담갔다가 나무 탁자에 '릴리'라고 썼다. 그러더니 다시 의기소침해져서 덧붙였다.

"이것 역시 말라버릴 거야."

그때 해리의 머릿속에 한 가지 생각이 퍼뜩 떠올랐다.

"네가 쓴 시를 보내봐."

"그러기엔 너무 늦었어."

해리가 펄쩍 뛰었다.

"난 슬픈 표정을 짓는 유대인이 싫어. 자, 디저트 가져올게. 누구한테 돈을 주고 매수하든지, 그게 안 되면, 아니면 훔쳐서라도 가져올게. 그러니 그렇게 세상 다 산 사람 같은 표정은 짓지 마."

해리는 넓은 건물을 가로질러 가더니 저절로 다시 닫히는 문을 지나 부엌으로 들어갔다. 그는 찬장을 하나하나 열어보고는 결국 그중 한 찬장 안쪽에서 꿀단지를 찾아냈다. 그는 몹시 기뻐하며 미클로스에게 돌아갔다.

"수저는 없어. 그러니 이렇게 손가락으로…."

그가 시범을 보였다.

긴 의자에 앉아 있던 미클로스는 이제 L자의 세로획밖에 남지 않은 식탁을 뚫어지게 쳐다보고 있었다. 해리가 집게손가락을 빨았다.

"좋아. 연필이랑 종이 있어? 꺼내봐. 그리고 내가 불러주는 대로 받아 써."

미클로스가 결국 고개를 들었다.

"뭘?"

"편지 말이야. 릴리한테 보내는 편지. 준비 됐어?"

놀란 미클로스는 호주머니에서 종이와 연필을 꺼냈다.

해리가 이처럼 명랑하고 유쾌하게 굴자 미클로스가 몸에 두른 절망의 갑옷에 살짝 금이 갔다.

해리는 손가락을 꿀 속에 담갔다가 빨아먹더니 구술을 시작했다.

"릴리, 난 창피하다며 그런 얘기는 피하려고 하는 그 멍청한 여자들을 경멸하고 조롱한다는 말을 네게 해야 되겠어…."

미클로스가 연필을 쾅 내려놓았다.

"아니, 이게 무슨 정신병자 같은 짓이야! 서로 말을 놓자고. 설마 이걸 릴리한테 보내라는 거야?"

"너희 두 사람이 편지를 나눈 지도 이제 한 달이 넘었잖아. 그러니 이제 서로 말을 놓을 때도 됐어. 나는 제3자니까 너보다 더 잘 볼 수 있어."

그다음 주 일요일, 스벤 비요르크만이 식사 기도를 시작하자 내내 시끄럽게 떠들어대던 두 아이도 좀 조용해졌다. 식사 기도가 끝나자 비요르크만 부인이 늘 그랬듯이 각자가 먹을 수프의 양을 그릇에 공평하게 떠주었다. 그때 비요르크만 씨가 그릇에 눈을 고정시킨 채 물었다.

"십자가를 어디에다 감춰놓은 거야, 릴리?"

어쩌면 비요르크만 씨는 독일어를 잘할 줄 몰랐거나, 아니면 릴리의 스웨덴어 실력을 테스트해보고 싶어 했는지 모른다. 그녀는 그가 무슨 말을 하는지 알아듣지 못해서 그를 빤히 쳐다보았다. 그는 같은 질문을 스웨덴어로 되풀이했지만, 이번에는 그녀에게 살짝 힌트를 주기 위해 목에 건 십자가를 보여주었다.

릴리의 얼굴이 빨개졌다. 그녀는 호주머니를 뒤지더니 작은은 십자가를 꺼내 목에 걸었다. 비요르크만은 그런 그녀의 모습을 다정한 눈길로 바라보았다.

"왜 목걸이를 목에 안 걸고 있었어? 우리는 걸고 다니라고 네게 준 건데?"

비요르크만 씨는 릴리를 나무라는 게 분명했다. 식사가 끝날 때까지 더 이상 대화는 이뤄지지 않았다.

> 당신이 지난번에 보낸 편지의 분위기나 내용이 좀 이상하긴 했지만, 그래도 당신은 꽤나 상냥한 사람인 것 같아요. 그래서 이렇게 답장을 하기로 한 거예요. 하지만 나 같은 "부르주아 여성"이 당신 친구로 어울릴지, 그건 잘 모르겠어요. 그리고 서로 말을 놓기에는 아직 시기상조인 것 같아요….

아베스타에서 미클로스는 개인용 체온계를 갖고 있었다. 매일 새벽 정확히 4시 반이 되면 그는 마치 가슴속에 들어 있는 자명종 소리를 듣고 잠에서 깨어나기라도 한 듯 머리맡 테이블의 서랍을 더듬더듬 뒤져 체온계를 찾아낸 다음 입속에 집어넣고 두 눈을 감았다. 그리고 마음속으로 숫자를 천천히 130까지 셌다.

몇 달 전부터 온도계의 수은주는 항상 같은 위치에서 멈추었다. 미클로스는 딱 10분의 1초 동안만 눈을 떴다 다시 감았다. 체온을 표시하는 작은 눈금을 들여다보느라 꾸물거릴 필요가 없었다. 그는 체온계를 서랍에 다시 집어넣은 다음 반대편으로 돌아누워 계속 잤다. 늘 그랬듯이 더도 덜도 아닌 38.2도였다. 신열身熱은 꼭 강도처럼 슬그머니 찾아와서 자신감을 심어주는 척하다가 새벽의 회색빛 어둠 속으로 사라져버리곤 했다.

아침 8시에 미클로스가 잠자리에서 일어나보면 체온이 다시 정상으로 돌아가곤 했다.

릴리! 난 정말이지 얼마나 어리석은 사람인지 모르겠어요! 미안해요. 괜히 바보 같은 생각을 해서 당신을 힘들게 했군요. 당신과 다정하게 악수를 나누고 싶어요.

PS : 당신에게 또 편지 써도 괜찮을까요?

미클로스

편지 한 통이 스웨덴의 우편열차에 실려 수취인에게 배달되는 데는 보통 이틀이 걸렸다. 미클로스가 릴리에게 사과하는 내용의 편지가 도착하자 그녀와 사라는 그녀의 침대 모퉁이에 웅크리고 앉았다. 릴리가 큰 소리로 편지를 읽었다.

"PS : 당신에게 또 편지 써도 괜찮을까요?"

사라가 깊은 생각에 잠겼다.

"이제 그 남자를 용서해주지 그래?"

"벌써 용서했어."

릴리는 침대 위에서 몸을 굴려 머리맡 탁자에 놓여 있는 봉투를 집어왔다.

"편지를 써놓긴 했는데 아직 봉인은 안 했어."

그녀는 사라에게 보여주고 싶은 구절을 찾았다.

"아, 여기 있네. '맞아, 친구, 넌 정말 바보야. 하지만 예의만 지켜준다면 내게 말을 놓아도 돼. 우린 다시 친구가 될 수 있을 거야.'"

그녀는 의기양양하게 사라를 쳐다보았다.

사라는 웃으며 말했다.

"남자들이란 참!"

아베스타 정문에는 자전거 네 대가 항상 비치되어 있어서 누구든지 원하는 사람은 그걸 타고 숲에서 시내까지 갈 수 있었다. 날이 추워진 뒤로는 낮에 해가 떠도 소나무에 쌓인 눈이 녹지 않았으므로 미클로스와 해리는 자전거를 타고 가는 15분

동안 귀가 얼어버리지 않도록 머리를 따뜻하게 감쌌다.

하지만 이렇게 해도 자신들의 입김으로는 곱은 손가락을 덥힐 수가 없었다. 그들은 이 작은 도시의 중앙우체국에 들어가 손을 엉덩이에 깔고 앉아 자기네 순서가 돌아오기를 기다렸다. 미클로스는 컨디션이 그다지 좋지 않았다.

그들이 앉아 있는 자리에서는 문에 유리가 끼워져 있는 전화박스 세 개가 보였다. 모두 사람이 들어가 있었다. 미클로스는 마음이 영 불편했다.

오랫동안 기다린 끝에 마침내 빈 전화박스를 차지할 수 있었다. 앞에 보이는 담당자가 수화기를 귀로 가져갔다. 그녀가 미클로스를 쳐다보더니 송수화기에 대고 뭐라고 얘기한 다음 미클로스에게 손짓했다.

주디트 골드는 숨이 차도록 계단을 뛰어 올라갔다. 그러다가 하마터면 급히 계단을 내려오던 간호사와 의사들을 쓰러뜨릴 뻔했다. 병실에서는 릴리와 사라가 열린 창문의 버팀목에 앉아 책을 읽고 있었다.

주디트 골드가 허겁지겁 병실 안으로 들어왔다.

"릴리! 릴리! 전화왔어!"

릴리가 무슨 영문인지 모르겠다는 듯 주디트를 쳐다보았다.

"빨리 가봐! 미클로스가 전화했단 말이야!"

릴리가 얼굴을 붉히며 단숨에 창문에서 뛰어내렸다. 꼭 날개가 달려서 날아가는 것 같았다. 계단으로 몸을 던지다시피 한 그녀는 환자들을 위한 전화박스가 설치되어 있는 병원 지하실까지 굴러 떨어지듯 급히 달려 내려갔다. 거기서 나오던 간호사가 놀란 눈으로 그녀를 바라보았다. 릴리는 수화기가 책상 위에 놓여 있는 것을 보고는 멈추어 섰다. 머뭇거리며 수화기에 손을 갖다 댄 그녀는 그걸 조심스럽게 귀로 가져갔다.

"나예요…."

미클로스가 살짝 잔기침을 했다. 그런데 그의 목에서는 원래의 바리톤보다 한 옥타브 높은 소리가 나왔다.

"난 당신이 정확히 지금 같은 목소리를 갖고 있을 거라고 상상했어요. 정말 신기하네요!"

"난 지금 몹시 숨이 가빠요. 뛰어왔거든요. 여기는 전화기가 본관 건물에 하나밖에 없고, 우리는…."

미클로스가 빠르게 말을 쏟아냈다.

"숨 좀 돌려요. 그동안 말은 내가 할게요, 알았죠? 내가 이렇게 전화를 한 건, 어제부터는 런던이나 프라하를 경유해서 가는 항공편으로 우리나라에 편지를 보낼 수 있게 되어서예요. 헝가리어로 써도 되고, 전보도 보낼 수 있게 되었어요! 드디어 당신 엄마를 만날 수 있게 되었다구요! 그 소식을 듣고 너무나 기뻤던 나머지 당신에게 전화해서 알려줘야 되겠다고 생각한 겁니다!"

"오, 세상에!"

"내가 한 말 중에 무슨 문제라도 있나요?"

릴리는 수화기를 너무나 꽉 잡는 바람에 손가락이 백짓장처럼 하얗게 변했다.

"엄마… 몰라요… 엄마가 어디 살고 있는지 몰라요… 우리는 옛날에 살던 아파트를 떠나 노란 별이 붙어 있는 집으로 옮겨야만 했어요… 그리고 지금은 어머니가 어디서 살고 있는지 몰라요. 오, 이럴 수가!"

미클로스의 목소리는 원래의 비단처럼 부드러운 생기를 되찾았다.

"오, 난 정말 바보 멍청이에요! 어쨌든 우리, 「빌라고사그」 신문에 광고를 내자구요! 헝가리에서 이 신문을 안 읽는 사람은 없으니까. 내가 돈을 좀 가진 게 있으니까 알아서 할게요."

릴리는 놀랐다. 그 가슴 떨리는 특별한 순간에도 신문에 광고를 실으려면 일주일에 최소 5크로나는 줘야 할 거라는 생각이 뇌리를 스치고 지나갔다.

"돈이 어디서 났어요?"

"아, 내가 너한테 얘기 안 했나?… 오, 미안, 미안해요… 말이 헛나왔어요…."

한 줄기 열기가 릴리에게 훅 밀려들었다. 어쩌면 그녀 자신의 몸에 열이 올라서 그런 건지도 모르고, 느닷없이 기온이 확 올라가서 그런 건지도 몰랐다.

"나한테 말 놔도 괜찮아!"

미클로스는 아베스타의 전화박스가 불현듯 궁전처럼 느껴졌다. 그는 전화박스에서 불과 몇 미터 떨어진 곳에 앉아 있는 해리에게 손을 흔들었다. 지금까지 마음을 무겁게 짓눌렀던 짐을 덜어버리자 행복에 벅차 꽉 쥔 주먹을 허공에 대고 흔드는 것이었다.

"어, 쿠바에 삼촌이 한 분 살고 계시는데… 얘기하려면 좀 기니까 나중에 편지에 써서 보낼게."

잠시 화제가 끊겼다.

그들은 잠시 침묵을 지켰다.

두 사람 모두 수화기를 귀에 꼭 갖다 댔다.

릴리가 먼저 입을 열었다.

"어떻게 지내? 그러니까… 건강은 좀 어떤지 묻는 거야."

"나? 아주 좋아. 모든 검사가 다 음성으로 나와. 왼쪽 폐에 작은 반점이 있어. 물이 좀 차 있고, 염증도 있고… 심각한 건 전혀 아냐. 치료 중반기에 접어들었다고 말할 수 있지. 자, 넌 어때?"

"나도 잘 지내. 아픈 데는 전혀 없어. 환약으로 철분을 섭취해야 하는 거 말고는."

"몸에 열이 있어?"

"아주 조금. 신장염이야. 이거야 아무것도 아니지 뭐. 침강속도가 좀 높을 뿐이야."

"체온은 얼마나 되는데?"

"삼십오."

"우와, 끔찍한데!"

"천만에! 난 식욕이 정말 좋아!… 어서 빨리 널 만나고 싶어… 너희 두 사람 다 보고 싶어!"

"알았어. 지금 준비 중이니까 걱정 마… 그건 그렇고… 내가 널 위해 시를 한 편 썼어."

"날 위해?"

릴리의 얼굴이 붉게 물들었다.

미클로스는 숨을 깊이 한 번 들이마신 다음 두 눈을 감았다.

"읊어볼까?"

"그걸 외울 수 있어?"

"물론이지."

미클로스는 재빨리 결정을 내려야만 했다. 사실 그는 릴리에게 바치는 시를 이미 여섯 편이나 써놓았던 것이다. 지금 당장 그중 한 편을 골라내야 했기 때문에 정말 다급했다. 그는 제대로 골라낼 것인가?

"제목은 「릴리」… 전화 끊은 거 아니지?"

"아냐."

미클로스는 두 눈을 감은 채 전화박스의 칸막이벽에 등을 기댔다.

나, 얼음 웅덩이에 발을 내디디니
회색 얼음이 발밑에서 우지끈 부서지네
당신, 내 마음을 만지려거든, 조심하소서
조금만 만져도 얼음이 깨지듯 부서져서
내 비밀스런 마음이 드러날 테니

"전화 끊은 거 아니지?"

릴리는 숨을 꾹 참고 있었다.

그는 그녀의 대답은 듣지 못했지만, 그녀의 존재는 느낄 수 있었다.

"응."

미클로스도 두려움에 사로잡힌 것일까, 아니면 그냥 목이 쉰 것일까? 거리가 멀어 수화기에서 따닥따닥 소리가 났고, 시의 단어들이 마치 부서지는 파도처럼 울렸다.

"그럼 계속할게."

그러니 내게 사뿐사뿐 걸어오소서
우리가 잃어버린 미소를 지으며
고통이 얼어붙어 성에가 되는 곳을 찾으소서
그러면 당신의 다정한 손길이
녹아내려 내 가슴속에서 이슬이 될 터이니

5

엑셰 군병원 측에서 적십자가 쓰도록 내준 1층 면담실은 좁은 데다가 당황스러울 정도로 아무 장식 없이 텅 비어 있었다. 게다가 창문도 달려 있지 않았다. 워낙 좁아서 사무용 책상 하나와 흰 목재로 만든 방문객용 의자 하나밖에 들여놓을 수가 없었다.

안느-마리 아르비드손 부인은 이 지역의 적십자 담당자였다. 그녀는 한 문장 한 문장 쓸 때마다 연필을 세심하게 깎곤 했다. 그녀는 릴리가 뉘앙스를 정확히 이해할 수 있도록 음절 하나하나를 또렷하게 발음해가며 독일어로 천천히 얘기했다. 이 매력적인 헝가리 여성과 직접적인 관계가 없는 것까지 포함해서 설명은 이미 다 했다. 스웨덴이 수많은 환자들을 받아들임으로써 얼마나 큰 위험을 감수하고 있는지에 대해서도 얘기했다. 국제적십자사 측에서 가능한 한 모든 비용을 지불하려고 애쓰지만, 전혀 예측하지 못한 지출이 너무나 자주 발생하기 때문에 어려움이 많다는 얘기도 했다. 숙박 문제도 너무나 빈번하게 발생하는 예측 못한 지출 중 하나였다. 사정은 이해하지만, 개인적인 비용까지 지원해줄 수는 없다는 것이었다.

"…자, 릴리, 알아둬야 할 게 있어. 원칙적으로 난 이런 종류의 방문에 동의할 수가 없어."

릴리는 다시 한 번 요구했지만, 슬슬 진력이 나기 시작했다.

"며칠만 있으면 되는데, 그게 그렇게 누구한테 큰 해를 끼치나요?"

"물론 누구한테 해를 끼치는 건 아니지. 하지만 신경 쓸 게 한두 가지가 아냐. 우선 스웨덴 반대편 끝에서 오니까 돈이 꽤 많이 들어. 그리고 그 젊은 사람들을 어디서 재울 거야? 300명이나 되는 환자들이랑 같이? 여기는 병원이지 호텔이 아냐! 그런 거 생각해봤어, 릴리?"

"난 그들을 1년 반 동안이나 못 봤단 말이에요."

릴리는 아르비드손 부인을 간절한 눈길로 애원하듯 바라보았다.

아르비드손 부인은 티 하나 없는 아주 깨끗한 책상 위에서 먼지의 흔적을 본 것 같았다. 그녀는 그걸 정성들여 지웠다.

"설사 내가 허락한다 치자구. 당신 사촌들은 뭘 먹지? 우리 적십자사는 식비를 대줄 만한 돈이 없어."

릴리가 어깨를 으쓱거리며 말했다.

"대충 아무거나 먹어도 돼요."

"현실을 직시하려 하지 않는군, 릴리. 그 사람들도 환자잖아.

그럼 무슨 돈으로 기차표를 사지?"

"가족 중 한 분이 쿠바에 살아요."

아르비드손 부인이 눈썹을 치켜올렸다. 그녀는 앞에 놓여 있는 종이에 몇 마디 써넣은 다음 다시 연필을 깎았다.

"그럼 그 가족이라는 사람이 이번 방문에 필요한 비용을 쿠바에서 직접 도와준다는 거야?"

"우리 가족은 서로를 진심으로 사랑하거든요."

아르비든손 부인이 결국 웃기 시작했다.

"결의가 정말 대단하군. 애는 써보겠지만, 약속은 해줄 수 없겠어."

릴리는 좋아서 깡충깡충 뛰었다. 그녀는 서투르게 책상 너머로 몸을 구부리더니 아르비드손 부인의 뺨에 쪽 소리가 나게 입을 맞추었다. 그런 다음 지나가는 길에 의자를 쓰러트리고 쏜살같이 면담실에서 나갔다.

아르비드손 부인은 자리에서 일어나 넘어진 의자를 다시 세워놓은 다음 손수건을 꺼낸 뒤 깊은 생각에 잠긴 채 뺨에 남아 있는 입맞춤 자국을 지웠다.

며칠 뒤, 에밀 크론하임 랍비는 스톡홀름에서 재빨리 기차에 올라탔다. 금욕주의적 생활을 하고 있는 그는 키가 작고 비쩍 말랐다. 그의 머리카락은 꼭 머리 위에 건초더미를 얹어놓은 것처럼 헝클어져 있었다.

스웨덴 정부는 지금처럼 힘든 시기에 랍비와 같은 국적과 종교를 가진 사람들에게 영적 도움을 주도록 요청해왔다. 이후로 그의 이름과 주소가 스웨덴에 있는 모든 재활센터 게시판에 나붙었다. 그런 이유로 한 달에 3주는 스웨덴 전역을 누비고 다녔다. 여러 사람들 앞에서 강론을 할 때도 있었고, 또 땅거미가 내려앉아 어스름해질 때까지 몇 시간 동안 거의 꼼짝달싹 못한 채 어쩌다 한 번씩 눈만 껌뻑거리며 오직 한 사람 얘기에만 귀를 기울여야 할 때도 이따금 있었다. 하지만 결코 피곤해하지 않았다.

우스꽝스럽게도 그는 식초에 절인 청어만 보면 침을 흘리며 사족을 못 썼다. 그는 보통 이동하는 시간에 신문을 읽었는데, 흰 눈에 뒤덮인 풍경이 창문 저편으로 고즈넉하게 스쳐지나가는 기차 안에서조차도 신문을 읽어가며 기름종이에 싸인 청어를 먹어댔다.

그는 엑셰 기차역에서 내렸다. 장대비가 쏟아지고 있었다. 랍비는 서둘러 플랫폼을 가로질러 갔다.

그가 알기로 엑셰 군병원에는 유대교를 믿는 여성이 세 명 입원해 있었다. 그중 한 명으로부터 며칠 전에 편지가 왔다. 단 하나의 영혼도 영혼이다. 크론하임 랍비는 단 한순간도 망설이지 않고 너무나 지루한 이 여행을 떠났다.

이제 그는 며칠 전에 안느-마리 아르비드손 부인이 릴리를 만났던 1층의 창문 없는 방에 앉아 있다. 그는 다 해진 회색 정장을 입고 있으며, 책상 위에 놓인 연필깎이와 날카로운 연필 사이에서 춤을 추고 있는 파리 한 마리에 정신을 집중시키고 있었다.

노크 소리가 났다. 주디트가 문을 살짝 열고 얼굴을 쏙 내밀었다.

"들어가도 될까요?"

랍비가 웃었다.

"당신은 내가 상상했던 그대로군요. 자, 이름이…."

"주디트 골드라고 해요."

"자, 주디트 골드, 당신 글씨를 보고 당신 모습을 추측해봤지요. 그런데 이건 내가 나를 칭찬해줘야 될 것 같은데. 정확히 맞췄으니까. 여담이지만, 이 세상은 이런 종류의 직관에 기초해 돌아갑니다. 나폴레옹도 워털루 전투가 벌어지기 전에… 오, 당신 얼굴이 백지장처럼 창백하군요! 물 좀 줄까요?"

물병이 책상 위에 놓여 있었다. 랍비는 물을 잔에 따랐다. 주디트는 물을 벌컥벌컥 마시고 의자에 앉았다.

"부끄러워요."

"나도 부끄럽습니다. 우리 모두 부끄럽지요. 당연히 부끄러워해야 합니다. 예를 들어, 주디트, 당신은 뭐가 부끄러운가요?"

"저기… 랍비님께 그 편지를 써 보낸 것이… 그리고 또… 어쩔 수 없이 랍비님께 이런 말씀을 드려야만 한다는 것도…."

"그럼 내게 아무 얘기 하지 말아요! 그리고 그 모든 걸 다 잊어버려요!"

"그건 불가능한 일이에요!"

"당신은 할 수 있어요! 어깨 한 번 으쓱하고 당신이 내게 하려고 했던 말을 쓰레기통에 던져버려요. 그것 때문에 단 1분도 골치 아파하지 말아요. 잊어버려요. 다른 얘기해요. 우리, 예를 들어 파리에 대해 얘기해요. 파리에 대해 어떻게 생각하죠, 주디트 골드?"

에밀 크론하임은 책상 위에서 붕붕대는 파리 한 마리를 손으로 가리켰다.

"혐오스러워요."

"혐오라는 감정을 품지 않도록 조심해야 합니다. 증오라는 감정으로 쉽게 바뀔 수 있으니까요. 그러고 나면 공격 본능이 발동되고… 나중에는 공리공론이 난무하게 되는 거지요. 그리고 결국은 파리나 쫓으면서 평생을 살게 됩니다."

주디트는 자신의 물잔 가장자리에 앉은 파리에게서 눈을 뗄 수가 없었다. 그녀는 침을 꿀꺽 삼켰다.

"친구가 있어요."

그녀는 이렇게 말하고 나서 뜸을 들였다. 크론하임 랍비가 질문을 던지거나 동작을 취해주기를 바랐지만, 그는 계속 책상 위에서 춤을 추듯 정신 사납게 날아다니는 파리에만 관심을 보일 뿐이었다. 어떤 식으로든지 시작해야만 했다.

"릴리라는 제 친구 얘기예요. 나이는 열여덟 살. 사회 경험도 없고 순진해요."

랍비가 눈을 감았다. 주디트의 얘기를 듣고 있는 것일까?

"릴리는 고틀란드에 사는 한 남자의 감언이설에 완전히 속아 넘어갔어요. 아, 그 남자는 아베스타로 옮겨갔답니다. 전 이 상황을 그냥 두고 볼 수가 없어요! 릴리가 그 남자한테 그렇게 열광하는 걸 가만히 내버려둘 수 없다구요. 이런데도 아무렇지 않은 척하거나, 관여하지 않는다는 건 있을 수 없는 일이에요!"

지금까지 이 주제 저 주제로 옮겨 다니며 열변을 토하던 랍비는 줄곧 눈을 감고 있다. 잠이 든 것일까?

주디트가 눈물을 흘리기 시작했다.

"릴리는 제 절친이에요. 전 동생 같은 릴리를 사랑해요. 병원에 처음 들어왔을 때 그녀는 그야말로 피골이 상접할 정도로 비쩍 말랐었답니다. 세상천지에 의지할 사람 하나 없이 외톨이가 되어 하루 종일 우울해했었지요. 그러다가 그 건달이랑 편지를 주고받는 사이가 된 거죠. 그 남자는 나쁜 놈이에요! 하늘의 별이라도 따다 주겠다며 릴리를 유혹했다니까요. 그러다가 이제는 드디어 이곳 병원으로 릴리를 만나러 오겠대요! 죄송해요. 제가 함부로 생각 없이 얘기했나 봐요. 용서해주세요. 하지만 전 릴리가 아직 어리다는 사실은 확신해요."

주디트는 자기 얘기가 본론에서 벗어났다는 걸 느꼈다. 처음부터 끝까지 다 설명했어야만 했다. 왜 자기가 지금 불안해히고 있는지도 얘기하고, 자신의 근심 걱정이 충분히 근거가 있다는 말도 해야만 했다. 하지만 랍비는 그녀를 도와주기는커녕 당황스러울 정도로 잠자코 있을 뿐이다. 그녀에게 관심조차 기울이지 않고 있다. 눈을 감은 채 상체를 꼿꼿이 세우고 앉아 있을 뿐이었다.

침묵이 1분 동안 이어졌다.

크론하임 랍비가 갑자기 헝클어진 머리를 손으로 박박 긁어댔다. 그가 잠을 자고 있지 않았던 건 분명했다.

주디트는 흐느끼며 말을 이었다.

"전 끔찍한 일을 정말 많이 겪었답니다. 모든 걸 단념해버린 적도 한두 번이 아니지요. 하지만 지금 이렇게 살아 있습니다. 아직 이렇게 목숨을 부지하고 있다고요. 그리고 릴리는 아직 어린아이에 불과해요."

에밀 크론하임이 호주머니를 뒤졌다.

"난 이런 경우에 대비해서 항상 손수건을 갖고 다닙니다. 이거 받아요."

그즈음에 미클로스는 어떻게 하면 자신의 운명을 피해갈 수 있을까, 하는 생각을 곰곰이 하곤 했다. 그는 자신의 외모에 대해서 전혀 아무런 환상을 품고 있지 않았다. 물론 원기를 회복했고, 몸무게는 50킬로그램으로 불어났으며, 보기 흉한 무사마

귀도 얼굴에서 사라져가기 시작했다. 그럼에도 그는 온갖 콤플렉스에 시달리고 있었다.

린드홀름은 미클로스가 카메라를 빌려달라고 부탁하자 처음에는 놀랐으나, 그가 엑셰 여행 얘기는 더 이상 꺼내지 않는데다가 그렇게 해주면 행복해할 것 같아서 금방 그러겠다고 대답했다. 의사는 장롱으로 가서 유리창이 끼워져 있지 않은 아랫부분에서 소형 카메라를 꺼냈다. 그리고 사무용 책상의 서랍에서 열두 컷짜리 필름도 한 통 끄집어냈다. 그는 이 두 가지를 미클로스에게 건네주었다. 방 한가운데 서 있던 미클로스의 얼굴에 환하게 미소가 번졌다.

병동 사이에는 넓은 공터가 있었는데, 사방에서 바람이 세차게 불어대는 이곳에는 수백 년 된 소나무들이 우중충한 하늘을 향해 몸을 곧추세우고 있었다. 미클로스와 해리, 티보르 히르슈는 여기에 모였고, 미클로스는 엄숙한 표정을 지으며 이제 막 쉰을 넘겨 병원에서는 나이가 가장 많은 티보르에게 카메라를 내밀었다. 그의 머리칼은 아예 자라기를 거부하는 듯 보였고, 그의 두피에는 불규칙한 형태의 반점들이 여기저기 나 있었다.

미클로스는 그를 똑바로 쳐다보면서 말했다.

"아저씨는 사진사였죠. 전 아저씨를 믿어요. 이건 제 인생이 걸린 일이에요."

티보르는 카메라를 한참 동안 살펴보더니 고개를 끄덕였다.

"이 카메라는 내가 잘 알아. 사진이 엄청 잘 나올 거야. 약속할 수 있어."

미클로스가 그의 말을 중단시켰다.

"아니오. 잘 나오면 안 돼요."

"아니, 그게 무슨 얘기지?"

"제가 원하는 건 사진이 좀 흐릿하게 나오는 거예요."

히르슈는 무슨 말인지 이해되지 않는다는 듯 미클로스를 뚫어지게 쳐다보았다. 미클로스가 덧붙였다.

"그래서 아저씨한테 부탁드리는 거예요. 아저씨라면 잘 아실 것 같아서…."

히르슈는 그다지 오래되지 않은 과거를 떠올렸다.

"조금 알기는 하지. 무선전신 기술자로도 일하고 사진사 조수로도 일하니까. 아니, 일했었으니까. 자, 원하는 게 뭔가?"

미클로스가 해리를 가리켰다.

"해리와 나, 모두 사진에 나와야 해요. 그리고 해리는 또렷하게 나와야 하고, 저는 배경에서 좀 흐릿하게 나와야 하고요. 가능할까요?"

히르슈가 화를 내며 말했다.

"말도 안 돼! 아니, 왜 넌 흐릿하게 나와야 된다는 거야?"

"그건 모르셔도 돼요. 자, 하실 수 있어요?"

무선전신 기술자이자 사진사 조수였던 티보르 히르슈는 잠시 망설였지만, 미클로스는 그의 좋은 친구인 데다가 너무나 간절히 애원하는 표정으로 자신을 쳐다보고 있었으므로 그는 직업적 자존심을 싹 다 잊어버렸다.

단 5분 만에 그는 미클로스의 모습을 잘 알아보기 힘들게 찍을 수 있는 방법을 알아냈다. 우선 해리를 앞에 세웠다. 사진이 가장 잘 나오는 각도에서 얼굴이 중간 옆모습으로 4분의 3쯤 보이게 찍었다. 희미한 햇살이 이따금 잠깐잠깐 나타나곤 했으므로 해리의 모습에 예술적인 느낌을 더하기 위해 자기는 역광으로 자리 잡았다. 미클로스는 해리 뒤에 서 있다가 사진을 한 번씩 찍을 때마다 좌우로 1, 2미터씩 폴짝폴짝 뛰어야만 했다. 티보르는 이렇게 여러 컷을 찍었다.

> 릴리, 넌 정말 대단한 마법사 같아! 통화를 하면서 넌 꼭 마법이라도 건 듯 나를 완전히 매혹시켰어! 네 편지를 읽으면서 너의 모습을 상상해보았는데, 그게 정말 네 모습일까, 한층 더 궁금해졌어. 만일 그게 너의 진짜 모습이 아니어도 매력적일 거고, 그게 너의 진짜 모습이라면 더 매력적일 거야. 내가 나오는 사진을 한 장 찾아냈어. 이 사진을 보면 난 꼭 키클로페스의 운명에 짓눌려 화장실로 급히 도망쳐야만 하는 사람처럼 보여. 그렇긴 하지만 사진 보낼게….

엑셰 군병원 4층 복도의 움푹 들어간 자리에 난 창문에는 꼭 남반구에서 가져온 듯 잎이 무성한 인공 야자수가 서 있었다. 젊은 여성 세 명이 그 나무의 짙은 잎사귀 뒤에 몸을 감추고 숨어 있었다.

릴리는 확대경으로 사진을 꼼꼼히 살펴본 다음 확대경을 사라와 주디트에게 넘겨주었다. 그들의 시력에는 아무 이상이 없었다. 흐릿해서 누구인지 거의 알아볼 수가 없는 해리 뒤쪽 실루엣의 주인공이 다름 아닌 미클로스라는 사실을 받아들일 수밖에 없었다.

스벤손 의사가 그들 뒤에 불쑥 나타났다.

"오, 이 아가씨들이 왜 내 확대경을 빌려달라고 하나 했더니…."

세 사람은 소스라치게 놀랐다. 의사가 사진을 가리켜 보였다.

"남자들인가? 헝가리 남자들?"

릴리가 당황스러워하며 사진을 그에게 내밀었다.

"제 사촌이에요."

스벤손이 사진을 오랫동안 들여다보았다.

"잘생겼네. 정직해 보이고…."

릴리는 머뭇거리다가 해리 뒤로 보이는 희미한 실루엣을 가리켰다.

"아니, 아니, 이 사람이 아니구요. 뒤에 있는 이 사람이에요!"

스벤손 의사는 사진을 눈에 가까이 가져가서 뒤쪽에서 뛰어가고 있는 젊은 남자가 누구인지 확인해보려고 애썼지만, 소용 없었다.

"그냥 우연히 찍힌 것 같아요. 참 이상하죠."

미클로스의 아이디어는 성공을 거두었다. 수수께끼에 가득 찬 배경의 인물 덕분에 미래의 약속은 계속 유효하게 되었다. 스벤손이 실망해서 사진을 돌려주었다. 릴리와 사라, 주디트는 의사가 눈치채지 못하도록 킥킥대고 웃으며 그에게 확대경을 돌려주었다.

너와 사라에게 염치없는 부탁을 하나 해야 될 것 같아. 아 참, 사라에게는 안부 좀 전해줘. 다름이 아니고, 해리랑 내가 어디서 끔찍한 색깔인 회색 털실을 한 뭉치 얻었는데, 요정의 손이 마술을 부린다면 입을 만한 스웨터로 만들 수 있을 것 같아. 너희 두 사람에게 이 일을 부탁하고 싶어. 물론 최대한 빨리….

그다음 날 동틀 무렵에 릴리는 침대에 앉아 베개 밑에서 손수건을 끄집어낸 다음 정성스럽게 접어서 머리맡 테이블에 놓여 있던 봉투 속에 집어넣었다.

…대단한 건 아니지만, 내 마음을 담아 보내는 것이니 반

아줘. 생각만큼 잘 만들지는 못했어. 다리미로 잘 다려서 매끈하게 만들고 싶었는데, 다리미가 없어서 그냥 베개 밑에 넣어두었다 보내는 거야… 날이 점점 더 추워지고 있지만, 겨울 외투를 지급받지 못하는 바람에 공원으로 산책하러 가려면 카디건을 두 벌씩 껴입어야 해.

그 순간, 주디트는 얼굴을 이불 밖으로 내밀었다. 그녀는 행복하고 평화로운 표정을 짓고 있는 릴리를 보았다. 그녀 자신은 조금도 행복하지 않았지만.

우편물은 낮잠을 자고 나서 바로 오후에 배분되었다. 수위실로 편지를 찾으러 가는 것도 해리였고, 편지를 받은 사람들의 이름을 큰 소리로 부르는 것도 해리였다. 미시, 아돌프, 리츠만, 그리거, 야코보비츠, 호즈시, 제노, 스피츠, 미클로스….

미클로스는 자주, 너무 자주 편지를 받았다. 하지만 그중 오직 어떤 한 사람이 보낸 편지만이 그를 설레게 했다. 릴리가 보낸 편지를 받으면 그는 자기 침대로 돌아갈 때까지 기다리지 못하고 서둘러 봉투를 열었다. 이번에는 손수건이 봉투에서 툭 하고 떨어졌다. 미클로스는 그걸 집어 코를 킁킁거리며 냄새를 맡았다.

…네게 다리미가 없어서 손수건을 매끈하게 만들려고 머리 밑에 두고 잤다는 얘기를 들으니, 이 손수건이 한층 더 귀하게 느껴져… 도대체 왜 네가 보내는 편지는 점점 더 큰 즐거움을 내게 안겨주는 것일까?

편지를 연필로 써서 미안해. 너에게 곧바로 답장을 쓰고는 싶은데, 누가 잉크를 가져가버려서….

네게 따뜻한 악수를 오랫동안 보낸다.

미클로스

엑셰 군병원 1층에는 문화관이 있었다. 벽에는 노란색이 칠해져 있고, 연단과 무대가 갖추어져 있었는데, 붉은색 플러시 천으로 된 커튼을 치면 무대를 가릴 수 있었다.

사라가 콘서트를 열겠다는 생각을 구체화시켰을 때 그녀와 친구들은 최소한 4층 여성 병동에 있는 환자들만이라도 자기네들의 음악을 들으러 와주었으면 하고 바랐다. 그런데 200석의 좌석을 채운 것은 스웨덴 군인들이었고, 그밖에는 머리를 한 가닥으로 땋고 캡을 썼으며 빳빳하게 풀을 먹인 간호사복을 입은 스웨덴 간호사 몇 명만 꼭 빵에 들어간 건포도처럼 여기저기 박혀 있을 뿐이었다.

사라와 친구들은 네 곡을 연주했다. 사라가 노래를 했고, 릴리는 소형 오르간으로 반주를 했다. 사라는 헝가리 노래를 세

곡 부르고 나서 스웨덴 국가를 부르기 시작했다.

그들이 스웨덴 국가를 절반쯤 불렀을까, 면도를 제대로 하지 않아 덥수룩한 얼굴에 실내복을 입은 군인들이 의자를 앞으로 밀어내고 일어나더니 국가를 부르기 시작했는데, 음정과 박자가 하나도 맞지 않고 제각각이었다.

난 그 스웨덴 사람들 때문에 짜증이 나기 시작했어. 우리가 계속해서 자기네 나라를 찬양하는 노래를 부르기를 원했거든…. 그 바람에 난 지금 향수병을 심하게 앓고 있어!!!

6

클라라 쾨베스는 오후 열차를 타고 아베스타에 내렸다. 그녀에게는 웁살라 근처의 수용소에서 아베스타까지 편도 기차표를 끊을 만한 돈밖에 없었다. 하지만 그녀는 조금도 불안하지 않았다. 그 나머지는 우리 미클로스가 알아서 해 줄 것이라고 믿었던 것이다.

기차역에서부터 3, 4킬로미터는 우편차를 얻어 타고 여왕처럼 편안히 갈 수 있었다. 오후 3시가 채 안 된 시간에 그녀는 아베스타 입구에 도착했다.

그녀의 수용소 친구들은 그녀를 엄마 곰이라는 별명으로 불렀는데, 그럴 만한 충분한 이유가 있었다. 육중한 몸을 좌우로 흔들며 건들건들 걷는 데다가 악수를 하면 손을 얼마나 꽉 쥐는지 꼭 남자랑 악수를 하는 것 같았던 것이다. 그녀의 거대한 몸은 대부분 비단처럼 부드러운 솜털로 뒤덮여 있어서 조명을 잘못 받으면 영락없이 모피 옷을 입고 있는 것처럼 보였다. 입술은 두툼하며 관능적이었고, 코는 매의 부리 모양이었으며,

큰 얼굴은 제대로 손질되지 않아서 부스스한 갈색 곱슬머리로 덮여 있었다. 정말 괴짜였다.

"미클로스, 나 왔어! 나 왔다구!"

그녀가 재활센터 가건물 안으로 쏜살같이 뛰어 들어가면서 이렇게 소리치자 모든 사람의 얼굴이 갑자기 굳어졌다.

처음에 미클로스는 자기가 헛것을 본 거라고 믿었다. 그가 지난 두 달 동안 편지를 주고받고 있는 그 재미나고 재치 있는 여성을 지금 눈앞에 나타난 이 거구의 여성과 동일시한다는 건 불가능한 일이었다.

지난여름에 생면부지의 젊은 헝가리 여성 117명에게 편지를 보낸 그는 그중 열여덟 명으로부터 답장을 받았고, 결국은 릴리를 제외하고 모두 아홉 명의 여성들과 편지를 교환하기 시작했다. 클라라 쾨베스는 그중 한 명이었다. 미클로스는 그만둘 수가 없었다. 그는 글을 쓰면서 큰 즐거움을 느꼈고, 글을 씀으로써 사물의 본질을 통찰할 수 있었다. 또 그는 여성들의 운명에 대해 진지한 관심을 갖게 되었다. 그렇지만 그가 이 아홉 명의 여성들에게 쓰는 편지의 내용은 릴리에게 보내는 편지의 내용과는 완전히 달랐다.

클라라와는 주로 세계의 정세에 대해 의견을 나누었다. 둘 사이의 공통된 견해가 그들의 마음과 생각을 일치시켰다. 전쟁이 일어나기 전에 클라라는 사회주의 팸플릿을 사람들에게 나누어주었고, 이런 이유로 체포되었다.

그녀는 미클로스를 향해 곧장 달려가더니 다짜고짜 그의 입에 키스했다.

"난 몇 주일 전부터 이 순간을 기다려왔어요!"

사람들이 어안이 벙벙한 표정으로 그녀를 쳐다보고 있었다. 90킬로그램에 달하는 살과 피로 이루어진 여자의 몸뚱이가 의사의 처방과 허가, 그리고 다른 의학적 권고사항 같은 건 싹 무시한 채 그들의 눈앞에 짠하고 나타난 것이다. 그들의 꿈이 3차원으로 실현된 것이었다.

미클로스는 자기를 껴안고 있는 클라라의 억센 두 팔에 옴짝달싹 못한 채 온몸을 바들바들 떨었다.

"뭘 기다려왔다는 거죠?"

"우리 두 사람의 삶을 결합시키는 거 말이에요! 그것 말고 뭐가 있겠어요?"

결국 미클로스를 놓아준 그녀는 호주머니에서 편지를 꺼내 공중에 던졌다. 그리고 침대에서 일어나 두 사람을 둥그렇게 둘러싼 사람들을 향해 돌아섰다. 그녀의 연극적인 등장이 큰 센세이션을 불러일으킨 게 틀림없었다.

"지금 여기서 누가 당신들이랑 같이 살고 있는지 알아요? 제2의 카를 마르크스가 살고 있어요! 제2의 프리드리히 엥겔스가 살고 있다구요!"

편지들이 마치 축제날의 색종이 조각처럼 우수수 바닥으로 떨어졌다. 남자들이 넋 나간 표정을 지었다. 미클로스는 그 자리에서 혀를 콱 깨물고 죽어버렸으면 싶었다.

클라라가 그의 팔짱을 끼었다. 미클로스는 당황해하며 해리에게 자기들을 따라오라고 다급하게 손짓했다. 세 사람은 근처에 있는 숲으로 이어지는 길에 들어섰다. 클라라는 마치 미클로스가 자기 마음대로 해도 되는 인형이라도 되는 듯 꼭 끌어안고 있었다. 해리는 두 사람 뒤에서 걸으며 자기 차례가 되기를 기다리고 있었다. 보슬비가 내리기 시작했다.

미클로스가 차분하고 교육적인 목소리를 내려고 애쓰며 말했다.

"자, 클라라… 난 지금 다른 여자들이랑 편지를 주고받는 중입니다. 상당히 많은 여자들이랑 말이에요."

클라라가 웃기 시작했다.

"내 사랑, 지금 나한테 질투심을 불러일으키려는 거예요?"

"천만에, 그럴 리가! 그냥 당신이 알고 있으면 해서 말해주는 것뿐입니다. 편지를 쓰는 건 이를테면 우리의 유일한 소일거리지요. 그건 나뿐만 아니라 병동에 있는 사람들 모두도 마찬가지입니다. 내 말을 당신이 오해했을 수도 있겠군요."

"자기, 절대 오해 안 했어요. 난 당신을 연모한답니다. 당신은 똑똑한 남자예요. 진짜 태양 같은 사람이죠. 난 눈을 들어 당신을 올려다보죠! 당신은 나의 선생님, 나의 연인이 될 거예요! 당신에게는 콤플렉스가 있어요. 하지만 내가 당신을 구원해주겠어요!"

"난 편지를 많이많이 써요. 당신이 그 사실을 알았으면 좋겠군요."

"천재들은 다들 콤플렉스를 갖고 있죠! 전쟁 전에 내게 깊은 영향을 미친 천사 두 명과 알고 지냈거든요. 그러니 잘 알고 있어요. 한 가지 고백할 게 있는데, 해도 괜찮을까요? 난 처녀가 아네요. 절대 아네요! 다른 건 몰라도 처녀는 절대 아네요! 하지만 당신에게는 절조를 지킬 수 있을 거예요! 난 그걸 느낄 수 있답니다. 당신이 편지에 썼던 생각, 세상을 향한 신념들! 난 그걸 다 암송할 수 있어요. 한번 테스트해볼래요?"

클라라가 끓어오르는 격정을 주체하지 못하고 미클로스의 허리를 붙들더니 그의 얼굴과 안경에 입맞춤을 퍼붓는 바람에 안경이 입김으로 뿌옇게 흐려졌다. 그런데 이렇게 더렵혀진 안경알 너머로 미클로스는 클라라의 눈빛 깊숙한 곳에 무궁한 절망감이, 거절당할지도 모른다는 공포스러운 두려움이 서려 있는 것을 보게 되었다. 이 뜻밖의 발견이 그를 진정시켰다.

"클라라, 내 말 좀 들어봐요, 제발…."

"난 당신이 필요하다면 내가 당신을 간호해줄 거라는 말을 하고 싶었을 뿐이에요. 난 완전히 다 나았거든요. 이제 병원에서 나와도 돼요. 일을 할 거예요! 당신 곁으로 와서 자리를 잡겠어요! 자, 이제 내가 할 말은 다 했으니 당신이 말할 차례예요!"

미클로스는 자신을 꽉 부둥켜안고 있는 클라라를 뿌리치고 그녀를 똑바로 쳐다보았다.

"좋습니다. 사실대로 말할게요. 나는 편지를 많이 써요. 하지만 그건 무엇보다도 내 글씨가 예뻐서예요. 다른 사람들이 그 사실을 알아차렸지요. 그래서 병동에 있는 친구들이 내게 대필을 부탁한 겁니다. 불행하게도 당신에게 보낸 편지는 내가 쓴 게 아니라 해리가 쓴 거예요. 해리는 내 글씨가 자기 글씨보다 예쁘다며 내가 편지를 받아쓰게 했지요. 해리의 글씨는 보기 흉한 데다가 읽기도 힘들었거든요. 자, 바로 이것이 서글픈 진실입니다. 유감스럽게도, 당신은 나를 통해 해리를 사랑하게 된 거지요."

클라라는 아연실색하여 눈길을 돌렸다. 해리에게로. 그리고 보슬비를 맞으며 그에게로 향했다.

"그렇다면 당신이 바로 나의 천사가 되겠군요?"

해리가 그 말에 동의했다. 그가 우리 미클로스를 손으로 가리켰다.

"저 친구는 쓰기만 했어요. 편지에 쓰인 생각은…."

그가 겸손한 표정을 지으며 자기 이마를 보여주었다.

클라라의 시선이 해리에게서 우리 미클로스에게로 옮겨갔다. 미클로스는 키가 아주 작았다. 게다가 안경을 쓰고 틀니를 끼고 있었다. 반면에 해리는 몸매가 날씬했고, 경기병의 그것 같은 작은 콧수염이 그의 코 아래를 장식하고 있었다. 클라라는 그의 눈에서 진정한 욕망 같은 걸 보았다. 그녀는 미클로스가 방금 한 말을 믿는 게 좋겠다고 생각하고 해리의 팔을 잡았다.

"확인해볼 게 있어요. 난 외모 따위에는 관심 없어요. 입술 모양이라든가 눈 색깔에도 관심 없고, 잘생겼는지 못생겼는지도 관심 없어요. 내가 중요하게 생각하는 건 오직 정신뿐이랍니다, 알겠어요? 정신만큼 중요한 건 없다구요."

해리가 그녀를 자기 쪽으로 돌려세우더니 한 손은 그녀의 풍만한 엉덩이에, 또 한 손은 턱에 갖다 대며 말했다.

"실망하지 않을 거예요."

그리고 그녀의 입에 열정적으로 키스했다.

미클로스는 이제 자기가 슬그머니 사라져도 그들 두 사람이 눈치채지 못할 것이라고 느꼈다. 그가 길 끝에서 돌아보니 과연 그 두 사람은 얼싸안은 채, 잦아들 기색 없이 점점 더 세차게 내리는 비를 뚫고 어두운 숲속으로 향하고 있었다.

클라라 사건이 있고 나서 미클로스는 3일 동안 참회 기간을 가졌고, 그동안에는 릴리에게 편지를 단 한 줄도 쓰지 않았다. 나흘째 되는 날, 그는 아베스타에 딱 하나밖에 없는 개인 욕탕의 욕조 안에 뜨거운 물을 가득 채우고 들어앉아 있었다. 부르주아의 안락함을 상기시키는 장소였다. 이곳의 열쇠는 누구든지 관리인에게 요청하면 받을 수 있었고, 미클로스는 이 같은 기회를 할 수 있는 만큼 자주 이용했다. 목욕탕이 병동에서 멀리 떨어진 건물에 있었으므로 그는 문을 잠근 적이 한 번도 없었고, 이번에도 다르지 않았다. 담뱃에 불을 붙이고 난 그는 자기가 음치라는 사실을 잊어버린 채 '노동행진가'를 목청껏 부르기 시작했다.

그때 문이 벌컥 열렸다. 키가 140센티미터밖에 안 되는 수간호사 마르타가 문지방을 밟고 서 있었다. 그녀는 작은 손으로 진한 담배 연기를 쫓았다. 미클로스는 왼손으로 자신의 페니스를 감추려고 애썼다.

마르타가 노발대발했다.

"지금 뭐하는 거지, 미클로스? 숨어서 담배 피우는 거야? 부끄럽지도 않아? 도대체 나이가 몇인데 이렇게 어린애처럼 행동하는 거야?"

미클로스는 담배가 물속에 떨어지도록 내버려둔 채 오른손으로 담배 연기를 쫓으려 했으나 연기는 사라지지 않고 계속 물 위를 맴돌았다. 벌거벗고 있는 게 창피했던 그는 당황하며 페니스를 두 손으로 가렸다.

풀을 먹여 빳빳한 간호모를 쓴 마르타는 욕조에 최대한 가까이 다가가 미클로스의 면전에 대고 소리쳤다.

"미클로스, 네게 담배는 곧 죽음이야! 담배를 한 개비 필 때마다 수명이 하루씩 줄어드는 거라구! 그런데도 피워야겠어? 대답해봐, 이 미치광이야! 그런데도 피워야겠냐구?"

릴리, 네게 한 가지 고백할 게 있어. 아니, 내가 뭔가 잘못을 저지른 건 아니고 다른 고백이야. 사실 난 완전 음치여서 내가 노래를 부르면 사람들이 귀를 틀어막을 정도야. 하지만 그런 나도 욕조에서 혼자 목욕을 할 때는 큰 소리로 '노동행진가'를 목청껏 부르지. 나는 평화주의자거든. 여기서 우리는 철저히 감시를 받고 있는데, 그것 때문에 정말 힘들어. 그리고 엄격하게 정해진 일과표에 따라 생활해야 해. 최고 독재자는 꼭 미키마우스처럼 생긴 마르타 수간호사야. 린드홀름 의사의 아내지. 그녀는 하루 종일 우리를 감시하면서 지나칠 정도로 시시콜콜한 것까지 간섭한다니까.

미키마우스 간호사 마르타는 잔뜩 화가 나서 씩씩거리며 공원을 가로질러갔다. 관리인 사무실까지 가려면 5분은 걸어야 했고, 그녀의 분노는 걸음을 옮길 때마다 점점 더 커졌다. 그녀는 문을 거의 박차다시피 하고 관리인 사무실로 들어갔다.

나흘 전에 해리는 잃어버렸다고 믿었던 성 기능을 되찾았다. 물론 클라라가 좀 실망한 기색으로 떠나기는 했지만, 두 사람은 앞으로도 계속 편지를 주고받기로 약속했다.

그 사이에 해리는 아베스타의 주간 관리인으로서 아기 코끼리라는 별명으로 불릴 정도로 뚱뚱한 프리다에게 홀딱 반했다. 그는 자신의 변덕스러운 욕망에 대해 곰곰 생각해보았다. 허리가 잘록하고 엉덩이가 큰 여자에게 끌리던 시절은 이제 끝난 것 같았다.

마르타가 마치 저승사자처럼 문가에 나타났을 때 프리다와 실내복 차림의 해리는 서로 꼭 껴안고 있었다. 그녀가 너무 느닷없이 나타나는 바람에 두 사람은 서로에게서 미처 떨어지지 못했다. 해리는 자기가 겨우 몇 마디밖에 못 알아듣는 스웨덴어로 대화가 이루어지는 걸 그나마 다행으로 생각했다.

"프리다, 미클로스에게 담배를 준 게 당신인가요?"

프리다는 해리를 놓아주지 않고 통통한 팔로 더 세게 껴안았다.

"두 개비 아님 세 개비밖에 안 줬어요."

마르타가 큰 소리로 외쳤다.

"같은 말, 두 번 다시 하지 않겠어요! 이런 일이 또 다시 일어나면 그땐 상부에 보고할 거예요!"

그녀는 홱 돌아서더니 쾅 소리가 나게 문을 닫고 나갔다.

물론 프리다가 환자들에게 담배를 준 게 단지 마음씨가 좋아서만은 아니었다. 그녀는 원래 가격에 아주 조금만 얹어서 담배를 되팔아 얼마 안 되는 월급을 보충했다.

솔직히 말하자면, 나는 남자가 담배 피우는 거 좋아해. 하지만 지금의 너는 예외가 되어야 해. 부탁이니, 너무 많이 피우지는 마. 아, 그리고 난 담배 안 피워….

릴리는 몽유병 환자처럼 방으로 들어가 아무 말 없이 침대에 앉았다. 그녀에게서 너무나 깊은 절망감이 풍겨 나왔으므로 침대에 누워 있던 주디트는 세 번째로 읽고 있던 토머스 하디의 『테스』 영어판을 배 위에 내려놓았다.

차를 마시고 있던 사라가 돌아보더니 릴리에게 달려가 침대 밑에 무릎을 꿇고 앉았다.

"무슨 일 있어?"

릴리는 어깨를 축 늘어뜨린 채 아무 대답도 하지 않았다.

사라는 릴리의 이마에 손을 갖다 댔다.

"열이 있네. 체온계가 어디 있지?"

주디트가 달려갔다. 체온계는 창문턱에 놓여 있는 접시에 들어 있었다. 릴리는 두 사람이 자신의 팔을 들어 올려 허리에 갖다 붙이도록 내버려두었다. 그들은 그녀 앞에 앉아 불안한 표정으로 기다렸다.

바람이 덧문을 뒤흔들었다. 바이올린이 삐걱거리며 내는 소리처럼 가냘픈 목소리로 릴리가 중얼거렸다.

"누가 날 밀고했어."

주디트가 살짝 몸을 일으켰다.

"아니, 어떻게?"

"적십자에서 일하는 사람을 방금 만났는데… 내가 거짓말을 했다고 그러는 거야."

침묵이 흘렀다. 사라가 적십자에서 일하는 여성의 이름을 기억해냈다.

"안느-마리 아르비드손 말이야?"

릴리가 말을 이어나갔다.

"…미클로스가 내 사촌이 아니라 원래 잘 모르는 사이인데 편지를 주고받는 것뿐이라면서…."

주디트가 펄쩍 뛰어 일어나더니 이리저리 서성거렸다.

"그 여자가 그걸 어떻게 알았지?"

"…그래서 허가해줄 수 없다는 거야. 그래서 미클로스가 올 수 없게 됐어! 올 수 없게 되었다구!"

사라가 릴리 앞에 무릎 꿇더니 그녀의 손에 연거푸 입을 맞추었다.

"우리가 무슨 방법을 찾아볼게, 릴리. 자, 힘내. 너, 지금 몸에 열이 있어."

릴리가 실내화를 뚫어지게 쳐다보고 있었다.

"그 여자가 내게 편지를 한 통 보여줬어. 우리들 중 한 사람이 보낸 거였어."

그 말을 듣고 주디트가 소리쳤다.

"세상에, 누가 썼지?"

"그건 말해주지 않았어. 그냥 편지 내용만 보여줬을 뿐이야. 누군가가 내가 거짓말을 했다고 써 보낸 거지. 내가 주장하는 것처럼 미클로스가 내 사촌이 아니라고 말이야. 그래서 그 여자는 허가증에 서명할 수 없다고 말했어."

사라가 한숨을 내쉬었다.

"우리, 계속해서 건의하자. 미클로스의 방문 허가가 떨어질 때까지, 그들이 지겨워할 때까지 계속 건의하자구!"

이번에는 주디트가 릴리의 발밑에 털썩 주저앉았다.

"오, 우리 불쌍한 릴리!"

릴리가 결국 고개를 들어 친구들을 바라보았다.

"도대체 누가 나를 그렇게까지 미워하는 거지?"

사라가 다시 몸을 일으켰다. 그녀는 릴리의 겨드랑이에서 체온계를 빼냈다.

"39.2도. 서둘러야 해. 자, 빨리 침대에 누워. 스벤손을 불러야겠다."

두 친구는 릴리가 침대에 눕도록 거든 다음 시트를 덮어주었다. 그녀는 자기 자신의 힘으로는 움직일 수 없는 것처럼 보였다. 두 사람은 그녀를 아기처럼 다뤄야만 했다.

주디트는 그녀의 관심을 다른 데로 돌려놓으려고 입을 뗐다.

"그가 널 마음에 들어 하는 것 같은데?"

사라가 무슨 말인지 금방 알아듣지 못하고 물었다.

"누가 우리 릴리를 좋아한다는 거야?"

"스벤손이… 그 사람이 릴리를 어떤 눈길로 쳐다보는지를 보면 그걸 알 수 있지."

사라가 코웃음을 쳤다.

"말도 안 돼!"

그러나 주디트가 쐐기를 박았다.

"난 그런 거 하나만은 정확히 보거든…."

미클로스는 철로를 건너는 육교의 두툼한 철근장선들 사이에 선 채 지평선을 향해 끝없이 멀어져가는 대여섯 개의 선로를 내려다보고 있었다. 구름에 덮인 하늘은 철회색을 띠고 있었다.

해리가 멀리 도로 위에 나타났다. 그는 뛰어오고 있었다. 그가 육교 계단을 성큼성큼 기어올랐으나, 미클로스는 해리가 숨을 헐떡이며 자기 옆에 멈추어 섰을 때에야 그를 알아보았다.

"뛰어내리려는 거야?"

미클로스가 웃으며 대답했다.

"왜 그렇게 생각하는 거지?"

"네 눈을 보면 알 수 있어. 그리고 편지를 받고 나서 어디론가 사라져버렸잖아?"

화물열차 한 대가 그들 아래로 쏜살같이 달려갔다. 검고 진한 연기가 마치 슬픔의 장막처럼 그들을 둘러쌌다. 미클로스의 손이 난간 위에서 경련을 일으켰다. 해리가 그의 옆에서 팔꿈치를 괴었다.

"아냐. 난 뛰어내리지 않아."

두 사람은 멀어져가는 화물열차를 눈으로 따라갔다. 열차가 멀리 실오라기처럼 보이자 미클로스는 바지 주머니에서 구겨진 편지 한 장을 꺼내 해리에게 내밀었다.

"자, 오늘 이런 편지를 받았어."

> 친애하는 미클로스 씨,
>
> 오늘 자 「스자바드 네프」에 실린 공고문에 대해 답변드립니다. 유감스럽게도 귀하의 부모님 두 분은 1945년 2월 12일 오스트리아의 락센부르크 강제수용소에 이루어진 폭격으로 희생되셨음을 알려드립니다. 저는 당신의 부모님을 잘 알고 있었습니다. 강제수용소에 계시던 두 분을 더 나은 장소인 카베기아르로 보내드리면 인간적으로 취급받고 정상적인 음식과 거처를 제공받으실 것이라 생각했습니다. 그곳으로 보내드린 사람도 바로 저입니다. 당신에게 이런 안타까운 소식을 전하게 되어 정말 유감입니다.
>
> 안도르 로즈사

우리 미클로스는 그의 아버지와 복잡하고 모순적인 관계를 유지했다. 데브레센에서 널리 알려진 감브리누스 서점의 주인이었던 미클로스의 아버지는 다혈질에 툭하면 고래고래 소리를 질렀고, 화가 나면 손부터 나가는 사람이었다. 상대가 아내라고 해서 예외는 아니었다. 그는 맨 정신일 때도 그녀에게 폭력을 휘둘렀다. 불행하게도 그는 술을 많이 마셨다. 그럼에도 불구하고 그의 아내는 샌드위치나 사과, 자두를 챙겨서 서점으로 그를 찾아가곤 했다.

미클로스는 어느 경이로운 오후를 기억하고 있었다. 어렸을 적, 서점 사다리의 맨 꼭대기에 앉아 톨스토이의 「표트르 대제」를 읽던 그는 대제의 궁정에서 벌어지는 흥미로운 이야기에 넋을 잃은 나머지 시간이 흘러가는 걸 까맣게 잊어버리곤 했다. 저녁이 되면 어머니가 그를 데리러 왔는데, 봄철이라 머리에 챙이 넓은 진홍색 모자를 쓰고 있었다.

"미클로스, 벌써 7시나 됐는데 집으로 저녁 먹으러 오는 것도 잊어버리고 책만 읽고 있네. 무슨 책을 읽고 있는 거니?"

그제야 그는 여인을 올려다보았는데, 진홍색 모자를 보고는 낯익다 싶기는 했으나 어디서 보았는지는 정확히 알지 못했다.

해리는 편지를 접어서 아무 말 없이 미클로스에게 돌려주었다. 두 사람은 난간에 몸을 기댔다. 그리고 끝없는 기찻길을 멍하니 바라보았다. 새 몇 마리가 빠른 속도로 하늘을 맴돌았다.

미클로스, 스졸노크에서 온 편지가 너에게 너무나 슬픈 소식을 전해주어 나도 한없이 슬퍼. 널 위로하고 싶은데, 마땅한 단어가 떠오르지 않아….

그날 오후에 미클로스는 자전거를 타고 아베스타 묘지를 찾았다. 이슬비가 내리고 있었다. 그는 때로는 허리를 숙여 묘비명을 들여다보기도 하고, 또 때로는 매번 복잡해 보이는 스웨덴 이름을 나지막한 목소리로 발음해보며 무덤 사이를 지칠 줄 모르고 정처 없이 돌아다녔다.

> 그렇게 냉정하게 굴다니, 운명의 시련을 그렇게 악의적일 만큼 시니컬하게 받아들이다니, 후회가 돼. 어제는 이곳 묘지에 갔었어. 어쩌면 난 공동묘혈에 묻혀 있는 내 사랑하는 사람들이 내세의 기억에 의해 구원되기를 바랐는지도 몰라… 이제 다 끝났어.

릴리가 별안간 자기 침대에 앉았다. 밤늦은 시간이어서 문 위에 달린 전등 하나만 희미한 불빛을 발하고 있을 뿐이었다. 그녀의 이마에서 땀이 흘렀다. 옆 침대에서는 사라가 아무것도 덮지 않은 채 새우잠을 자고 있었다. 몸을 일으킨 릴리는 사라에게 다가가 무릎을 꿇었다.

"자니?"

사라는 그 말을 기다렸다는 듯 돌아눕더니 중얼거렸다.

"나도 잠이 안 와."

릴리는 이미 사라의 침대로 몸을 옮겼다. 그녀가 사라의 손을 잡았다. 두 사람은 침대에 등을 대고 누워 자작나무기 바람에 이리저리 흔들리면서 천장에 만들어놓는 기이한 무늬들을 바라보았다. 기나긴 적막이 지나갔다. 그러고 나서 릴리가 속삭였다.

"그가 자기 부모님들에 관한 소식을 들었다나 봐. 폭격으로 두 분 다 돌아가셨대."

미클로스가 보낸 편지가 뜯긴 채 머리맡 테이블 위에 놓여 있었다. 사라가 편지를 집어 들었을 때 오직 그녀의 두 눈만 깜박거렸다.

"오, 세상에!"

"한번 세어봤는데… 313일이 지났어. 엄마 아빠 소식을 못 들은 지가…."

두 사람은 눈을 동그랗게 뜬 채 바람이 천장에 그려놓는 표현주의적 형태들을 바라보았다.

7

우체부가 몰고 오는 소형트럭은 오후 3시에 아베스타에 도착했다. 모피 칼라가 달린 점퍼를 입은 남자가 트럭에서 내리더니, 트럭 뒤편으로 가서 문을 활짝 열어놓고 배달해야 할 편지가 담긴 회색 자루를 끄집어냈다. 대체로 그는 뒷문 옆에서 3, 4분 정도 시간을 보냈다.

그런 다음에 그는 노란색으로 페인트칠이 되어 있으며 큰 여행용 가방을 연상시키는 우체통을 향해 걸어갔다. 우체통을 열쇠로 연 그는 재활센터 사람들이 부칠 편지들을 텅 빈 마대자루에 쏟아부은 다음 그들이 받게 될 편지들을 집어넣었다.

두근거리는 가슴을 안고 이 지루한 의식을 처음부터 끝까지 지켜보는 것이 우리 미클로스의 하루 일과 중 하나였다. 혹시 어떤 은밀한 음모에 의하여 자기 편지가 마대자루 밖으로 빠져나가는 건 아닌지를 꼭 확인해보아야만 했던 것이다.

릴리, 확신하건대, 분명히 넌 좋은 소식을 듣게 될 거야. 설사 당장 내일은 아니더라도 모레에는 듣게 될 거야. 편지는 너희 아빠의 호주머니 속에 들어 있고, 그분은 그걸 스웨덴으로 보낸다는, 거의 불가능해 보이는 일을 시도할 기회를 찾고 있을 거야.

엑셔 군병원의 3층에는 들키지 않고 담배를 피울 수 있는 장소가 있었는데, 샤워실이 바로 그곳이었다. 샤워실은 아침에만 잠깐 붐빌 뿐 저녁때까지 거의 대부분 비어 있었다.

주디트는 하루에 담배를 최소한 반 갑씩 피웠는데, 용돈을 담배 사는 데 다 썼다. 사라도 하루에 두 개비씩 담배를 피웠고, 릴리는 그들과 함께 있어주는 걸로 만족했다.

사라는 담배 연기를 깊이 한 번 빨아들이고 나서 공상에 잠겼다.

"가서 우는 소리를 하길 잘한 것 같아. 오늘 오후에 외출해도 좋다는 허락을 받았어. 시내에 갈 수 있을 거야."

샤워박스 가장자리에 앉아 있던 주디트가 발을 오므리며 말했다.

"시내에 가서 뭘 할 건데?"

"드디어 미클로스에게 보낼 릴리의 사진을 찍을 때야."

릴리가 기겁을 했다.

"절대 안 돼! 내 사진을 보면 토끼처럼 도망치고 말 거야!"

주디트가 담배 연기로 동그라미를 만들었다.

"좋은 생각이 있어. 우리 세 사람 다 나오는 사진을 찍자. 나중에 이 모든 걸 기억할 수 있도록 말이야."

그러자 사라가 물었다.

"나중에 언제?"

"언젠가. 우리가 서로 다른 곳에서 살게 되면 말이야. 우리가 행복해지면…."

세 사람은 잠시 공상에 잠겼다. 그러고 나서 릴리가 말했다.

"난 못생겼어. 그러니 사진을 찍고 싶지 않아."

사라가 그녀의 손을 탁 소리 나게 쳤다.

"바보 같은 소리하지 마. 넌 못생기지 않았어."

주디트는 살짝 열려 있는 환기창으로 담배 연기가 빠져나가는 것을 물끄러미 쳐다보며 알 듯 모를 듯 수수께끼 같은 미소를 지었다.

미클로스는 우체국 창구에 머리를 디밀었다. 그는 일체의 착오를 미연에 방지하기 위해서 독일어로 말했다.

"전보를 보내고 싶습니다."

역시 안경을 쓴 접수계 여직원이 재촉하는 표정으로 그를 쳐다보았다.

"주소는요?"

"코룽스고르덴 7번지, 우틀레닝슬레예르, 엑셰…."

그녀는 빠른 글씨로 전보용지를 채워 넣기 시작했다.

"메시지는요?"

"두 단어입니다. 헝가리어로요. 철자를 불러드릴게요."

그러자 여직원이 불쾌한 표정을 지었다.

"그러실 필요 없어요. 그냥 말씀하세요. 받아 적을 테니."

미클로스가 숨을 깊이 들이마셨다. 그리고 낭랑한 목소리로 또박또박 끊어서 잘 알아들을 수 있게 발음했다.

"세-레트-렉, 릴리."

젊은 여직원이 머리를 저었다. 무슨 언어가 이 모양이지?

"철자를 말씀해주세요."

미클로스는 알파벳을 하나씩 또박또박 불러주었다. 두 사람이 끈기 있게 애쓴 결과 첫 번째 음소는 성공하는가 싶었지만, 곧 벽에 부딪치고 말았다. 그러자 미클로스는 손을 창유리 너머로 집어넣은 다음 연필을 잡고 있는 접수계 여직원의 손을 잡고 글씨를 써보려 했다.

하지만 그건 쉬운 일이 아니었다. 대문자 L을 써야 될 순서가 되자 여직원은 연필을 집어던지더니 용지를 미클로스에게 돌려주었다.

"직접 쓰세요."

미클로스는 여직원이 괴발개발 쓴 글씨를 지우고 아주 멋진 헝가리 글씨로 '사랑해, 릴리! 미클로스가'라고 썼다.

그는 용지를 여직원에게 내밀었다.

거기 쓰인 메시지가 어떤 내용인지 알 수 없었던 여직원이 미클로스를 보며 물었다.

"이게 무슨 뜻인가요?"

미클로스는 망설였다.

"결혼하셨나요, 아가씨?"

"약혼했어요."

"오, 축하합니다! 이게 무슨 말이냐면… 으음…."

미클로스는 이 세상에서 가장 간단하면서도 가장 아름다운 문장을 독일어로 어떻게 말하는지를 완벽하게 알고 있었다. 그러나 그는 자신의 마음을 드러내고 싶지 않았다. 여직원이 글자 수를 셌다.

"요금은 두 줄이니까 2크로나입니다. 자, 이게 무슨 뜻이라구요?"

그 순간 미클로스는 문득 두려움에 사로잡혔다. 그는 안색이 창백해지더니 여직원에게 소리쳤다.

"그거 돌려줘요! 제발 부탁이에요! 돌려달라니까요!"

여직원은 어깨를 으쓱거리더니 용지를 계산대 위에 올려놓았다. 미클로스는 용지를 집어 찢어버렸다. 그는 자신이 어리석고 비겁하게 느껴졌다. 구차하게 무슨 설명을 하는 대신 그는 쑥스럽게 미소 짓더니 여직원에게 고개를 한 번 끄덕이고 나서 쏜살같이 우체국을 나왔다.

그날 밤늦은 시간에 남자들은 두터운 담요를 몸에 두르고 건물 밖으로 나와 정원의 나무 탁자 주변에 평상시처럼 자리를 잡고 앉았다. 그들은 눈을 감은 채 몸을 웅크리고 있거나, 아니면 초벽을 바르지 않은 붉은색 벽돌담을 멍하니 바라보고 있었다.

미클로스도 벽에 기대고 선 채 눈을 감았다.

시는 보내지 않을 거야. 그냥 소네트에 불과해서 말이야. 그보다 더 원대한 계획을 갖고 있는데, 소설의 줄거리를 구상하고 있어. 남자들과 여자들, 아이들, 독일인, 프랑스인, 헝가리계 유대인, 지식인, 농부 등 열두 명이 대형화물기차를 타고 독일의 강제수용소까지 여행하는 이야기야. 안전한 삶에서 죽음으로 향하는 거지. 이것이 내 작품의 처음 열두 장을 구성할 거야.

그다음 열두 장은 해방의 순간을 묘사할 거야. 아직은 구상 단계지만, 반드시 완성시키고 싶어.

팔 야코보비츠는 서른 살이 채 안 되어 보였지만, 그의 두 손이 계속 떨리고 있어서 의사들은 그에게 앞으로 차츰차츰 나아질 거라고 위로해줄 수가 없었다. 그는 의자 위에서 앞뒤로 몸을 흔들며 콧노래를 부르듯 기도문을 외었다.

"신이시여, 제 기도에 귀기울여주세요. 저에게 아름다운 갈색머리 여자를 한 명 보내주세요. 혹시 갈색머리 여자를 못 찾으시거든 금발머리 여자도 괜찮아요. 그래, 금발머리 여자요…."

그때까지만 해도 테이블 반대편에 앉아 이 상황을 잘 참아내던 엑스레이 촬영기사이자 사진사 조수인 티보르 히르슈가 결국 폭발했다.

"그런 말도 안 되는 기도를 하다니, 참 우습다!"

"난 내가 원하는 걸 얻으려고 기도를 하는 거야."

"넌 더 이상 어린애가 아냐, 야코보비츠. 이제 서른 살이 넘었다구!"

야코보비츠가 자기 손을 바라보더니 손이 덜 떨리도록 하고 싶은 듯 오른손으로 왼손을 움켜잡았다.

"그게 너랑 무슨 상관이야?"

"서른 살 먹은 남자는 여자들 꽁무니를 쫓아다니지 않아."

야코보비츠가 목소리를 높였다.

"그럼 뭘 해야 되는데? 그냥 자위나 해야 되는 건가?"

"그렇게 교양 없이 굴지 마."

야코보비츠는 그 빌어먹을 손 떨림을 억제하기 위해 손톱으로 팔을 꾹 누르며 소리쳤다.

"서른 살 먹은 남자는 도대체 뭘 해야 되는 거야, 히르슈? 제발 말해줘!"

"서른 살 먹은 남자는 자신의 욕망을 억제하지. 신경안정제를 달라고 부탁하고, 자기 차례가 될 때까지 기다려."

야코보비츠가 주먹으로 테이블을 두드렸다.

"난 더 이상 기다릴 수 없어! 지금까지 충분히 기다렸다구!"

이렇게 말하고 난 그는 벌떡 일어나 황급히 병동 안으로 들어가 버렸다.

여전히 눈을 감은 채 벽에 등을 기대고 있던 미클로스의 입가가 가늘게 떨렸다.

릴리, 사랑하는 릴리! 그래, 내가 그렇게까지 부끄럽지만 않다면, 반드시 맹세할 거야. 그렇게 하면 나도 어린 소녀들이 실컷 울고 나면 가슴에 맺힌 것을 털어버릴 수 있는 것처럼 지금의 어려운 상황도 타결해나갈 수 있을 거야. 그래, 병원에서 지내는 건 정말이지 끔찍해. 우리 모두는 진짜 돼지가 되어버렸어…. 아우구스트 베벨(August Bebel, 1840~1913. 독일 사회민주당 창립자 중 한 사람)이 쓴 『여성과 사회주의』라는 책을 한 권 구해서 네게 읽히고 싶은데, 잘 되었으면 좋겠다….

릴리는 이불을 덮고 웅크린 채 흐느껴 울었다. 자정이 넘었다. 릴리가 우는 소리에 잠이 깬 사라는 침대 아래로 뛰어내려 이불을 들어 올리고 그녀의 머리를 쓰다듬어주었다.

"왜 울어?"

"그냥…."

"꿈꿨어?"

사라는 릴리 옆에 누웠다. 두 사람은 매일 밤 그랬듯이 천장을 올려다보았다. 바로 그때 주디트의 그림자가 두 사람 위로 불쑥 솟아올랐다.

"나 누울 자리 있어?"

릴리와 사라가 자리를 비켜주자 주디트도 두 사람 옆에 누웠다. 릴리가 물었다.

"그 베벨이라는 사람이 누구야?"

주디트가 입을 삐죽거렸다.

"작가."

사라가 몸을 일으켰다. 그건 그녀가 잘 아는 분야였다. 이럴 때 그녀는 마치 선생님 같은 표정을 지으며 말을 할 때 엄지손가락을 들어올리기까지 했다.

"보통 작가가 아냐! 굉장한 사람이라니까!"

릴리가 눈물을 닦았다.

"『여성과 사회주의』라는 책을 썼대."

사라가 학교 선생님처럼 굴자 짜증이 난 데다가 어쨌든 좌익사상을 좋아하지 않는 주디트가 빈정거리듯 말했다.

"책 제목을 보아하니 서둘러 읽어야 하겠는걸! 누가 나 좀 말려줘!"

사라가 불만스런 표정으로 말을 계속했다.

"그가 쓴 책 중에서 가장 뛰어난 책이야. 이 책을 읽으며 많은 걸 배웠지."

주디트는 이불 아래서 릴리의 팔을 꼭 눌렀다. 그러나 릴리가 표정에 아무 변화 없이 묵묵부답이자 다시 포문을 열었다.

"그 시인이란 사람이 네 머릿속에 좌익 이념을 채워 넣고 있는 거지, 안 그래?"

"그 사람이 나한테 그 책을 보내줄 거야. 구해지는 대로 바로 보내겠다고 했어."

"책이 도착하거든 몇 구절 외워둬. 그럼 네 남자친구가 감동받을 거야."

사라는 여전히 침대에 앉아 손가락을 들어올렸다.

"『여성과 사회주의』의 중심 사상이 뭐냐 하면, 제대로 된 사회에서는 여성이 남성의 동반자가 되어 평등해진다, 라는 거야. 사랑에서도 그렇고, 투쟁에서도 그렇고… 모든 면에서 다…."

주디트가 악의 어린 미소를 지었다.

"베벨은 바보멍청이야. 그는 단 한 번도 결혼을 한 적이 없어. 틀림없이 성병 환자였을 거야."

사라는 분노에 사로잡혔다. 응수할 만한 수많은 것들이 머릿속에 맴돌았으나, 그중에서 딱 맞는 것을 고를 수가 없었다. 그래서 다시 침대에 누웠다.

나, 지금 초조한 마음으로 책을 기다리고 있어. 사라는 그 책을 이미 읽어보았지만, 기꺼이 다시 읽을 생각이래.

아베스타에 도착하자마자 재활센터 남자들은 체스판 하나와 보드게임판 두 개를 얻어 마음껏 게임을 할 수가 있었다. 하지만 보드게임은 게임 규칙이 스웨덴어로 쓰여 있는 데다가 게임 자체가 너무 초보적인 것 같아 딱 한 번만 하고 단 몇 분 만에 싫증을 내며 그만두었다. 하지만 체스는 서로 하려고 다투었다. 체스를 하는 사람은 거의 대부분 리츠만과 야코보비츠였다. 리츠만은 고향에서 체스 챔피언이었던 걸로 알려졌다. 야코보비츠와 그는 돈을 걸고 게임을 했기 때문에 최우선으로 체스판을 쓸 수 있는 권리를 갖고 있었다.

리츠만은 게임이 끝날 때까지 이러쿵저러쿵 끊임없이 해설을 늘어놓았다. 그는 비숍을 집어 들더니 허공에 빙빙 돌리며 끊어 말했다.

"이이거어얼로 - 와와왕으을 - 잡아압으을 - 거어어어야! 체에에크으!"

야코보비츠는 오랫동안 숙고했다. 다른 때처럼 그날도 구경꾼들이 두 사람을 둥그렇게 둘러쌌다. 왕이 외통수에 몰리기 전의 긴장된 침묵 속에서 히르슈의 한마디가 꼭 종 축제에서 첫 번째로 울리는 종소리처럼 그렇게 울렸다.

"그녀가 살아 있어!"

이 엑스레이 촬영기사는 자신의 침대에 앉아서 편지를 흔들었다.

"살아 있어! 아내가 살아 있다니까!"

다른 사람들이 깜짝 놀라서 그를 쳐다보았다. 그가 몸을 일으키더니 환하게 빛나는 얼굴로 사람들을 주욱 한번 둘러보았다.

"다들 무슨 말인지 알아들어? 아내가 살아 있다니까!"

그가 방금 받은 편지를 마치 깃발처럼 높이 들고 흔들며 침대 사이를 걷기 시작했다. 그는 소리쳤다.

"아내가 살아 있어! 살아 있어! 살아 있다구!"

해리가 가장 먼저 히르슈와 합류했다. 해리는 두 손을 히르슈의 어깨에 갖다 대고 뒤를 따라가며 그의 리듬을 따랐다. 두 사람은 "살아 있다! 살아 있다! 살아 있어!"라고 큰 소리로 외치며 침대들 사이를 돌고 또 돌았다.

프리드와 그리거, 오블라트, 스피츠도 춤의 대열에 합류했다. 삶의 욕구는 그 누구도, 그 어떤 장애물도 저항할 수 없을 만큼 강렬했다. 미클로스도 그들 뒤편에 섰고, 병동에 있는 다른 열여섯 명의 생존자들이 한 명씩 그 뒤를 따랐다.

히르슈가 맨 앞에 서서 편지를 마치 깃발처럼 높이 들고 흔들며 행진했고, 야코보비츠와 리츠만이 맨 뒤에 섰다.

그들은 마치 한없이 긴 뱀처럼 서로의 어깨를 붙잡은 채 매번 새로운 코스를 만들어 돌고 또 돌았다. 그러다가 그들은 침대도 뛰어넘고, 책상도 뛰어넘고, 의자도 뛰어넘을 수 있다는 사실을 깨달았다. 중요한 건 리듬을 깨지 않는 것이었기 때문이다.

"살아 있어! 살아 있어! 살아 있어! 살아 있다구! 살아 있다구! 살아 있다구!"

> 오늘, 우리 친구인 티보르 히르슈가 루마니아에서 온 편지를 받았어. 그의 아내가 자기는 살아 있다고 편지를 보내온 거야. 그녀가 벨젠이라는 곳에서 총살당하는 걸 봤다고 자신 있게 말하는 사람을 셋이나 만났는데 말이야….

이 활기차고 열광적인 사건이 미클로스로 하여금 여행 허가를 받기 위해 마지막으로 다시 한 번 시도해볼 생각을 갖게 만들었다.

그는 린드홀름이 매주 수요일 밤은 본관에서 지낸다는 사실을 알고 있었다. 그래서 잠옷 위에 외투를 걸치고 빠른 걸음으로 운동장을 지나 그의 방문을 두드렸다.

린드홀름은 그에게 앉으라고 손짓하더니, 쓰고 있던 문장을 마저 다 쓴 다음 고개를 들어 미클로스를 올려다보며 그가 입을 열어 하고 싶은 얘기를 하기를 기다렸다. 사무용 책상 위에 놓인 등 하나만이 방을 밝히고 있었다. 둥근 원 모양의 불빛은 정확히 의사의 눈 아래에 멈춰 있었기 때문에 미클로스는 어쩐지 좀 불편했다.

"영혼에 관해서 말씀을 좀 나누고 싶습니다, 선생님."

린드홀름의 턱과 코만 환하게 빛났다.

"그래. 영혼이란 참 이상한 거지."

미클로스는 외투가 흘러내리도록 내버려두었다. 풀어헤쳐진 줄무늬 실내복만 입고 앉아 있는 그는 꼭 중세시대의 성인처럼 보였다.

"때로 영혼은 육체보다 더 큰 중요성을 갖지."

린드홀름은 두 손을 함께 꽉 움켜잡았다.

"다음 주에 심리학자 한 사람이 오기로 했네."

"아닙니다. 전 영혼에 대해 선생님이랑 말씀을 나누고 싶어요. 『마의 산』이라는 작품에 대해 알고 계세요?"

린드홀름이 몸을 뒤로 젖히자 그의 얼굴이 어슴푸레한 어둠 속에 완전히 잠겨버렸다. 그는 머리 없는 인간이 되었다.

"읽은 적이 있네."

"전 꼭 한스 카스트로프(토마스 만의 『마의 산』 주인공. 요양병원에서 치료를 받고 있는 23세 젊은 청년)가 된 것 같은 생각이 들어요… 건강한 사람들을 보면… 참기 힘들 정도로 질투가 나서… 정말 너무 힘듭니다…."

"이해가 되네."

미클로스는 그에게 좀 더 가까이 다가가려고 허리를 숙였다.

"허락해주세요. 제발 부탁입니다."

"뭘 허락해달라는 거지?"

"제 사촌을 보러갈 수 있게 해주세요… 2, 3일이면 됩니다… 제가 완치된 것처럼 느낄 수 있게 해주세요…."

린드홀름이 그의 말을 중단시켰다.

"그건 맹목적인 집착일세, 미클로스. 그걸 버려야 하네."

"뭘 버리라구요?"

린드홀름이 몸을 일으키더니 둥근 빛에서 완전히 빠져나왔다.

"여행에 대한 집착 말일세. 그 집요함 말이야. 정신 차리게!"

"전 제정신입니다. 여행하고 싶다고요!"

"하지만 여행하면 자네는 죽어! 바로 죽는다구!"

린드홀름의 불길한 진단이 마치 흉악한 새처럼 그들 두 사람 위를 날아다녔다. 이제 미클로스의 눈에 보이는 것은 오직 바지를 입고 있는 의사의 두 다리뿐이었다. 그는 의사의 선고를 무시해도 되겠다고 생각했다.

이따금 두 사람의 숨소리만 들려올 뿐 침묵이 이어졌다.

린드홀름은 당황해하며 미클로스에게 등을 돌렸다. 그리고 벽장을 열었다가 다시 닫았다.

미클로스가 몸을 일으켰다. 얼굴이 창백했다.

린드홀름이 스웨덴어로 몇 번이나 같은 말을 되풀이했다.

"미안하네. 미안해. 미안해."

결국 그가 다시 벽장을 열더니 서류철을 꺼냈다. 그리고 발광판 앞에 자리를 잡더니 불을 켰다. 살균된 차가운 빛이 방을 가득 메웠다. 린드홀름이 파일에서 엑스레이 사진을 몇 장 빼내더니 발광판에 끼웠다. 모두 여섯 장이었다. 그는 뒤돌아보지도, 미클로스와 눈을 맞추려고도 하지 않았다.

"자네 '사촌'이 어디서 치료받고 있나?"

"엑셰에서요."

"상의를 벗게. 진찰을 해봐야겠어."

미클로스는 실내복 상의를 벗었다. 린드홀름이 청진기를 꺼냈다.

"숨 쉬어보게. 깊숙이. 들이마셨다가 내쉬게."

그들은 마주 서 있었지만, 서로를 쳐다보지는 않았다. 미클로스는 숨을 들이마셨다가 다시 내쉬었다. 린드홀름은 숨소리에 귀를 기울였다. 그는 미클로스를 오랫동안 진찰했다. 마치 멀고 먼 우주공간에서 들려오는 음악 소리를 감상하는 듯했다. 이윽고 차분한 목소리로 말했다.

"사흘 남았군. 자네에게 작별 인사를 할 시간이 말일세. 의사로서의 내 소견은… 하지만 중요하지 않겠지…."

그는 자기가 하게 될 말을 손짓으로 쫓아버렸다.

미클로스는 다시 실내복 윗도리를 입었다.

"감사합니다, 선생님."

자, 릴리, 이제 빨리 민첩하게 행동해야 해. 적십자사를 속여야 하니까 말이야. 네 주치의가 나의 방문을 의학적 관점에서 허가한다는 내용으로 작성한 스웨덴어 서류가 내게 필요해. 내 주치의는 이미 설득했어!

린드홀름은 거북한 표정으로 청진기를 만지작거리고 있었다. 이 은밀하고 신비로운 빛 속에서 그는 용기를 내어 바지 뒷주머니에서 지갑을 꺼냈다.

"그녀를 잊어버리게. 이게 의사로서의 내 의견이네. 하기야 내 의견 따위가 뭐 중요하겠나?… 때로는 영혼을… 감추어야만 할 때도 있다네…."

그는 엑스레이 사진을 발광판에서 떼어내더니 서류철 속에 다시 정리해 넣었다. 그리고 발광판을 끈 다음 지갑에서 작은 사진 한 장을 꺼내어 미클로스에게 내밀었다. 사진은 너무 자주 만진 나머지 구겨지고 퇴색한 티가 역력했다. 사진에는 손에 공을 든 소녀가 벽 앞에 서서 미심쩍은 눈길로 카메라 렌즈를 응시하고 있었다.

"이게 누군가요, 선생님?"

"내 딸이라네. 아니, 딸이었다네. 죽었으니까. 사고로…."

미클로스는 더 이상 손가락 하나 움직일 수가 없었다. 린드홀름이 한 발을 다른 발 위에 올려놓은 채 몸을 좌우로 흔들거리자 마룻바닥에서 삐걱거리는 소리가 났다. 그의 잠긴 목소리가 울렸다.

"삶은 때때로 우리에게 벌을 내린다네."

미클로스는 엄지손가락으로 어린 소녀의 얼굴을 어루만졌다.

"그 아이 이름은 주타일세. 내 첫 번째 결혼에서 태어난 아이지. 마르타가 우리 이야기 2부는 이미 얘기해줬지. 이건 1부이고…."

그 시각, 릴리와 친구들은 다양한 레퍼토리로 밤 공연을 펼치고 있었다. 사라는 문화관 1층에서 릴리의 피아노 반주로 노래를 여덟 곡 불렀다. 헝가리 노래 두 곡, 슈만의 가곡 한 곡, 슈베르트가 작곡한 두 곡. 유행하는 오페레타도 몇 곡 불렀다.

실내복 차림의 군인들과 간호사들은 큰 소리로 환호하며 박수갈채를 보냈다. 무대에서 릴리와 사라는 한 곡이 끝날 때마다 겸손하고 우아하게 허리를 숙여 청중들에게 인사를 하곤 했다. 릴리에게는 특별히 정중하게 인사를 해야만 할 사람이 있었다. 스벤손 의사가 와주었던 것이다. 그는 겨우 세 살이나 되었을 것 같은 어린 소녀를 앉히고 맨 앞줄에 앉아 발로 열심히 마룻바닥을 두드렸다. 공연이 끝나자 그는 피아노 옆에서 아직도 긴장을 풀지 못하고 있는 릴리에게 가서 축하해주었다. 그녀는 전혀 지루해하지도 않고, 졸지도 않던 소녀를 부러운 눈으로 바라보았다. 아이는 지루하기는커녕 노래를 들으며 꽤 즐거워한 게 분명해 보였다.

"좀 안아봐도 될까요?"

스벤손이 그녀에게 아기를 넘겨주었다. 릴리가 아이를 꼭 껴안자 아이는 생긋생긋 웃기 시작했다.

그때 사라는 무대 아래로 내려와 군인들에게 둘러싸여 있었다. 그들은 그녀에게 반주 없이 앙코르곡을 불러달라고 부탁했다. 그녀는 '하늘 저 높은 곳의 두루미'라는 곡을 선택했다. 군인들은 헝가리어를 단 한마디도 알아듣지 못했지만 사라의 노래를 듣자 눈에 눈물이 그렁그렁해졌다.

릴리도 우수에, 아마도 슬픔이라는 것에 사로잡혔다.

며칠 전 밤, 인근에 있는 작은 도시에 가서 눈 쌓인 거리를 혼자 걸었어.

어둠이 내렸다. 언덕 꼭대기로 오르는 시간은 짧았지만 지친 미클로스에게는 더 이상 페달을 밟을 힘이 없었다. 그는 20미터 이상 더 자전거를 밀고 간 뒤에 멈추어 섰다.

그 집 창문에는 커튼이 드리워져 있지 않았다. 그가 서 있는 말뚝 울타리에서는 방 안이 훤히 다 보였다. 그 장면은 꼭 한 편의 풍경화 같기도 했고, 19세기에 그려진 사실주의풍의 그림 같기도 했다. 남자는 책을 읽고 있었으며, 여자는 재봉질을 하고 있었다. 그들 사이에 놓인 작은 나무 요람 안에는 아기가 누워 있었다. 말뚝 울타리 뒤에서는 아이의 손 사이에서 빙빙 돌아가는 인형뿐만 아니라, 아직 이가 나지 않은 아이의 입 모양이 만들어내는 약간 찡그린 듯한 미소까지 또렷하게 보였다.

> 창문에는 커튼이 쳐져 있지 않았어. 작은 노동자 주택의 집 안이 훤히 내려다보였지… 피곤이 몰려오더라. 이제 겨우 스물다섯 살인데, 무슨 안 좋은 일이 이리도 많이 일어나는지! 조화롭고 아름다운 가정생활을 기억해낼 수가 없어. 그런 생활을 해보지 않아서일 거야. 그래서 더더욱 그런 가정생활을 간절히 원하는 것인지도 몰라. 나는 더 이상 그 집 안의 풍경을 보고 싶지 않아서 서둘러 그곳을 떠났어….

8

릴리는 스벤손 의사의 딸을 아까부터 품에 꼭 껴안고 있었다.

사라는 감동에 겨운 표정을 짓고 있는 실내복 차림의 군인들에게 둘러싸여 연거푸 노래를 부르고 있었다.

학은 자기를 기다리고 있는 둥지를 향해
하늘 높이 날아오르고
길을 떠난 집시는
이따금씩 휴식을 취해야 하네

스벤손 의사가 릴리의 팔을 건드렸다.

"아베스타에서 보낸 편지를 받았어요. 거기 남자 재활센터가 있는데, 거기서 근무하는 의사가 내게 편지를 썼군요. 이 의사의 아내가 헝가리 사람이지요."

릴리가 얼굴을 붉히며 중얼거렸다.

"아, 예…."

"당신 사촌에 관한 겁니다."

"정말요?"

"모르겠어요…. 어떻게 당신에게 얘기해야 할지… 좀 당황스런 내용이라…."

릴리는 아이가 갑자기 무겁게 느껴졌다. 그녀는 아이를 조심스럽게 내려놓으며 말했다.

"우리는 그가 나를 만나러 올 수 있을 거라고 생각했는데요."

의사가 아이의 손을 잡았다. 그가 머리를 끄덕였다.

"그걸 얘기하려는 거예요. 난 사촌이 오는 것에 찬성이에요. 물론 그의 방문을 허락할 겁니다."

릴리가 비명을 지르며 의사의 손을 잡고 거기 입을 맞추었다. 의사는 손을 빼내려 했으나 소용없었다.

무대 아래에서는 사라가 노래를 부르고 있었다.

다시 한 번 당신과 함께할 수만 있다면
당신의 보라색 침대에 누워
당신을 꼬옥 껴안을래요

스벤손이 팔을 등 뒤로 감추었다.

"하지만 당신이 알아두어야 할 게 한 가지 있어요."

"난 모든 걸 다 알고 있어요!"

스벤손이 숨을 한 번 크게 내쉬었다.

"아니, 당신이 모르는 게 있어요. 당신의 사촌은 중병을 앓고 있어요."

릴리는 가슴이 미어지는 듯했다.

"정말요?"

"폐가 아파요. 심각합니다. 회복이 불가능한 상태에요. 이레베르시벨(irreversibel, 돌이킬 수 없는)이라는 독일어 단어 알지요?"

"네."

"이런 얘기를 할까 말까 망설였어요. 하지만 이건 당신의 가족에 관한 문제에요. 당신도 알아야 합니다. 병은 전염되지 않아요."

릴리는 아이의 금빛 머리칼을 쓰다듬었다.

"알겠어요. 전염되지 않는군요."

사라가 노래를 끝내자 침묵이 이어졌다. 들리는 거라곤 아이가 흥얼거리는 소리뿐이다. 꼭 메아리 소리가 점점 더 작아지면서 멀어져가는 것 같다.

아이의 입을 다물게 하려고 스벤손이 집게손가락을 아이의 입에 갖다 댔다. 메아리 소리가 멈추었다.

"당신도 건강에 신경 써야 해요, 릴리. 당신 역시 몸이 안 좋으니까. 아주 안 좋은 편이에요."

릴리는 입안이 바짝 마르는 것 같았다. 그녀는 뭐라 대답할 말이 없었다.

미클로스는 감추려고 애썼지만, 린드홀름의 진단은 그를 끈질기게 괴롭혔다. 사실 그는 이 의사의 말을 믿지 않았지만, 마음이 편안해질 수 있도록 다른 사람의 의견을 들어보는 게 좋겠다는 생각이 들었다. 그래서 그는 전쟁이 일어나기 전에 미스콜크라는 곳에서 어느 외과 의사의 조수로 일했다는 야코보비츠에게 엑스레이 사진을 보고 의견을 말해달라고 부탁했다. 그건 곧 그들이 린드홀름의 진찰실에 불법 침입해야 한다는 사실을 의미했다. 모험에 뛰어들기를 마다하지 않는 해리가 기꺼이 그들과 합류했다.

밤이 되자 노란 전구가 본관 건물의 좁은 복도를 밝혀주었다. 미클로스와 야코보비츠, 해리가 마치 도깨비처럼 남의 눈을 피해 의사의 진찰실로 향했다.

해리는 철사 한 가닥을 들고 있었다. 그는 전쟁이 일어나기 전에 잠깐 동안이기는 했지만 공장을 터는 절도단의 일원이었다고 자주 자랑하곤 했다. 그의 말을 믿자면 그는 그 어떤 자물쇠라도 귀신같이 열 수 있었다.

그는 철사를 자물쇠 구멍 속에 집어넣고 오랫동안 깔짝거렸다. 미클로스는 자신들이 얼마나 말이 안 되는 계획을 꾸몄는지를 벌써부터 후회하면서 터져 나오려는 웃음을 참으려고 애썼다. 결국 해리가 문을 여는 데 성공했고 그들은 진찰실 안으로 잠입했다.

세 사람은 매우 잘 훈련된 특공대처럼 행동했다. 미클로스가 자신의 엑스레이 사진이 어떤 벽장에 들어 있는지를 손짓으로 해리에게 가르쳐주자 해리는 이번에도 철사를 열쇠 구멍 속에 집어넣고 이리저리 돌렸다.

대범하게 침입하기는 했지만 불을 켤 엄두를 내지 못했다. 하지만 보름달이 떠 있었고, 린드홀름의 진찰실은 섬뜩하게 느껴질 정도로 인광을 발하는 환한 빛에 잠겨 있었다. 세 사람은 자기들이 무슨 동화의 주인공이라도 되는 듯한 착각에 빠졌다.

자물쇠가 찰칵 소리를 냈다. 해리는 벽장문도 여는 데 성공했다. 미클로스가 급히 달려가더니 손가락으로 서류철을 더듬었다. 그가 기억하기에 그의 서류는 중간쯤에 있었다. 그는 마침내 자신의 서류를 찾아내고 안도의 한숨을 내쉬었다. 그는 서류철에서 자신의 엑스레이 사진을 꺼내 야코보비츠에게 건네주었다.

야코보비츠는 린드홀름의 안락의자에 편안히 자리를 잡고 엑스레이 사진을 달빛에 비추어가며 판독하려고 애썼다.

그때 문이 벌컥 열리고 불이 켜졌다. 199와트짜리 백열전구 세 개가 내뿜는 뜨거운 열기가 진찰실을 가득 채웠다.

린드홀름의 아내인 수간호사 마르타가 문지방을 밟고 서 있었다. 간호사복 아래서 그녀의 작은 가슴이 떨리고 있었다.

"환자 여러분, 지금 여기서 뭘 하는 거예요?"

줄무늬 실내복 위에 외투를 대충 걸쳐 입은 환자 셋은 화들짝 놀라 튀어 일어났다. 야코보비츠는 엑스레이 사진을 떨어트렸다. 아무도 말이 없었다. 너무나 뻔한 상황이었던 것이다. 마르타는 오리처럼 뒤뚱뒤뚱 걸어 다니며 엑스레이 사진을 하나씩 주움으로써 무언극에 긴장감을 한층 더 불어넣었다.

그러고 나서 그녀는 이 영광스런 특공대 쪽으로 몸을 돌렸다.

"이제 다들 가보세요."

세 사람은 한 줄로 늘어서서 문을 향해 걸어갔다.

그때 마르타가 미클로스를 불러 세웠다.

"미클로스, 당신은 잠깐 남아 있어요."

야코보비츠와 해리의 가슴에 바위처럼 묵직한 것이 쿵하고 내려앉는 소리가 들리는 듯했다.

미클로스가 돌아서서 몹시 후회스러운 표정을 지었다. 마르타는 벌써 자기 남편의 안락의자에 당당하게 앉아 있었다.

"뭘 알고 싶은 거예요?"

미클로스가 떠듬떠듬 말했다.

"제 친구 야코보비츠가 의사 비슷한 사람이었거든요. 전쟁이 일어나기 전에 그랬다는 겁니다…. 간단히 말하면, 제 엑스레이 사진을 좀 판독해달라고 부탁했어요."

"린드홀름이 판독해주지 않았나요?"

미클로스가 대충 메어놓은 끈이 대롱대롱 매달려 있는 신발을 내려다보았다.

"네, 의사 선생님이 판독해주셨습니다."

마르타가 너무 물끄러미 자신을 바라보자 미클로스는 어쩔 수 없이 시선을 돌려야만 했다. 그 행동으로 모든 것이 설명되었다. 이 수간호사는 마치 진실이 담긴 편지를 건네받은 듯, 그러니 다 알겠다는 듯 고개를 끄덕였다. 그녀는 안락의자에서 일어나더니 엑스레이 사진을 서류철에 끼워 넣은 다음 종이상자를 폴더 속에 알파벳 순서대로 정돈하고 벽장문을 다시 잠갔다.

"린드홀름이 당신을 위해 최선을 다할 거예요. 당신은 그가 가장 아끼는 환자니까요."

"매일같이 새벽만 되면 열이 38.2도까지 올라요."

"지금은 전 세계에서 매주 신약이 출시돼요. 무슨 일이 일어날지 어떻게 알겠어요."

미클로스의 마음속에서 무엇인가가 부서졌다. 그 일이 너무나 갑작스럽게 일어났기 때문에 그로서는 돌아볼 시간조차 미처 없었다. 모든 걸 뒤집어엎는 지진 같았다. 자신을 방어할 수 없다는 게 부끄러워서 그는 주저앉아 두 손으로 얼굴을 감쌌다. 그리고 울음을 터트렸다.

마르타가 조심스럽게 얼굴을 돌렸다.

"당신은 끔찍한 시련을 견뎌내고 살아남았어요. 그래요, 살아남았어요, 미클로스. 아무것도 포기하지 말아요. 이제 이 순간만 극복하면 목적지가 나타날 테니까요."

미클로스는 뭐라고 대답해야 할지 알 수 없어서 한참을 그러고 있었다. 그건 더 이상 울음이 아니라 상처 입은 짐승의 신음소리였다. 그는 알아들을 수 있는 문장들을 또박또박 말하려고 애썼으나, 마치 그의 목소리는 그를 그 자리에 내버려둔 채 떠나버린 것 같았다.

"전 아무것도 포기하지 않아요…."

마르타는 절망적인 표정으로 그를 지켜보고 있었다. 그는 여전히 쭈그려 앉아 있었다. 그녀가 그에게 한 걸음 다가갔다.

"좋아요. 침착해요. 힘을 내야 해요."

두 사람은 각자 서로를 위한 시간을 가졌다. 미클로스는 더 이상 울지 않았지만, 두 팔 뒤에 몸을 숨긴 채 더 한층 쭈그려 앉았다. 드디어 그가 힘겹게 한마디 내뱉었다.

"알겠습니다."

마르타도 그의 옆에 쭈그리고 앉았다.

"날 봐요, 미클로스."

미클로스는 뼈만 앙상한 팔꿈치 사이로 그녀를 바라보았다. 마르타가 이번에는 간호사의 감정 없고 직업적인 말투로 지시했다.

"숨을 깊이 들이마셔요."

미클로스는 규칙적으로 호흡하려고 애썼다. 수간호사가 그를 이끌어갔다.

"하나… 둘… 하나… 둘… 깊숙이… 천천히…."

미클로스의 흉곽이 올라갔다 내려가기를 되풀이했다. 하나… 둘… 하나… 둘….

"천천히… 깊숙히…."

자, 릴리, 난 바보멍청이가 아냐. 난 나를 여기 붙잡아두는 병이 서서히 없어지리라는 걸 알고 있어. 그런데 말이야, 나는 나와 함께 지내는 다른 환자들도 알고 있어. 누군가 "이게 미클로스의 폐야."라고 말할 때면 그 목소리에서 엄청난 동정심을 느껴….

엑셰 군병원 공원에는 음악회가 열리는 정자가 있었다. 세련되어 보이는 둥근 건물로, 우아한 형태의 흰 기둥들이 나무로 지어진 짙은 초록색 지붕을 받치고 있었다. 11월 이맘때면 얼음처럼 차가운 바람에 낙엽만 이리저리 굴러다녔다. 주중에는 병원 밖으로 나갈 수 없던 릴리는 이곳에서 시간을 보내곤 했다. 건물에서 풍기는 냄새를 더 이상 참을 수 없게되면 그녀는 이곳으로 탈출했다. 날씨가 화창한 날이면 기둥에 등을 기댄 채 금방 사라져버릴 햇살에 얼굴을 맡겼다.

그러나 지금은 세찬 바람이 불고 있다. 규정에 따라 두건 달린 큰 펠트 천 외투를 입은 릴리와 사라는 꼭 악마에 들린 사람들처럼 기둥 주변을 돌고 또 돌았다.

미클로스, 난 지금 너에게 무척 화가 나 있어!

아니, 어떻게 스물다섯 살이나 된 사려 깊고 지적인 남자가 이렇게 바보처럼 굴 수가 있는 거지? 내가 너의 병에 대해 소상하게 알고, 초조한 심정으로 너를 기다리는 걸로는 충분하지 않은 거야?

오후 늦은 시간에 정장을 입고 넥타이를 맨 두 남자가 헝가리인들의 병동으로 곧장 안내되었다. 헝가리 대사관에서 나온 사람들이었다. 그들은 공동침실 한가운데에 서서 리본을 두른 라디오를 높이 쳐들고 자랑스럽게 흔들었다. 그중 한 사람이 말했다.

"이 라디오는 헝가리의 오리온이라는 회사에서 여러분에게 임대해드리는 겁니다. 건강하게들 지내면서 라디오 즐겁게 들으시기 바랍니다!"

히르슈가 병동에 있는 헝가리 사람들을 대신하여 라디오를 받았다.

"감사합니다! 헝가리에서 들려오는 헝가리어 한마디는 우리가 먹는 약을 다 합친 것보다 더 많은 의미를 담고 있습니다."

라디오를 테이블 위에 올려놓자 우리의 미클로스는 콘센트를 찾았다. 그러자 해리가 라디오를 켰다. 초록색 표시등에 불이 들어오고 찌지직거리는 소리가 들려왔다. 정장에 넥타이를 맨 남자 중 한 사람이 소리쳤다.

"부다페스트를 찾아요!"

1분도 채 되지 않아 라디오에서 헝가리 말이 흘러나왔다.

"친애하는 애청자 여러분, 지금 현재시각 오후 7시 5분, 외국에 계신 모든 헝가리 국민들께 산도르 밀로크 본국송환 담당 장관께서 전해드립니다. '전 세계 어디에서건 이 방송을 들으시는 헝가리 국민들께서는 우리가 여러분들을 결코 잊지 않고 늘 생각하고 있다는 사실을 알아주셨으면 합니다. 자, 이제부터는 여러분들이 좀 더 수월하게 고국으로 돌아오실 수 있는 행정적 절차에 대해 말씀드리겠습니다….'"

밤늦게 건물 밖으로 나와 마당에 자리 잡고 앉은 남자들은 라디오를 나무탁자 위에 올려놓고 긴 전선을 가져왔다. 세찬 바람이 부는 탓에 그들 머리 위의 전구가 이리저리 흔들리면서 환상적인 분위기를 풍겼다. 평소에 그들은 잠자리에 눕기 전에 30분 정도 건물 밖으로 나와 바깥바람을 쐬곤 했지만, 이날은 라디오를 거의 여섯 시간 동안 계속 틀어놓았다. 그들은 실내복에 스웨터나 점퍼를 걸치고 두터운 담요를 두른 다음, 라디오 주변에 옹기종기 모여 앉았다. 초록색 표시등이 마치 장난꾸러기 요정이 눈을 깜박이듯 깜박거렸다.

라디오에서는 클로드 페퍼 미국 상원의원의 라디오 연설을 중계하는 중이었다. 헝가리 진행자가 다섯 문장이 끝날 때마다 한 번씩 낮은 목소리로 통역을 해주었다.

그다음에는 부다페스트 뉴스가 이어졌다. 전해지는 뉴스의 수군거림과 조각난 단어들이 마치 북극에서 불어오는 세찬 겨울바람처럼 그들의 머릿속에서 소용돌이쳤다.

부다페스트에서는 주요한 전범들을 싣고 온 두 번째 호송열차가 동부역에 도착했습니다.

보라로스 광장의 부교가 공식적으로 개통되었습니다.

최초로 설립된 국립경찰 여성부대의 훈련이 성공적으로 이루어졌습니다.

카페 웨이터들의 달리기 대회가 나기 쾨루트 거리에서 벌어졌습니다.

복싱 단체선수권대회 2차전에서 바사스 대표인 강펀치 미할리 코바치 선수가 크세펠 대표 로즈슈니외 선수를 오른손 훅 한 방으로 케이오시켰습니다.

일요일이 되었다. 비요르크만 가족을 태운 짙은 회색 자동차가 병원 앞에 멈추어 섰고, 입구에서 그들을 기다리고 있던 릴리가 뒷좌석에 자리 잡았다.

미사가 끝나자 그들은 스몰란스스테나르로 돌아가 점심을 먹기 위해 식탁에 앉았다. 비요르크만 부인이 수프를 나눠주는 동안 비요르크만 씨는 자신들이 릴리에게 준 작은 은 십자가가 릴리의 가슴 위에서 반짝이고 있는 걸 확인하고 흡족해

했다. 그러나 언어의 장벽 때문에 대화를 어떻게 풀어나가야 할지는 여전히 어려운 숙제였다.

“여전히 소식이 없니, 릴리?”

릴리는 말뜻을 알아들었는데도 불구하고 눈을 내리깐 채 아니라는 뜻으로 고개를 저었다.

비요르크만은 그녀가 가엾었다.

“저 있잖아. 아버지 얘기를 좀 해봐!”

릴리의 어깨가 떨렸다. 어떻게 그 얘기를?

비요르크만은 잘못 생각했다. 릴리가 스웨덴어를 잘 몰라서 망설이는 거라고 생각했던 것이다. 오케스트라 단장이 지휘봉을 흔들 듯 수저를 흔들면서 그는 자기 말을 이해시키려고 애썼다.

“네 아빠! 네-아-빠-말-야! 네 아-아-빠! 네 아부지! 네 아버지! 무슨 말인지 알아듣겠어?”

릴리가 고개를 끄덕였다. 그렇다, 그녀는 비요르크만 씨가 무슨 말을 하는지 알아들었다. 그녀는 망설이며 대답했다.

“독일어로 얘기하려고 해볼 수도 있었지만, 독일어를 잘 할 줄 몰라서….”

하지만 비요르크만은 포기하지 않았다.

“괜찮아, 괜찮아! 헝가리 말로 얘기해봐! 우리가 들을게! 안심해. 우리는 다 알아들을 수 있으니까! 자, 아버지에 대해서 얘기해봐! 헝가리 말로! 자, 자, 시작해보라니까! 시작해!”

그건 불가능해 보였다. 릴리의 숟가락이 손 안에서 떨렸다. 비요르크만 가족이 모두 그녀의 입만 쳐다보며 기다리고 있었다. 두 남자 아이 역시. 이윽고 릴리는 입을 냅킨으로 닦았다. 그녀는 두 손을 맞잡고는 그녀가 입고 있는 치마폭 사이로 힘없이 떨궜다. 그녀는 목에 매달린 십자가를 흘깃 쳐다보았다. 그러고 나서 헝가리어로 말하기 시작했다.

"아버지, 사랑하는 아버지는… 눈이 푸른색이었어요…. 어찌나 파랬는지 꼭 등잔을 켜놓은 듯 환하게 빛났답니다… 아빠는 정말 다정한 분이셨어요…."

비요르크만 가족들은 꼼짝하지 않은 채 그녀의 말에 귀 기울이고 있었다. 비요르크만 씨는 약간 비스듬하게 앉아서 마치 노래를 듣는 듯 귀가 즐거워지는 이 낯선 언어에 매료된 것처럼 미동조차 하지 않고 그녀가 하는 얘기를 듣고 있었다. 그는 이 멜로디, 이 리듬에서 과연 무엇을 이해했을까?

"아빠는 키가 크지도 않았고… 작지도 않았어요…. 우리를 무척이나 사랑하셨죠…. 직업은… 여행가방을 파는 세일즈맨이었어요…."

매주 월요일 동틀 무렵이 되면 릴리의 아버지 산도르 라이히 씨는 불칸 공장에서 출고된 엄청나게 무거운 여행용 트렁크를 양손에 하나씩 끌고 부다페스트의 헤르나드 거리를 느릿느릿 걸어 내려갔다. 이 두 개의 트렁크에는 마치 양파껍질처럼 더 작은 여행용 가방과 핸드백이 차곡차곡 쌓여 있었다.

이 모습은 릴리의 뇌리에 너무 또렷하게 박혀 있어서 그녀는 굳이 눈을 감지 않아도 봄의 햇살 속에서 건물 벽을 따라 천천히 걸어가는 아버지의 그림자를 볼 수 있을 정도였다.

"…아빠는 주중에는 내내 전국 각지를 돌며 가방을 팔았어요. 하지만 매주 금요일이 되면 항상 우리들에게 다시 돌아오셨죠…. 우리는 동부역 근처에 셋집을 얻어 살았지요. 월요일이 되면 아빠는 다시 트렁크를 들고 기차역으로 이어지는 헤르나드 거리를 걸어 내려가시곤 했답니다. 그리고 금요일이 되면 또 트렁크를 들고 집으로 돌아오시곤 했어요. 우리는 이제 오시나 저제 오시나 아빠를 기다렸답니다…."

이렇게 얘기하다 보니 릴리는 별다른 어려움 없이 과거로 돌아가게 되었다. 어머니와 아버지, 그리고 그 당시 여덟 살이었던 릴리는 이날을 위해 헤르나드 거리에 특별히 마련된 식탁 주변에 앉아 있었다. 식탁의 주변 자리에는 면도를 하지 않아 초췌해 보이는 남자가 앉아 있었는데, 다 해진 와이셔츠와 거기에 묻은 얼룩과 낡고 찢어진 바지를 가리려고, 입고 있는 외투의 단추를 잠그려 애쓰고 있었다. 아빠는 그에게 외투를 벗으라고 여러 번 권했지만, 결국은 포기하고 말았다. 그 낯선 남자는 당황해하며 더러운 손톱으로 소금통을 열려 애쓰고 있었다.

"…금요일 밤이 되면 늘 우리 집에서 특별 만찬을 하곤 했답니다. 아빠는 가난한 유대인을 저녁 식사에 초대하곤 했지요. 안식일을 이런 식으로 기렸어요. 조금 전의 그 불쌍한 사람은 역 근처에서 만나 데려온 거였어요."

스벤 비요르크만은 릴리가 하는 얘기를 다 알아들었다는 표정이었다. 그의 눈가에 눈물이 맺혀 있었다. 하지만 그는 의자에 비스듬히 앉아 몸을 웅크린 채 꼼짝하지 않았다. 황홀한 미소가 비요르크만 부인의 얼굴을 환하게 밝혀주었고, 심지어는 비요르크만의 두 아이도 수프를 한 숟가락씩 떠먹고 나서는 눈을 동그랗게 뜬 채 릴리의 얘기에 귀 기울이곤 했다.

"…이렇게 우리 가족은 매주 금요일이 되면 네 명이 되곤 했어요…."

릴리는 목에 걸린 은 십자가를 차마 내려다보지 못했다.

엑셰까지 먼 거리를 차 타고 가면서 비요르크만 부인은 릴리에게 스웨덴의 복잡한 입양 절차에 대해 말해주었다. 자기가 열을 내가며 혼자 떠드는 얘기의 주제를 릴리는 이해할 수 없다는 사실에는 신경을 쓰지 않는 듯 보였다. 어쨌든 자기와 남편이 릴리에게 들어보려고 오랜 시간 공들여 계획했었던 옛이야기를 듣게 되었다는 걸 다행으로 생각할 뿐이었다.

비요르크만 가족은 릴리가 군병원의 나무로 된 이중문 뒤로 모습을 감추고 나서도 오랫동안 자동차에 몸을 기댄 채 그녀에게 잘 가라고 손을 흔들었다.

미클로스,

내 절친인 사라에게 남자 친구를 소개시켜주겠다는 약속,

절대 잊으면 안 돼. 사라는 나보다 한 살 더 많은 스물두 살이야….

니코틴 부족으로 인해 참을 수 없는 지경에 도달한 미클로스는 관리인 사무실까지 얼마 되지 않는 짧은 거리를 단숨에 달려갔다. 그는 노크도 없이 문을 밀치고 들어갔다. 껴안고 있던 프리다와 해리가 깜짝 놀라서 서로 떨어졌다.

미클로스가 중얼거렸다.

"담배가 다 떨어져서…."

황급히 해리 품에서 벗어난 프리다가 미처 블라우스 단추를 채울 시간도 없이 수납장까지 단숨에 뛰어가서 박스 하나를 꺼냈다. 그 안에는 작은 상자들이 여러 개 들어 있었고, 상자마다 갖가지 상표의 담배가 차곡차곡 쌓여 있었다. 프리다는 풍만한 가슴이 옷 바깥으로 아무렇게나 삐져나오도록 내버려둔 채 바보처럼 히죽히죽 웃으며 물었다.

"몇 개비나 줘?"

미클로스는 프리다의 그런 모습에 거북스러워하며 네 개비가 필요하다고만 말했다. 프리다는 손가락 두 개에 침을 묻혀 담뱃갑에서 네 개비를 끄집어냈다. 미클로스도 동전을 꺼냈다. 두 사람은 담배와 동전을 맞바꾸었다.

해리는 프리다를 뒤에서 껴안으며 목덜미에 입을 맞추었다.

"돈 받지 말고 그냥 주면 안 돼? 나랑 제일 친한 친구인데. 저 친구 아니었으면 난 지금도 성 불구자 신세를 면하지 못했을 거야."

프리다는 미클로스를 요염한 눈길로 바라보더니 어깨를 한 번 으쓱하고는 동전을 다시 돌려주었다.

> 너의 부탁을 들어주려고 나름 무척 애를 쓰는 중이야. 이곳에는 헝가리 출신 남자가 열두 명 있지만, 사라에게 어울린다고 생각되는 사람은 단 한 명도 없어. 해리를 데려가고 싶었는데, 이제는 그러고 싶지 않아….

엑셰에서는 한 번 성공을 거둔 이후로 밤 공연이 더 자주 개최되었다. 스벤손은 의무적으로 취해야 하는 휴식 시간을 절반으로 줄여도 좋다고 릴리와 사라에게 허용했다. 오후 2시가 되면 두 여성은 메인 홀에 틀어박혀서 연습에 몰두했다. 스벤손은 심지어 그들에게 악보를 구해다 주기까지 했다.

이 악보 중 하나에는 레온카발로(Leoncavallo, 1858~1919. 이탈리아의 오페라 작곡가)의 선곡이 수록되어 있었다. 그 주에 두 사람은 레온카발로의 곡 중에서 가장 잘 알려진 '마티나타'를 청중들 앞에서 불렀다. 이 낭만적인 노래는 사라의 소프라노 목소리에 담겨 새처럼 힘차게 날아오르더니 하늘을 향해 비상

했다. 그녀는 자신의 노래에 도취되어 두 팔을 활짝 벌렸다. 릴리도 이 과장된 낭만적 스타일을 되풀이하여 마치 사냥감을 낚아채려고 전속력으로 하강하는 매처럼 키를 급작스레 낮추었다. 두 사람은 무대의상이 없는 걸 아쉬워했다. 사실 그들에게는 이럴 때 입을 만한 옷이 없었다. 그 탓에 입고 있는 실내복을 겨우 감추어주는 병원 가운을 헐렁하게 걸치고 공연을 해야만 했다.

주디트가 앉은 자리는 군인들이 빼곡했고, 여자라곤 그녀 한 사람뿐이었다. 그녀는 자세를 똑바로 하고 앉았다. 헝가리 사람이라는 게 자랑스럽게 느껴져서였다.

새하얀 옷을 입은 새벽빛이
햇볕 나는 하루로 가는 문을 열어주네

대기 중에 뭔가가 있었음에 틀림없었다. 왜냐하면 바로 그날 밤, 북쪽으로 수백 킬로미터 떨어진 아베스타에서도 모든 사람이 한껏 들떠 있었던 것이다.

이처럼 놀라운 우연의 일치에 대해서는 전혀 알지 못한 채 사람들은 뛰어난 솜씨로 연주하는 제노 그리거의 기타 반주에 맞추어 앞에서 말한 레온카발로의 아리아를 부르기 시작했다. 마치 하늘에 사는 합창 지휘자가 천사들을 시켜 합창단원들을 동원한 다음 동시에 같은 노래를 부르기 시작하라는 신호를 한 것 같았다. 병동 안에서도 역시 곡조는 제대로 맞지 않았지만 한껏 목청을 높여 이탈리아어로 부른 '마티나타'가 울려 퍼졌다.

엑셰 군병원의 군인들은 깊은 호소력을 가진 이 노래의 마력에 더 이상 저항할 수가 없었다. 공연장은 이제 웃음으로 가득 찼다. 사라는 두 팔을 천장으로 들어 올렸고, 릴리는 피아노용 의자 위에 거의 떠 있다시피 했다.

병동 안에 있던 남자들은 열광하여 침대와 탁자 위로 올라갔다. 해리는 그리거의 반주에 맞춰 지휘를 했다.

당신이 없는 곳에는 빛도 없고
당신이 있는 곳에서는 사랑이 꽃을 피우네

미클로스는 맨 앞줄에 서 있었다. 그는 잔뜩 상기되어 있었다. 미래가 눈부시게 빛나는 듯 보였던 것이다. '마티나타'는 결국 사랑의 찬가였다. 그는 다른 사람들이 이 노래를 부르면서 자기를 축하하는 거라고 확신했다.

스웨터를 짜는 데 필요한 털실과 우리 치수를 적어 보낼게. 너, 화난 건 아니지?

미클로스는 릴리와 전화통화를 하면서 쿠바에 사는 삼촌 덕분에 재활센터의 다른 피난민들보다 여유 있게 지낼 수 있다고 얘기한 적이 있었다. 그의 어머니의 오빠인 이 헨릭이라는 사람은 1932년에 가족의 보석을 훔쳐서 일말의 후회도 없이 쿠바로 이민을 가버림으로써 가족의 전설에 자기 이름을 영원히 새겨놓았다. 아바나에 도착하자마자 그는 그림엽서에 이 새로운 조국이 얼마나 멋진 나라인지를 찬양하는 글을 써서 데브레센에서 살고 있던 가족들에게 보내왔다.

그 당시 어린아이였던 미클로스는 어느 비 오는 날 오후에 인파로 붐비는 아바나 항구를 찍은 이 흑백사진을 틈나는 대로 들여다보곤 했다. 헨릭 삼촌의 얼굴은 희미하게밖에 기억이 나지 않았다. 삼촌의 의기양양한 수염이 입을 덮고 있었던 것 같기는 하지만, 그가 늘 반짝반짝 빛나는 눈에 코안경을 쓰고 있었는지는 확실치가 않았다.

가족들이 수년 동안 도저히 용서할 수 없는 배신의 증거로 간주하고 있던 이 엽서에서는 부두로 밀려드는 포드 자동차들뿐만 아니라 굴뚝이 세 개인 대서양횡단선도 볼 수 있었다. 부두 여기저기를 배회하던 깡마른 부두노동자 몇 명이 카메라 렌즈를 뚫어지게 쳐다보고 있었다. 그들을 보면 헨릭 삼촌의 미래를 짐작하기란 그리 어렵지 않았다. 하지만 삼촌은 화물을 배에 싣고 내리는 노동에 대해서는 생각이 눈곱만치도 없었다. 그러기는커녕, 가족들에게 질투심을 불러일으키려는 의도가 분명하게 드러난 사진을 몇 년 뒤에 보내왔는데, 놀라울 만큼 쨍한 이 사진에서 우리 헨릭 삼촌은 여기저기 뛰어다니는 열두어 명의 어린아이들에 둘러싸인 채 혼혈 여인에게 입을 맞추고 있었다.

사진에서 삼촌과 광대뼈가 툭 튀어나온 그 여인은 나무로 된 베란다에 서 있고, 삼촌은 입에 시가를 물고 있다. 사진 뒷면에는 비뚤비뚤한 글씨로 "나는 잘 있습니다. 사탕수수 농장에 투자를 했어요."라고 쓰여 있었다.

편지 쓰기의 열정에 사로잡힌 순간 미클로스는 삼촌이 자신에게 돈을 대줄 수 있는 잠재적인 재원이라고 생각했다. 만일의 경우에 대비하여 그는 자기가 유럽 전역을 초토화시킨 대규모 전쟁에서 살아남았으며, 지금은 스웨덴에서 치료를 받고 있다고 삼촌에게 편지를 써 보냈다. 하나의 장면이 마치 신기루처럼 그의 눈앞에서 떠다녔다. 청소년 시절 그는 아버지의 서점에서 찾아낸 1920년대의 사진집을 감브리누스 마당에서 넘겨보면서 쿠바를 간절히 꿈꾸었다. 그가 사진을 보며 상상한 헨릭 삼촌은 앞에서 등장한 베란다에 매단 해먹에 누워 몸을 흔들고 있었다. 삼촌은 살이 많이 쪄서 몸무게가 120킬로그램은 나갈 것 같았다. 미클로스의 상상 속 베란다는 바다가 훤히 내려다보이는 산꼭대기에 자리 잡고 있었다.

헨릭 삼촌은 진짜 이렇게 살았을까, 아니면 더 사치스럽게 살았을까? 들려오는 소문만으로는 어떻게 살고 있는지 전혀 알 수가 없었다. 그는 우리 미클로스의 편지에 여전히 답장을 하지 않았지만, 3주 뒤에 85달러짜리 수표를 보내왔다.

그 돈이 미클로스의 자본금이 되었다. 수표가 도착한 그날 미클로스는 이 돈 중 일부를 식초 냄새 풍기는 노인에게 주었고, 이 노인은 진흙 색깔의 털실 네 타래를 그에게 넘겨주었다.

이 세상에서 가장 질 나쁜 양털의 주인이 된 미클로스는 감동적인 내용으로 사람 찾는 광고문을 직접 써서 한 헝가리 신문에 실었다. 릴리가 어머니를 찾도록 도와주려는 것이었다.

다음으로 그는 그렇게 많다고 말할 수는 없는 삼촌의 기부금 중 일부를 떼어내 제과점에서 초콜릿 컵케이크를 세 개 산 다음 상자에 집어넣고 금색 끈으로 단단히 묶었다. 그는 그 작은 도시에 딱 하나밖에 없는 가게에서 망설이다가 떨리는 손으로 겨울 외투를 만들 3미터 50센티미터의 천을 사는 데 가장 큰 돈을 썼다.

드디어 그는 여행할 준비를 갖추었다.

9

여행은 하루 종일 계속되었다. 기차를 몇 번이나 갈아타야만 했다. 좌석도 여러 번 바뀌어, 창가에 앉을 때도 있었고 자리가 없어서 문에 바짝 몸을 갖다 붙인 채 서 있어야 할 때도 있었다. 그럴 때마다 그는 엄청 큰 겨울 외투를 조심스럽게 벗어서 잘 갠 다음 무릎에 올려놓곤 했다. 이따금 기차 안이 너무 더운 나머지 안경알이 김으로 덮여 뿌옇게 흐려지기도 했다. 안경알을 닦기 위해 그는 바지주머니에서 릴리에게 받은 손수건을 끄집어냈다. 그는 케이크를 포장한 상자에 무척이나 신경을 쓰며 기차를 갈아탈 때마다 상자가 짓눌려 납작해지지 않도록 안전한 곳에 놓아두었다.

그는 때때로 잠이 들었다가 화들짝 놀라 깨어났고, 그때마다 창밖을 바라보곤 했다. 기차역이 줄지어 지나갔다. 호브스타, 외레브로, 할스베르그, 모탈라, 미옐비….

미옐비 역을 지나고 나서 기차간으로 들어가던 그는 쭉 미끄러지면서 바닥에 엎어지고 말았다. 끔찍한 일이 일어났다. 그가 쓰고 있는 안경의 왼쪽 알이 산산조각 난 것이다!

외국인 사무소에서 기차표를 직접 사려고 스톡홀름에 들렀어. 있잖아, 네게 키스를 보낼게. 미클로스가.

복도 구석진 곳에 움푹 들어간 자리가 두 군데 있어. 특히 그중 한 군데는 호젓하게 자리 잡고 있어서 다른 사람 방해 안 받고 종려나무 아래 앉아 하루 종일 시간을 보낼 수 있어. 그래, 좋아, 알았어. 릴리가.

… 내가 도착하는 날 밤, 처음으로 서로에게 굿나잇 인사를 하게 될 텐데, 그때 네게 말할 게 있어. 네게 여러 번 키스를 보낸다, 릴리. "그래, 좋아, 알았어."라는 식이 아니라 몇 번이고 정식으로 예의를 갖추어서. 미클로스가.

사라의 레퍼토리 가운데 네가 분명히 알고 있을 노래가 한 곡 있는데, '중국 짐꾼들의 행진'이라는 곡이야… 어서 빨리 널 보고 싶어! 널 기다리며 네게 천 번의 키스를 보낼게. 릴리가.

복도에 몸을 숨길 곳이 있다니, 나도 좋아. 우리가 얘기를 나누고 있는데, 지나가는 사람마다 힐끗거리는 건 원치 않거든… 마음속으로 네 머리칼을 쓰다듬으면서(그래도 되지?) 천 번의 키스를 보낼게. 미클로스가.

오늘 아침에 오른쪽 눈이 간질간질해서 잠이 깼어. 사라에게 얘기했더니 아주 좋은 징조래. 만날 날이 이제 진짜 얼마 안 남았네. 너에게 키스를 보낼게. 릴리가.

1일 날 오후 6시 17분 도착이야! 너에게 키스를 여러 번 보낼게. 미클로스가.

12월 1일 엑셰에는 눈이 펑펑 쏟아졌다. 이 작은 도시에 있는 기차역은 박공으로 장식된 단층짜리 역사驛舍만 눈에 덮여 있고 플랫폼과 선로는 다 치웠는지 눈이 보이지 않았다.

세 량짜리 열차에서 내린 사람은 미클로스 한 사람뿐이었다. 다리를 절뚝거리며 다가오는 그는 전혀 돈 주앙처럼 보이지 않았다. 그가 멘 여행용 가방(가황 처리된 섬유로 만든 가방이었는데, 수간호사 마르타가 이 낡아빠진 가방을 빌려주었다)의 무게가 그의 오른쪽 어깨를 짓눌렀다. 그는 혹시 몰라서 가방을 끈으로 묶었다. 왼손에는 컵케이크가 들어 있는 상자 세 개를 들고 있었다.

릴리와 사라는 역 건물 앞에서 그를 기다리고 있었다. 신경이 날카로워진 릴리는 사라의 손을 꽉 움켜쥐고 있었다. 두 사람 뒤에는 발까지 내려오는 검은색 망토를 입은 여자 간호사 한 사람이 서 있었다. 스벤손에게서 두 여자 환자를 지켜보라는 지시를 받은 것이었다.

미클로스는 이 환영단을 멀리서 발견하고 거북스러운 미소를 지었다. 그러다 보니 웃는 얼굴이라기보다는 찡그린 얼굴이 되어버렸다. 금속으로 된 미클로스의 치아가 플랫폼에 켜져 있는 가로등 불빛을 받아 반짝거렸다.

릴리와 사라는 놀라서 서로의 얼굴을 쳐다보다가 꼭 죄라도 지은 사람들처럼 다시 시선을 플랫폼 쪽으로 돌렸다.

미클로스는 눈의 장막을 뚫고 걸어왔다. 그는 한 시간 반 전에 왼쪽 안경알이 있던 자리에 부득이하게 신문지를 대충 채워 넣었다. 왼쪽 눈이 뭔가를 볼 수 있도록 거기에 작은 틈 하나는 그냥 내버려두었다. 종이는 오늘 자 신문 「아프톤블라데트」에서 오려냈다. 미클로스는 눈 쌓인 플랫폼을 걸어갔다. 마르타에게 빌려 입은 외투가 그의 몸에는 두 치수가 더 커서 그의 발목 주변에서 떠다니는 것 같았다. 어쩌면 추위 때문에, 또 어쩌면 감동 때문에 그의 눈에 눈물이 맺혀 있는 것처럼 보였다. 수 미터 떨어져 있는데도 두꺼운 오른쪽 안경알 뒤로 눈물이 보였다. 그리고 그는 금속 치아를 드러내며 활짝 웃었다.

릴리는 죽을 것만 같은 두려움에 사로잡혔다. 조금 뒤면, 아마도 5초 뒤면 그의 목소리가 들려올 것이다. 반쯤 입을 다물고 있던 그녀는 꼭 미친 여자처럼 사라 쪽으로 돌아서서 속삭였다.

“저 남자 너 줄게! 우리, 맞바꾸자!”

미클로스가 그들로부터 이제 겨우 3미터밖에 떨어져 있지 않았을 때 릴리가 작은 목소리로 애원했다.

“제발 부탁이야! 네가 릴리라고 말해!”

뒤쪽에 서 있던 간호사는 우스꽝스럽게 생긴 마른 남자가 자신의 환자들에게 다가오더니 낡은 가방을 눈밭에 조심스럽게 내려놓는 것을 보고 감동받았다.

미클로스는 자기 인생에서 가장 중요한 이 약속을 정성스럽게 준비해왔다. 그는 준비한 인사말을 머릿속으로 되뇌었다. 미클로스의 인사말은 짧지만, 그 안에 담긴 단어들을 세심하게 골랐으니 듣는 사람을 감동시킬 터였다. 후덥지근한 객실 때문에 한없이 길게 느껴졌던 이번 여행에서 그는 인사말을 때로는 쉴 새 없이 능숙한 말솜씨로, 또 때로는 천천히 엄숙한 어조로 수없이 연습했다. 하지만 지금은 너무나 행복한 나머지 말을 잊어버렸다. 자기 이름조차 잊어버린 듯했다. 성대에 공기를 불어넣을 수 없었던 그는 아무 말 없이 손만 내밀고 말았다.

사라는 미클로스 손을 쳐다보았다. 어쨌든 그의 손은 예뻤다. 손가락도 길고, 손바닥도 매끈했다. 사라가 결연하게 그 손을 잡았다.

“릴리 라이히예요.”

미클로스는 그녀와 악수를 나누었다. 그는 사라의 손을 꽉 쥐고 악수를 나눈 다음 릴리 쪽으로 고개를 돌렸다. 릴리가 미클로스와 재빨리 악수를 나누며 밝은 목소리로 자기를 소개했다.

"릴리의 친구인 사라 스테른이에요."

미클로스는 치아를 드러내며 활짝 웃었다. 그는 말을 하고 싶어도 말이 나오지 않아서 어쩔 수 없이 입을 다물고 있어야만 했다.

세 사람은 아무 말 없이 멀뚱멀뚱 서 있기만 했다.

드디어 미클로스가 금색 리본을 두른 케이크 상자를 릴리에게 건넸다. 간호사가 후다닥 앞으로 걸어 나가더니 릴리의 손에서 상자를 낚아채갔다. 자기가 들고 가겠다는 것이었다. 간호사는 미클로스를 동정 어린 눈길로 바라보더니 명령하듯 말했다.

"자, 가요!"

그래서 그들은 출발했다. 사라는 잠시 망설이다가 미클로스의 팔짱을 끼었다. 릴리도 눈을 내리깐 채 그들과 합류했다. 자기도 미클로스의 다른 쪽 팔짱을 낄까 하는 생각이 머리를 스치고 지나갔지만, 아무래도 그런 행동은 조신해 보이지 않을 것이라고 느꼈다. 뾰족한 간호모를 쓴 간호사가 손에 케이크 상자를 들고 맨 뒤에서 걸었다.

여전히 눈이 펑펑 내리고 있었다. 병원까지 가려면 넓은 공원을 지나가야만 했다. 그들은 새하얀 눈밭을 종종걸음 쳤다.

미클로스는 한쪽 팔은 사라에게 맡기고, 또 다른 손으로는 끈으로 묶은 여행용 가방을 끌고 갔다. 릴리와 간호사는 몇 미터 떨어져서 그들을 따라갔다.

8분 정도 끔찍한 침묵을 지키고 있던 미클로스가 공원 중간쯤에서 마치 신의 선물을 받기라도 한 듯 별안간 목소리를 되찾았다. 마른기침을 한 번 하고 난 그는 걸음을 멈추더니 가방을 내려놓고 사라의 팔에서 자기 팔을 빼낸 다음 릴리 쪽으로 돌아섰다.

눈이 그쳤다. 네 사람은 안데르센이 동화 속에서 하얀 타원형 접시 위에 담긴 빵조각에 비유했던 주인공들처럼 거기 모여 있었다. 미클로스는 듣기 좋은 바리톤 목소리의 소유자였다.

"난 당신을 이런 모습으로 상상했었어. 오래전부터… 꿈속에서… 안녕, 릴리."

릴리가 당황한 표정으로 머리를 끄덕였다. 그녀가 안도의 한숨을 크게 내쉬었다. 모든 게 자연스러워 보였다. 두 사람은 서로 껴안았다. 사라와 간호사는 본능적으로 한 걸음 물러섰다.

30분 뒤에 두 사람은 복도에 있는 움푹 들어간 자리의 종려나무 아래 앉았다. 거기에는 타피스리 천으로 만든 낡은 안락의자 두 개가 서로 마주보고 있었다. 서로 마주보고 앉은 그와 릴리는 말 한마디 없이 서로를 바라보고만 있었다. 이따금 미소를 교환할 뿐이었다. 그들은 기다리고 있었다.

얼마 후 미클로스가 가방을 들어 올리더니 무릎 위에 얹어놓고 끈을 푼 다음 열었다. 그는 가방 맨 위에 겨울 외투를 만들 천을 정성스럽게 다려서 올려놓았었다. 그는 꼭 아기를 들어 올리듯 그걸 들어 올리더니 조심스럽게 릴리에게 내밀었다.

"네 거야."

"이게 뭔데?"

"겨울 외투 만들 천이야. 맡기기만 하면 될 거야."

"외투?"

"재활센터에서 외투를 지급하지 않는다고 네가 편지에 썼잖아. 마음에 들어?"

릴리는 스웨덴에 도착해서 받은 옷 세트 말고도 서민적인 치마 한 벌과 시금치 색 블라우스 한 벌, 적갈색 터번 같은 것도 하나 있었는데, 모두 비요르크만 부부가 준 것이었다.

릴리는 촉감이 부드럽고 갈색 빛이 도는 두꺼운 천을 쓰다듬다 보니 평화롭던 시절의 추억이 떠올랐다. 그녀는 눈물을 꾹 참았다.

미클로스가 덧붙였다.

"이걸 고르느라 한 시간이나 걸렸어. 내가 겨울 외투에 대해서는 아는 게 전혀 없어서… 여름 외투에 대해서도 아는 게 없긴 하지만…."

릴리는 씨실과 날실 사이에 숨어 있는 뭔가 신비로운 비밀을 해독이라도 하려는 듯 천을 손가락으로 톡톡 두드렸다. 그리고 킁킁거리며 냄새를 맡아보았다.

"좋은 냄새가 나네."

"이 낡은 가방에 넣어가지고 왔어. 구겨질까 봐 걱정했었는데… 다행히 신께서 보호해주신 덕분에… 이 가방, 이거 수간호사가 빌려줬어…."

릴리는 뭐든지 다 기억하고 있었다. 미클로스가 보낸 편지를 최소한 다섯 번씩은 읽었다. 처음에는 서둘러 단숨에 읽고, 그 다음에는 화장실에 틀어박혀 문장을 하나씩 읽을 때마다 깊이 생각하며 꼼꼼하게 두 번 더 읽었다. 그리고 나중에, 예를 들면 그다음 다음 날 단어 하나하나를 읽을 때마다 그 다음 단어를 상상하면서 또 두 번 읽었다. 그래서 마르타에 대해서 많은 걸 알고 있는 것이었다.

"미키마우스 말이야?"

"응, 맞아."

미클로스는 할 말이 엄청 많았다. 그의 마음속에서 이런저런 문장들이 서로 엉켜 뒤죽박죽되었다. 어디서부터 시작해야 하지?

호주머니에 아직 담배 한 개비가 들어 있었다. 그는 담배와 성냥을 호주머니에서 꺼냈다.

"담배 좀 피워도 될까?"

"당연하지. 폐는 괜찮아?"

"응, 괜찮아. 이 안은 다 괜찮아."

그가 자기 흉곽을 가리켰다.

"심장만 빼놓고… 내 심장은 지금 부서지려 하고 있어. 너무 세게 뛰어서…."

릴리는 옷감을 쓰다듬고 있었다. 그녀의 손가락이 옷감의 섬세한 결을 따라 움직였다.

미클로스가 담배에 불을 붙였다. 그가 내뿜은 구름 같은 회색빛 연기가 소용돌이치며 그들의 머리 위를 맴돌았다.

드디어 그들은 본격적으로 대화를 시작했다. 마치 막혀 있던 둑이 터지기라도 한 것 같았다. 그들은 흥분해서 안달하며 서로의 말을 자르곤 했다. 그들은 모든 걸 단번에 따라잡고 싶어 했다.

그러나 그들은 어떤 중요한 것에 대해서는 말하지 않았다.

이때도, 그리고 나중에도.

미클로스는 자기가 벨젠 강제수용소에서 3개월 동안 시신들을 불에 태웠다는 말을 릴리에게 하지 않았다. 목구멍을 짓누르고, 시체더미 위를 떠돌아다니는 그 역한 악취에 대해 어떻게 말할 수 있단 말인가? 그의 팔 사이로 미끄러져 꽁꽁 얼어붙은 다른 시신들 위로 쿵 소리를 내며 떨어져 부딪치는, 그 피부가 비늘로 뒤덮인 벌거벗은 팔다리들에 대해 어떻게 말할 수 있단 말인가?

릴리는 수용소에서 해방되었던 날에 대해 이야기할 수가 없었다. 그녀가 수용되어 있던 막사에서 피복창고까지는 겨우

800미터에 불과했다. 하지만, 그녀가 거기까지 간신히 기어가는 데는 무려 아홉 시간이 걸렸다. 그녀는 알몸이었고, 태양은 모든 걸 태워버릴 듯 뜨겁게 내리쬐고 있었다. 독일인들은 이미 도망치고 없었다. 그녀가 기억하는 거라곤, 오후 늦은 시간에 빛이 자신의 얼굴을 감싸도록 내버려둔 채 독일군 장교의 군용 외투를 입고 벽에 등을 기대고 앉아 있었다는 사실뿐이었다. 도대체 어떻게 그녀는 독일군 장교의 외투를 입고 있게 된 것일까?

또 미클로스는 자기가 시체를 불태우는 일을 하기 전에는 특수병동에서 티푸스 환자들을 보살폈다는 말도 할 수가 없었다. 17구역은 수용소에서도 가장 끔찍한 곳이었다. 여기서 그는 절반은 죽은 거나 마찬가지인 환자들에게 빵과 수프를 나눠주었다. 그의 팔에는 '수간호사'라는 검은색 완장이 채워졌다. 이므레 바크가 창문을 두드렸을 때를 얘기할 수 있을까? 이므레 바크가 엉금엉금 기면서 미친개처럼 짖었다는 말을 할 수 있을까? 이므레 바크는 그의 가장 친한 친구였으며, 그들의 우정은 데브레센의 가장 좋았던 시절로 거슬러 올라간다. 이므레는 미클로스로부터 어떤 약을 얻고 싶어 했다. 아마도. 아니면 그냥 인간적인 말 한마디를 듣고 싶어 했는지도 모른다. 하지만 죽음의 장티푸스 병동에 그렇게 들어갈 수는 없었다. 미클로스는 더러워진 유리창 너머로 이므레가 뒤로 넘어지더니, 그의 잘생기고 총명한 머리가 물웅덩이 속에 처박히는 것을 보았다. 그는 죽었다.

그리고 릴리는 열차에 실려 독일로 갔던 열이틀 동안의 여행에 대해서, 그때도 그리고 그 뒤에도 전혀 얘기하지 않았다. 이레째 되는 날, 자기가 밤사이에 열차 벽에 낀 서리를 혀로 핥을 수 있다는 사실을 알게 되었다는 말을 할 수 있을까? 그녀는 너무나 목이 말랐다. 금방이라도 죽을 것처럼 목이 말랐다! 그녀가 열차 벽을 핥고 있는 동안 옆에 있던 테르카 코스자리크는 벌써 스무 시간 전부터 계속 비명을 지르고 있었다. 테르카는 두 사람 중에서 더 행복한 사람인지도 몰랐다. 그녀는 완전히 미쳐버렸다.

미클로스는 수용소가 해방되고 나서 사람들이 어떻게 벨젠 무료 진료소에서 싸움을 벌여 서로를 죽였는지에 대해 이야기하지 않았다. 그 당시 그의 몸무게는 29킬로그램에 불과했다. 누군가가 그를 병원으로 가게 될 트럭 뒤의 짐 싣는 곳에 실었다. 그러고 나서 그는 몇 주 동안 침대에 누워 있기만 했고, 힘이 센 독일 여자 간호사 한 사람이 나비처럼 가벼운 그의 몸을 하루에 세 번씩 들어 올려 간유를 1리터씩 그의 목구멍에 들이붓곤 했다. 독일인 치과 의사 한 사람이 그의 옆에 누워 있었다. 서른다섯이 채 되지 않은 그는 여러 개 언어를 구사했고, 베르그송과 아인슈타인, 프로이트가 어떤 사람인지 알고 있었다. 이 치과 의사는 수용소가 해방되고 나서 한 달 뒤에 버터 500그램을 놓고 그보다 더 불행한 프랑스인과 다투다가 때려 죽였다. 아니다, 미클로스는 그 얘기도 하지 않을 것이다.

사실 릴리는 벨젠 병원에 대해서 얘기하지 않았다. 봄철인 5월에 전쟁이 막 끝났다. 그녀는 미클로스에게서 멀지 않은 여성병동에 누워 있어야만 했다. 그녀는 연필과 종이를 받았다. 이름과 생년월일을 쓰라는 것이었다. 그녀는 깊이 생각해야만 했다. 내 이름이 뭐지? 생각이 나질 않았다. 기억해내려고 무진 애를 썼지만 소용없었다. 자기 이름을 평생 알 수 없으리라는 생각을 하자 그녀는 깊은 절망에 빠졌다.

두 사람은 이런 것에 대해서는 얘기하지 않았다.

하지만 두 시간 뒤에 미클로스는 릴리의 머리카락을 쓰다듬고 있었으며, 안락의자에서 서투르게 일어나다가 그녀의 코끝에 입을 맞추기도 했다.

자정이 넘은 시간, 간호사가 그들로부터 3미터쯤 떨어진 곳에 조심스레 멈추어 섰다. 릴리는 자기들이 이제 밤을 보내기 위해 헤어져야 한다는 사실을 깨달았다. 미클로스는 2층에 있는 침대 네 개짜리 방으로 안내되었다. 그는 이 방에서 이틀 밤을 보내기로 했다.

그는 옷을 벗고 실내복으로 갈아입었다. 그는 금방이라도 가슴이 터질 것처럼 너무나 행복해서 새벽 무렵까지 창문에서 문까지 얼마 안 되는 거리를 몇 번이나 왔다 갔다 했는지 모른다.

극도로 흥분한 그는 새벽 3시 반쯤 억지로 침대에 누워야만 했다. 하지만 그래도 잠을 이룰 수가 없었다.

그다음 날, 아침 식사를 마치고 나서 9시에 두 사람은 다시 종려나무 아래 자리 잡고 앉았다. 11시쯤에 관리실로 우편물을 찾으러 온 주디트는 복도의 후미진 곳에서 릴리와 미클로스가 서로에게 몸을 기댄 채 속삭이고 있는 것을 보았다. 그녀는 마치 숨을 쉴 수 없을것만 같은 질투심이 자신을 덮치는 게 부끄러워 서둘러 고개를 돌렸다.

릴리는 자신의 가장 은밀한 비밀을 털어놓을 준비를 했다. 그녀는 한숨을 크게 내쉬었다.

"난 큰 잘못을 저질렀어. 내가 그랬다는 걸 아무도 몰라. 심지어는 사라도… 네게 처음으로 얘기하는 거야."

미클로스는 허리를 숙여 그녀의 손을 만졌다.

"무슨 말이든지 해도 좋아. 무슨 말이든지…."

"너무 부끄러워… 너무… 너무…."

그녀가 말을 멈추었다. 미클로스가 당차게 말했다.

"부끄러워하지 않아도 돼…."

"…어떻게 설명해야 될지 알 수가 없어… 끔찍해… 우리는 스웨덴 선적의 배에 태워지기 전에… 우리 이름이랑 생년월일을 말해야 했었는데… 안 돼, 말할 수 없어…."

"해, 하라구!"

"난… 난… 엄마 이름 대신에… 엄마 이름은 쥬잔나 헤르즈

였는데… 엄마 이름 대신에… 나도 내가 왜 그랬는지 잘 모르겠어… 난 이 이름을 말할 수 없었어… 그래서 거짓말을 한 거야! 우리 어머니 이름을 말할 수가 없었어… 이해가 돼?"

릴리는 미클로스의 손을 잡더니 꼭 움켜쥐었다. 그녀의 얼굴이 어찌나 새하얗게 변했는지 꼭 빛을 발하는 것처럼 보일 정도였다. 미클로스는 뭔가 깊이 생각할 게 있을 때 늘 그랬던 것처럼 담배에 불을 붙였다.

"넌 운명을 바꾸고 싶었던 거야. 이유는 그것 하나뿐이야."

릴리가 생각에 잠겼다.

"그래, 맞아! 네가 잘 표현했어. 운명을 바꾼다! 특별히 준비를 하지 않았는데도 한 가지 해결책이 나타난 거야! 다른 사람이 되는 거지. 더 이상 유대인이 아닌 거야. 단 한마디면 변신하는 거야."

"개구리가 왕자님이 되는 거지."

미클로스는 이런 식의 비유를 동화에서 끌어오는 걸 좋아했다. 하지만 이런 비유가 너무 진부하다고 생각했는지 이렇게 덧붙였다.

"나도 그랬어. 그러나 나는 지나치게 비겁했지."

"난 들것에 실려 플랫폼에 있을 때 어머니 이름이 로잘리아 라코시라고 말했어. 도대체 이런 이름이 어떻게 생각난 걸까? 라코시? 정말 모르겠어. 로잘리아 라코시… 난 그렇게 말했어. 어머니의 진짜 이름 대신 말이야!"

미클로스는 양철로 만든 재떨이에 담배를 짓이겨 껐다.

"진정해. 이제 다 끝난 일인데 뭐."

"아냐, 이제 알게 되겠지만, 끝나지 않았어. 왜냐하면 내가 아버지만 유대인이고 어머니 로잘리아 라코시는 가톨릭교도라고 말했거든! 그런데 그게 전부가 아냐. 나도 가톨릭교도라고 말했어, 알겠어? 난 버리고 싶었어! 유대인 성을! 끝내버리고 싶었다고!"

"이해할 수 있어."

릴리가 울기 시작했다. 미클로스가 소중하게 간직하던 손수건을 호주머니에서 꺼냈다. 릴리가 두 손으로 얼굴을 감쌌다.

"아냐, 아냐, 그건 정말 나의 큰 잘못이야. 용서받을 수 없는… 이런 얘기하는 건 네가 처음이야. 네가 알고 싶다면, 내가 매주 일요일 점심 시간에 스웨덴 가정에 간다는 얘기도 하고 싶어. 비요르크만 씨 가족이 사는 집이야. 사람들은 내가 그냥 그 집에 간다고 생각하지. 하지만, 아냐! 내가 그 집에 가는 건 그들이 가톨릭교도들이기 때문이야. 그래서 난 그들이랑 같이 성당에 가. 그리고 난 십자가도 갖고 있어!"

그녀는 실내복 호주머니에서 반으로 접은 봉투를 꺼냈다. 그녀는 그걸 펴더니 거기서 작은 은 십자가를 꺼냈다. 미클로스가 그걸 받아들더니 경계심 어린 눈초리로 두 손 사이에 놓고 돌리다가 뭔가 생각에 잠긴 표정으로 이마를 문질렀다.

"그렇다면 모든 게 분명해."

"뭐가 분명하다는 거지?"

"네 어머니와 아직도 연락이 안 되는 이유 말이야. 그래서 그 분이 네게 편지를 보내지 못한 거지."

릴리가 십자가를 가져가더니 봉투에 밀어 넣은 다음 호주머니 속에 집어넣었다.

"왜 그런 건데?"

"명단! 대부분의 헝가리 신문에 실리는 명단 말이야! 공식 명단! 그 명단에 너는 로잘리아 라코시라는 엄마를 둔 릴리 라이히로 나와 있을 거야. 그건 다른 여성이야. 네가 아니라구! 부다페스트에서 네 어머니는 너를 찾을 것이고, 네 이름을 보겠지만, 그게 너라는 건 모르실 거야. 어머니 이름이 쥬잔나 헤르즈인 릴리 라이히를 찾으실 테니까!"

릴리가 펄쩍 뛰어 일어나더니 마치 고대의 석상처럼 오랫동안 두 팔을 하늘로 벌린 채 꼼짝하지 않았다. 그러더니 미클로스 앞에 무릎을 꿇고 그의 손에 입을 맞추기 시작했다. 그는 당황해서 펄쩍펄쩍 뛰다가 두 손을 등 뒤로 감추었다.

릴리는 여전히 무릎을 꿇고 있었지만, 다시 활기를 되찾았다. 그녀는 미클로스를 올려다보며 중얼거렸다.

"축하해야 마땅해! 넌 정말 머리가 좋아!"

그녀가 재빨리 몸을 일으키더니 복도를 달려가며 소리쳤다.

"사라! 사라!"

10

같은 날, 12시. 바닥에 노란색 타일이 깔려 있는 군병원 식당에서, 여성들에게는 남성들보다 30분 늦게 점심을 제공하는 이 불친절한 식당에서 미클로스는 세계의 운명에 관한 자신의 사상을 결코 잊을 수 없는 방법으로 널리 알릴 수 있는 순간이 도래하는 것을 직감했다.

그해 겨울, 스물세 명의 여성이 엑셰 군병원 4층에서 치료를 받고 있었다. 그 스물세 명이 지금 그의 주변에 앉아 있다. 그들 가운데 젊은 헝가리 여성 세 명도 있었다. 릴리, 사라, 주디트. 그는 나무 손잡이가 달린 예리한 칼로 아베스타 제과점 주인의 걸작이랄 수 있는 세 개의 초콜릿 케이크를 얇은 조각으로 잘랐다. 처음에는 두 조각으로, 다시 네 조각으로, 그리고 여덟 조각으로. 얼마 지나지 않아 그의 앞에는 여자 손톱 정도밖에 안 될 만큼 아주 작은 스물네 개의 케이크 조각이 펼쳐져 있었다.

그는 의자 위로 올라갔다. 제 세상을 만난 것 같았다. 그는 깨진 안경을 벗었다. 그리고 고상한 독일어로 외쳤다. "지금부터 여러분에게 공산주의에 대해 설명하겠습니다. 공산주의의 핵심은 평등과 박애, 그리고 정의입니다. 여러분, 조금 전에 무얼 보셨습니까? 세 개의 작은 초콜릿 케이크죠. 여러분들 중 세 명이 이걸 단숨에 먹어치울 수도 있지요…. 그런데 우리들끼리니까 하는 말이지만, 이 세 개의 초콜릿 케이크가 빵이 될 수도 있고, 트랙터가 될 수도 있고, 유전이 될 수도 있습니다… 저는 이 세 개의 케이크를 작은 조각들로 나누었어요. 똑같은 크기로 말입니다. 자, 이제 저는 이 조각들을 사람들에게 나눠줄 겁니다. 여러분들에게 나눠줍니다! 자, 드세요!"

의자 위에서 그는 테이블에 놓인 케이크 조각들을 가리켰다. 그의 날카로운 위트는 핵심을 찔렀을까? 그건 중요하지 않다. 그의 연설을 듣고 흥분한 여성들은 케이크 주변으로 몰려들어 각자 조각을 하나씩 집어 들었다. 릴리가 자랑스러운 표정으로 미클로스를 바라보았다.

케이크 조각들은 마치 들이마신 공기가 그렇듯 그들의 목구멍으로 내려가 사라졌다.

사라가 그걸 보고 감동하여 말했다.

"공산주의의 본질에 대해서 이처럼 명쾌하게 설명해준 사람은 없었어."

오직 주디트만이 그녀가 먹을 권리가 있는 이 상징적인 케이크 조각을 입속에 집어넣지 않고 있었다. 그녀는 케이크가 누르스름한 즙으로 변해 바닥으로 흘러내릴 때까지 손에 올려놓고 뒤집고 또 뒤집었다.

12월 3일 초저녁 무렵에 릴리는 케이프를 입은 여자 간호사가 감시하는 가운데 미클로스를 기차역까지 배웅했다. 기차가 움직이기 시작하자 그는 맨 뒤쪽 차량의 발판에 매달린 채 기차가 커브로 접어들어 신고전주의 양식의 기차역 건물이 사라질 때까지 계속 손을 흔들었다.

릴리는 눈에 덮여 꽁꽁 언 플랫폼 끝에 오랫동안 꼼짝 않고 서 있었다. 그녀의 눈에 눈물이 반짝였다.

미클로스는 열차 출입문을 닫고 복도를 걸어갔다.

그는 엑셰 군병원을 방문한 둘째 날 밤에 침대 네 개가 놓여 있는 방에서 사랑의 시를 한 편 지었다. 낮에 욕실이나 엘리베이터에 단 1초라도 혼자 있게 되면 그는 이 시를 갈고 닦으며 수정했다. 그걸 릴리에게 들려줄 용기는 아직 없었다.

그러나 지금 기차 바퀴가 철로 연결 부위에 부딪쳐 내는 소리가 점점 더 빨라지면서 시의 음악도 그의 마음속에서 더욱 더 강해지고 있었다. 이 시는 이제 오직 그의 마음 밖으로 나오기만을 원했다. 미클로스의 시는 그가 맞서 싸우고 싶어하지도 않고 싸울 수도 없는 힘으로 분출하고 싶어 했다. 그는 끈으로 묶어놓은 여행용 가방을 들고 객실 안을 걸어갔다. 안경 왼쪽 알 자리에 끼워놓은 신문지 조각이 해져서 너덜너덜해졌다. 그는 그러거나 말거나 전혀 개의치 않았다. 그는 낭송을 시작했다. 큰 소리로. 헝가리어로.

시는 기차 바퀴가 덜컹거리는 소리보다 더 크게 날아다녔다. 미클로스는 마치 검표원처럼, 아니, 그보다는 행상처럼 시를 읊으면서 모든 객실을 다 누비고 다녔다. 그는 절반쯤 비어 있는 기차 칸들을 망설임 없이 지나쳐갔다. 좌석에 앉고 싶은 생각이 전혀 없었다. 그보다는 알아들을 수 없는 언어로 뭐라고 중얼거리고 있는 모습에 깜짝 놀라서, 혹은 이해가 된다는 표정으로 바라보고 있는 낯선 승객들과 함께 운명공동체를 형성하기를 원했다. 어떤 사람들은 그가 사랑의 음유 시인인지도 모르겠다는 생각을 했을 것이고, 또 어떤 사람들은 그를 정신병원에서 도망쳐 나온 바보라고 생각했을지도 모른다. 하지만 미클로스는 사람들이 뭐라 생각하든 아랑곳하지 않았다. 그는 시를 읊으며 계속 걸어갔다.

서른 시간이, 서른 시간이 지나고
나의 삶은 무한한, 뜨겁게 달궈진 레일 위를 달려왔네
거울 속의 내 얼굴을 바라본 나는
내가 지금 얼마나 행복한지를 알고 놀라네

그래, 1초, 2초, 1분, 2분이 흘러 벌써 서른 시간이 되었네
나는 1초가 지나갈 때마다 널 더욱더 사랑하네
서른 시간 전에 널 처음 만난 내 손을, 내 허약한 손을
꼭 잡아주겠다고, 절대 놓지 않겠다고 약속해줘

우리 서로의 팔을 놓지 말고 그곳 복도의
안식처에서 짓던 미소로 역경을 헤쳐가리니
넌 나의 양심이 되어 내가 단호히 전투를
치를 수 있도록 용기를 불어넣어줘

하나의 이상이 날 기다리고, 난 그걸 위해 싸워
난 수많은 사람들과 단결하여 싸워
그러면 모든 게 더 아름답고 더 간단하고 찬란하지
나를 안내해주는 두 개의 별, 네 아름다운 눈이야!

이것은 미클로스가 평생 동안 준비해온 시였다. 그렇다, 그것은 시 그 자체였다. 이 시는 그의 뼛속 가장 깊은 곳에서 솟아나 마음의 음악과 뇌의 수학적 정확성으로 고귀해졌다. 그리고 시의 끝에 도달하자 그는 처음으로 다시 돌아갔다. 그는 시를 세 번 암송했고, 시의 끝은 시의 처음으로 흘러들어갔다. 그의 마음속에서 타오르는 무한한 선로들이 얼음처럼 차가운 무한한 스웨덴 철로와 뒤섞였다.

나중에 약간 진정이 되어 넘치는 행복감을 억제할 수 있게 되자 그는 아무도 없는 객실에 자리를 잡았다. 가슴속의 불길이 자기를 불에 태워버리는 것 같은 느낌이 들었다. 몸에 열이 있는 것일까? 몸속의 뼈가 그를 아프게 했고, 매일같이 새벽 시간만 되면 그랬던 것처럼 피부도 너무 얇아진 것 같았다. 그는 체온계를 금속 케이스에 넣어서 늘 가지고 다녔다. 그는 체온계를 입속에 집어넣은 다음 눈을 감고 숫자를 세기 시작했다. 너무나 놀랍게도 이번에는 병의 징후가 그를 속였다. 수은주가 36.3도를 가리키고 있었다. 이제 더는 걱정할 필요가 없는 것이다.

미클로스는 창밖을 바라보았다. 눈 쌓인 어두운 들판이 줄지어 지나갔다. 키 큰 소나무들이 철로를 따라 휙휙 스치고 지나갔다.

사랑하는, 정말 사랑하는 나의 릴리! 너무나 즐거웠던 사흘에 대해 네게 어떻게 감사해야 할지! 내게 그 사흘은 다른 그 어느 것보다 더 큰 의미를 갖게 되었어….

미클로스는 눈만 감으면 복도의 움푹 들어간 곳의 종려나무 아래서 그녀와 함께 있던 자신의 모습이 다시 떠올랐다. 타피스리 천으로 된 낡은 안락의자 두 개가 마주보고 놓여 있었다. 겨울 외투는 등받이에 걸쳐져 있었고, 천으로 된 여행용 가방은 타일바닥 위에 놓여 있었다. 처음 30분 동안은 거북한 침묵만 흘렀다. 두 사람은 서로 마주보고 앉았으나 얘기를 나누고 싶은 생각은 전혀 없었다.

> 사랑하는 릴리, 이제 네가 내게 남겨놓은 인상에 대해 말할게.
> 첫 번째 인상 : 12월 1일 밤. 네가 미소지으며 눈을 감자, 초록색 잎사귀를 흔들던 수다스러운 종려나무. 넌 너무나 좋고, 현기증이 날 정도로 매력적인 사람이야!

릴리는 갑작스레 질문을 던졌다. 미클로스가 음악에 대한 재능을 갖고 있었더라면 그녀의 목소리가 어떤 음역을 갖고 있는지 알아낼 수 있었을 것이다.

"그거 오늘 신문이야?"

맞다, 그녀는 초등학교 선생님처럼 진지한 태도로 이렇게 물었다. 미클로스는 그녀가 무슨 말을 하는지 알아듣지 못했다. 무슨 신문?

그러자 릴리는 손을 내밀어 그의 안경을 벗겼다. 그리고 안경알 대신 끼워놓은 종잇조각에 뭐라고 쓰여 있는지 읽으려고 애썼다. 어색한 분위기가 순식간에 사라졌다.

> 그다음 날 : 우리가 손을 잡고 길거리를 걸을 때 네가 쓴

> 빨간색 터번 밑으로 보이던 너의 두 눈. 오, 극장으로 이어지는 그 작은 골목길!

그들은 세찬 바람이 몰아치는 카세른가탄을 이렇게 천천히 걸어 내려갔고, 미클로스가 가운데 섰다. 릴리와 사라가 그의 팔짱을 끼었다. 미클로스는 태풍보다 더 크고 날카로운 소리로 처음에는 그의 어머니가 양귀비 씨를 넣어 만든 푸딩에 관해, 그리고 나서는 독일 철학자 포이에르바하의 '신인동형설'(神人同形說, 신에게 인간의 본질이나 속성이 있다고 인정하는 주장이나 견해)에 관해, 그리고 마지막으로 스웨덴 식물학자 린네의 '식물분류법'에 관해 얘기했다. 드디어 그는 감브리누스 서점에 걸쳐놓은 사다리 맨 꼭대기에 걸터앉아 보낸 그 모든 시간을 유익하게 이용할 수 있었다.

그들은 온몸이 꽁꽁 언 채 영화관 안으로 뛰어 들어갔다. 헨릭 삼촌이 보내준 85달러에서 쓰고 남은 돈이 아직 미클로스의 호주머니 속에 남아 있었다. 몹시 감상적인 작품이 상영 중이었고, 미클로스는 〈사랑의 미로〉라는 이 허접한 작품의 제목이 상징적이라고 생각했다. 아침 시간이라서 하마터면 자리를 못 잡을 뻔했다. 세 사람은 맨 뒷줄에 자리 잡았다. 두 여성 사이에 앉은 미클로스는 가끔씩만 화면에 시선이 갈 뿐이었다. 그는 깨진 안경알에 「아프톤블라데트」 신문지를 끼워 넣은 걸 만족스럽게 생각했다. 이렇게 함으로써 릴리의 옆모습을 눈치

채이지 않고 마음껏 바라볼 수 있었던 것이다. 어수룩한 남자 주인공이 기름 웅덩이에서 미끄러져 꼭 썰매를 타듯 깔깔대며 웃는 연인의 발아래까지 질주하는 장면에서는 대담함을 발휘하여 릴리의 손을 잡았고, 릴리도 그의 손을 꼭 잡았다.

더 이상 쓸 수가 없어. 걷잡을 수 없을 정도로 마음이 흔들려! 하지만 나중에 걸어서 병원으로 돌아가다가 공원 사거리에서 일순간에….

그 사이에 공원(공원 한가운데 있는 바위에 '카를 폰 린네'의 모습이 조각되어 있었다)에는 어둠이 내리기 시작했다.

미클로스는 결심했다.

사라는 마치 기상연구소 연구원이 관찰하듯 손바닥을 펼쳐 눈송이를 받으며 얌전하게 2, 3미터 앞에서 걷고 있었다. 미클로스는 그녀의 세심한 배려에 대해 고맙게 생각했다.

그들이 지나는 모습을 린네의 석상이 지긋이 바라보고 있었다. 눈이 그들의 구두바닥 아래서 사각거리는 소리를 냈고, 하늘에서는 별들이 반짝이고 있었다.

미클로스가 릴리를 멈춰 세우더니 그녀의 얼굴을 타오르는 듯 뜨거운(영하 10도의 기후에서 장갑을 안 끼면 뭐라 설명할 수 없는 이런 생물학적 현상이 나타났다) 손가락으로 어루만지면서 입을 맞추었다. 릴리도 몸을 그에게 바싹 갖다 붙이더니 자기도 입을 맞추었다. 린네는 높은 받침돌 위에서 그 모습을 내려다보며 깊은 생각에 잠겨 있었다.

사라는 두 켤레의 구두 아래서 눈이 사각거리며 신경을 거스르는 소리를 더 이상 듣지 않게 되었다는 데 안심하며 공원 반대쪽 끝까지 걸었다. 그녀는 서두르지 않고 천천히 마음속으로 숫자를 셌다. 백서른둘까지 셌을 때도 여전히 그녀는 혼자였다. 그렇게 그녀는 마음이 편해졌다. 그녀의 심장이 뛰기 시작했다. 그녀가 미소 지었다.

월요일. 별다른 일이 없이 지나간 하루였지. 오직 사진사만 있었어. 너 역시 네 엄마께서 우리 세 사람이 함께 찍은 사진에 대해서 어떻게 생각하실까 궁금했지?

이 사진사의 사진관은 트레드고르스가탄 38번지에 있었다. 미클로스는 이 순간을 영원히 간직하기 위해 사진관의 평범한 흑백 전단지를 챙겨두었다.

사진사는 꼭 험프리 보가트처럼 생겼다. 이 키가 크고 잘생긴 젊은이는 재킷에 넥타이를 매고 있었다. 그는 적절한 앵글을 찾으려고 애쓰며 오랜 시간을 공들여 그들의 위치를 잡아주었다. 미클로스는 보가트가 살짝 더 오른쪽으로, 혹은 살짝 더 왼쪽으로 옮겨 앉으라고 말하면서 릴리의 무릎을 가볍게 건드릴 때마다 질투심으로 몸을 떨었다. 그런 다음 사진사는 만족스러운 표정을 지으며 사진기의 검정색 가림막 뒤로 사라졌다가 그들이 머리를 움직이면 절대 안 된다며 오랫동안 긴 연설을 늘어놓았다. 그러더니 가림막을 제치고 나와 다시 다가가더니 미클로스의 왼쪽 안경알 대신 끼워 넣은 신문지를 잠시 읽어본 다음 안경을 벗으라고 말하고 나서 다시 커튼 아래로 사라졌다. 5, 6분 동안 여러 각도에서 사진기를 조정하던 그가 다시 가림막 밖으로 나왔다. 그는 미클로스에게 다가가더니 그의 귀에 대고 낮은 목소리로 말했다.

미클로스의 얼굴이 빨개졌다. 보가트가 세련된 독일어로 사진사인 자기는 미클로스가 문제를 잘 의식하고 있다는 사실을 잘 알기는 하지만, 그럼에도 불구하고 미클로스가 끼고 있는 금속 치아가 환한 불빛 아래서 이따금 너무 눈부시게 반짝거린다고 말했다. 이상적인 가족사진은 릴리는 활짝 웃고 미클로스는 살짝 미소만 짓고 마는 것이라고 충고하는 일이야말로 예술인인 자신의 책임이라고 사진사는 생각했다. 그래서 미클로스에게 그렇게 충고했다.

30분 뒤에 트레드고르스가탄의 사진사는 두 사람이 처음으로 함께 찍은 사진들을 인화했다.

…그날 밤, 넌 나를 배웅하기 위해 나와 함께 내려왔다가 철문을 열었고, 엘리베이터가 다시 위로 출발하기 전에 나는 다시 한 번 고개를 숙여….

두 번째 날 밤에 릴리는 엘리베이터 앞에서 미클로스에게 잘 자라고 인사했다. 여자 간호사들이 복도에서 왔다 갔다 하고 있었다. 릴리가 다시 엘리베이터에 올라탔다. 이미 잠옷에 가운을 걸친 그녀는 마지막 키스를 하기 위해 다시 서둘러 내려갔다. 그녀는 엘리베이터의 쇠창살을 옆으로 밀었다. 미클로스는 흰색으로 칠해진 창살 사이에 머리를 갖다 댔고, 이런 절망스런 자세로 잠시나마 릴리의 입술에 자신의 입술을 올려놓으려고 애썼다. 그가 얼굴을 철책에 너무 강하게 갖다 대는 바람에 그의 뺨에 창살 자국이 새겨졌다. 그는 릴리의 슬리퍼가 엘리베이터 안으로 사라지기를 기다리며 거기 그냥 서 있었다. 그때 손 하나가 그의 어깨를 만졌다.

흰 가운을 입은 스벤손 의사가 그의 앞에 서 있었다.

"독일어할 줄 알죠, 그렇죠?"

"예, 알아듣고 말할 줄 압니다."

"좋아요. 한 가지 상황에 주의를 기울여주었으면 합니다."

미클로스는 의사가 무슨 상황을 언급하려고 하는지 너무나 잘 알고 있었다. 하지만 이 예외적인 순간에 전문의와 토론을 하고 싶은 생각은 눈곱만치도 없었다.

"잘 알고 있습니다, 의사 선생님. 저의 폐는 당분간…."

스벤손이 그의 말을 중단시켰다.

"난 당신을 생각한 게 아닙니다."

미클로스는 안도의 한숨을 내쉬었다. 스벤손은 마치 아무 일도 없었다는 듯 얘기를 계속해나갔다.

"방금 그 젊은 여성과 함께 있을 때는 극도로 신중을 기해야 한다는 말을 하고 싶었어요. 꽤 괜찮은 사람이니까."

미클로스는 열심히 고개를 끄덕여 그의 말에 동의했다. 스벤손이 그의 팔짱을 끼더니 그와 함께 그들 두 사람뿐인 텅 빈 복도를 걷기 시작했다.

"잔인한 운명의 장난에 의해 나는 벨젠에 있는 여성 강제수용소가 해방될 당시 그곳에 있던 국제의사그룹의 일원이 되었어요. 나는 그날 있었던 일을 잊어버리려고 했지요. 하지만 불가능했어요. 우리는 옅은 숨이나마 붙어있는 사람들은 다 찾아내려고 생각했지요. 콘크리트 위에는 오직 죽은 시신들뿐이었어요…. 벌거벗거나 넝마만 걸친 300여 구의 시신이… 미동조차 하지 않았어요… 어린아이들의 시신… 20킬로그램밖에 안 되는 뼈만 앙상한…."

스벤손은 이 군병원의 아무도 다니지 않는 복도에서 시선을 멍하니 허공에 걸어둔 채 잠시 말을 멈추었다. 그는 마치 이 기억을 상기하자 엄청난 고통이 밀려오기라도 한 듯 자신감을 잃어버린 것이다. 미클로스는 이상하게 찡그리면서 뒤틀려버린 스벤손의 얼굴을 놀라운 표정으로 쳐다보았다. 스벤손의 독백은 발작적으로 변했다.

"…나는 돌아보았지요…. 몇 번씩이나… 현기증을 일으킨 것일까? 아니면… 저 손가락이 진짜로 움직인 것일까? 이해가 돼요, 미클로스? 그렇게… 비둘기 날개가 최후로 퍼덕이는 것처럼… 아니면 바람이 잔잔해지면서 나뭇잎이 가볍게 흔들리는 것처럼….”

그는 손을 눈높이로 들어 올린 다음 집게손가락을 구부리면서 쉰 목소리로 덧붙였다.

“우리는 그렇게 해서 릴리를 데려오게 되었지요.”

몇 년이 지난 뒤까지도 미클로스는 스벤손의 표현과 그의 손, 그의 엄지손가락의 떨림에 대해 다시 생각할 때마다 등에 식은땀이 흐르는 걸 느끼곤 했다. 결국 이 모든 것은 그의 마음속에서 엑셰의 또 다른 모습과 뒤섞였다. 열차가 증기를 내뿜으며 기차역을 빠져나오고 있었다. 그 자신은 맨 마지막 차량의 발판에 꼭 매달린 채 열차가 곡선 레일로 들어서고 기차역의 박공이 그의 시야에서 벗어나는 마지막 순간까지 손을 흔들었다. 바로 이 순간 그는 넘쳐흐르는 즐거움을, 릴리의 진짜 모습을 잃지 않았다는 행복감을 느꼈다. 눈을 감기만 하면 되었다. 이 마지막 모습이 그의 마음속에 영원히 새겨졌기 때문이다.

릴리도 눈이 쌓여 꽁꽁 언 플랫폼에서 미클로스에게 손을 흔들었다. 그의 눈 속에서 눈물이 반짝였다. 그리고 그녀의 손가락도… 미클로스는 그의 눈높이에서 작은 손과 예쁜 손가락을 가까이서 보았다고 확신했다. 그처럼 먼 거리에서 그걸 본다는 건 불가능한 일이었지만, 그래도… 그는 열려 있는 기차 출입문에 매달렸고, 기차는 속력을 냈다. 그리고 그는 눈꺼풀 아래에서 마치 바람에 흔들리는 연약한 나뭇가지와도 같은 릴리의 손가락을 보았다.

"그러니 릴리를 잘 보살펴야 해요! 릴리를 사랑해야 해요!"

그렇게 마지막 날 밤, 병원에서 스벤손은 미클로스에게 지시를 내렸다.

"그래주면 너무 좋을 텐데…."

그는 더 이상 말을 이어가지 않았다. 오랫동안 침묵만 지키고 있을 뿐이었다. 미클로스는 그가 정확한 독일어 단어를 찾느라 그러는 거라고 생각했다.

결국 미클로스가 물었다.

"뭐가 좋을 거라는 겁니까?"

스벤손은 깊은 생각에 잠겨 있었다. 그리고 미클로스는 일순간 깨달았다. 스벤손을 당황하게 만든 것은 독일어가 아니었다. 스벤손은 어떤 경계선에 도달했지만 그걸 넘어서고 싶지는 않았을 것이다. 그는 결국 자기 얘기를 끝내지 않았다. 그러나 느닷없이 미클로스를 두 팔로 껴안았다. 그의 갑작스런 동작은 모든 연설보다 더 큰 가치가 있었다.

미클로스는 에르발라에서 기차를 갈아탔다. 이번에도 창가 근처에 자리를 잡았다. 유리창에 반사되어 어둠에 잠긴 풍경 위로 드러나는 얼굴, 면도를 제대로 하지 않아 까칠하고 피곤한 얼굴이 그를 바라보고 있었다.

벌써 화요일. 나는 우울한 기분으로 잠자리에서 일어났어. 마지막 날이었던 거야. 우리는 일요일 밤에 그랬던 것처럼 스타즈 호텔 광장을 가로질러갔지. 그날 나는 네 입술을 겨우 한두 번 슬쩍 훔치는 데 성공했을 뿐이야.

마지막 날인 그 화요일 밤에도 두 사람은 종려나무 아래 놓여 있는 두 개의 안락의자에 자리를 잡았다.

릴리가 울었다. 미클로스는 그녀의 손을 잡았지만, 뭐라고 위로의 말을 해야 할지 알 수가 없었다. 그러다가 릴리가 자신의 가족에 대해 얘기했다.

"어제 우리가 살던 아파트가 꿈에 나왔어. 아빠가 팔러 다닐 가방들을 어떻게 준비하는지 분명하게 볼 수 있었지. 월요일, 동틀 무렵이었어. 나는 아빠가 곧바로 출발할 거라는 사실을 알고 있었어. 꿈속에서 난 우리가 앞으로 일주일 동안 서로 못 보리라는 걸 알고 있었지. 이상하지 않아?"

그녀는 자기가 방금 울었으며, 또한 자기가 먼 나라의 재활센터에 있다는 사실마저 잊고 있었다. 그녀는 마치 자기가 그 전날에 소풍갔던 얘기를 다시 하는 것처럼 말했다. 그녀가 어렸을 때 그녀 아버지의 일상은 꼭 조각그림 맞추기처럼 느껴졌다. 월요일 동틀 무렵이 되면 가방 세일즈맨인 산도르 라이히는 팔아야 할 가방들을 챙겼다. 큰 가방에 작은 가방을 집어넣고, 이 작은 가방에 더 작은 가방을 집어넣었으며, 마지막으로 빨간색 어린이용 가방에 서류가방과 핸드백을 집어넣었다. 두 개의 여행용 대형 가방 안에 이렇게 많은 상품이 들어갈 수 있다니, 믿기 힘들었다.

미클로스는 릴리와 그녀의 부모가 이처럼 끈끈한 관계로 맺어져 있다는 사실에 당혹스러움을 느꼈다. 그가 아버지에 대해 분명히 기억하고 있는 건 오직 한 가지뿐이었다. 더더구나 그 장면을 딱 한 번 보았던 탓에 그렇게 결정적인 장면으로 남아 있는 것인지, 아니면 여러 번 보았기 때문에 미클로스의 뇌리에 강하게 남아 있는지조차 알 수가 없었다. 어쩌면 매주 일요일의 점심시간은 이런 식으로 끝났는지도 모른다. 미클로스의 아버지는 무늬를 넣어 짠 냅킨의 모서리를 자신이 입고 있는 와이셔츠 깃 속에 집어넣었다. 그의 숱 많은 머리가 포마드를 발라 반짝거렸다. 늘 부스스한 모습으로 기억되는 그의 아내, 즉 미클로스의 어머니는 수저를 입으로 가져간다. 식탁 한가운데에는 작은 콩을 넣어 끓인 수프가 흰색 자기 접시에 담겨 있고, 누르스름한 빛깔의 수프 위에는 작게 방울진 기름이 동동 떠다닌다. 식탁보 위에 놓인 작은 접시에는 구운 빵이 피라미드 모양으로 쌓여 있다. 미클로스는 이 모든 걸 또렷하게 기억하고 있었다. 검은색 조끼를 입고 어머니 앞에 있던 자기 자신의 어린 소년 모습도 기억하고 있다. 그러다가 알 수 없는 이유로 미클로스의 아버지가 고함을 내지르기 시작하더니 냅킨을 목에서 잡아 빼고 펄쩍 뛰면서 단숨에 식탁보를 잡아당겨 바닥에 내동댕이친다.

미클로스는 바로 이 순간을 기억 속에 간직하고 있었다. 접시 밖으로 튀는 작은 콩, 그의 무릎으로 흘러내려 살을 화끈거리게 만드는 누르스름한 수프, 마치 날개 달린 어린 천사들처럼 바닥으로 우수수 떨어져 내리는 구운 빵조각.

그날 밤 미클로스는 종려나무 아래서 릴리의 손을 꼭 잡고 이런 얘기를 들려주었다.

릴리는 화제를 바꾸었다.

"난 이제 더 이상…."

"이제 더 이상, 뭐?"

"이런 말하기 좀 그렇지만… 난 다른 사람이 되고 싶어."

"다른 사람?"

"아빠나 엄마와는 다른 사람…."

주디트가 그들에게 차를 두 잔 가져다주었다. 그녀는 의도치 않게 두 사람의 대화를 듣게 되었다.

"어떤 사람이 되고 싶어, 릴리?"

릴리가 그녀를 쳐다보고, 다시 미클로스를 쳐다보았다. 그녀는 나지막하지만 단호한 목소리로 대답했다.

"유대인은 되고 싶지 않아!"

어쩌면 그 문장 속에는 어느 정도 적대감이 존재했는지도 모른다.

주디트는 탁자에 흘린 차의 흔적을 손가락 끝으로 지우면서 사납게 말대꾸했다.

"그건 사랑하느냐 사랑하지 않느냐의 문제가 아냐."

그녀는 마치 릴리가 자기를 개인적으로 모욕하기라도 한 듯 이렇게 말하고 나서 자리를 떴다.

미클로스는 깊은 생각에 잠겼다.

"내가 주교 한 분을 알고 있어. 그분한테 편지를 쓰자. 그래서 개종을 청원하자구. 어때, 괜찮아?"

늘 그랬듯이 미클로스는 살짝 허세를 부렸다. 그가 알고 있는 주교는 없었다. 하지만 그는 조만간 찾기만 하면 주교 한 사람은 발견할 수 있을 것이라고 확신했다. 릴리가 그의 손을 쓰다듬었다.

"화난 거 아니지?"

미클로스가 그녀의 비위를 맞추려고 말했다.

"나도 그런 생각을 했었어."

아베스타로 향하는 야간열차 안에서 기차역들이 창문 뒤로 줄지어 지나가는 동안 미클로스는 이 문제에 대해 깊이 생각하면서 그걸 이해하려고 애썼다. 아니, 그는 종교를 바꾼다는 것을 단 한 번도 생각해본 적이 없었다. 그는 자기가 유대인이든 아니든 거기에 대해 진지하게 생각해보지 않았다. 그는 청소년 시절부터 사회주의 이념에 깊이 빠져 있었기 때문에 낡은 것에 대해서는 전혀 아무 관심이 없었다. 그는 그게 릴리에게 중요한 거라면 당연히 신부를 한 사람 찾아내야 한다고 생각했다. 아니면 주교를. 필요하다면 교황을.

기차는 외레브로와 할스베리, 레르베크, 모탈라를 지나갔다. 미클로스는 기차 안에서 편지를 썼다.

사랑하는 릴리, 넌 내가 자유와 억압받는 자들에게 헌신하는 병사라는 걸 잘 알 수 있을 거야. 안 그래? 자유와 억압받는 자들을 위해 싸우는 것이야말로 모든 나라의 아들딸들을 각성시키는 대의라고 생각해. 넌 일상생활에서 나의 동반자가 될 것이고, 그래서 이 점에서도 역시 나의 충실한 동반자가 될 거야. 그럴 거지, 그렇지?
넌 부르주아 집안의 딸이었지만, 이제 확고부동하고 투지에 불타는 사회주의자가 되어야 해!

넌 그렇게 되고 싶지, 안 그래? 난 널 크리스마스 때 다시 만나게 되기를 기다리면서 날짜를 세고 있어.
아베스타에 돌아가면 바로 주교님을 만나볼게.
널 수도 없이 껴안고 키스할게.

미클로스가.

11

미클로스가 다시 기차를 탄 그다음 날 엑셰에서는 작은 동요가 일어났다. 우선 모든 사람이 함께하는 아침 식사가 끝나자 스벤손 의사가 들어와서 수저로 물잔을 때려 주의를 모았다. 웅성거리는 소리가 일시에 멈추고, 모든 사람들이 그를 향해 고개를 돌렸다.

그가 약간 신경질적인 어조로 말했다.

"여러분 모두 끈기를 잃지 말고 신뢰를 간직하기 바랍니다. 여러분의 삶을 상당히 변화시킬 한 가지 결정을 방금 통보받았습니다. 스웨덴 공중보건부는 우리 스몰란스스테나르 재활센터를 즉시 해체하기로 결정했다고 합니다. 이 결정에 따라 우리 엑셰 군병원에서 치료를 받은 환자들은 여기를 떠나도록 허용될 것이고, 그 나머지는 베르가에 있는 다른 시설로 옮겨질 것입니다…."

스벤손은 말을 계속하려고 했으나, 여자들은 더 이상 그의 얘기를 들으려 하지 않고 즐거운 고함을 내질렀다. 그들은 의자에서 일어났고, 그중 일부는 서로 얼싸안으며 괴성을 질러대기까지 했다. 여러 가지 언어로 스벤손에게 뭐라고 외쳐대며 그에게 가까이 가려고 하는 여자들도 있었다. 그는 숟가락으로 물잔을 두들겨댔지만, 더 이상은 상황을 통제할 수가 없었다.

…오늘 아침, 병원이 해체된다는 소식이 우리에게 전해져 한바탕 소란이 벌어졌어. 우리는 여기서 수백 킬로미터 떨어진 다른 병원으로 옮겨갈 거야. 이제 곧… 이렇게 되면 네게 좀 더 가까이 가 있게 될 거고, 좀 더 쉽게 널 보러 갈 수 있게 될 거야.

세 명의 젊은 헝가리 여성들은 짐을 꾸리기 위해 재빨리 위층으로 올라갔다. 그리고 릴리는 도둑이 들었다는 걸 곧 알아차렸다.

30분 뒤에 위원회가 이 절도 사건의 조서를 작성했으나, 릴리가 대답을 할 만한 상황이 아니었다. 그녀가 하도 흐느껴 우는 바람에 결국은 그녀를 진정시키기 위해 주사를 놓았고, 그녀는 일종의 가벼운 혼수상태에 빠져들었다. 그녀는 배를 깔고 엎드려 있든지, 아니면 몸을 웅크리고 있을 뿐, 그 어떤 질문에도 대답하지 않았다.

사라는 방금 일어난 일에 대해 몇 번씩이나 다시 설명해야만 했다.

"벌써 다 얘기했잖아요. 벽장이 열려 있었어요."

그녀는 방 한쪽 구석에 하나밖에 없는 벽장을 가리켰다. 그들이 아래층 선반에 소지품을 넣어두던 벽장은 문이 활짝 열린 채 텅 비어 있었다.

살갗이 눈부시도록 하얗고 금발머리에 안경을 쓴 젊은 남자 한 사람이 그 지역 적십자사 단장을 위해 사라가 하는 말을 낮은 목소리로 통역해주었다.

안느-마리 아르비드손 부인이 보고서를 작성했다. 그녀가 물었다.

"그 천은 어떻게 생겼어요?"

사라가 릴리의 등을 쓰다듬었다.

"어떻게 생겼었어, 릴리? 난 딱 한 번밖에 본 적이 없어서…."

릴리가 눈을 동그랗게 뜬 채 창밖의 자작나무를 뚫어지게 쳐다보고 있었다. 사라가 그녀 대신 대답하려고 애썼다.

"겨울 외투를 만들 밤색 천이었어요. 촉감이 부드러운… 사촌이 릴리에게 준 거예요."

안경을 쓴 젊은이가 낮은 목소리로 통역을 했다.

"식당에서 스벤손 의사 선생님이 소식을 알려주시는 동안 사건이 발생했을 수도 있어요."

안느-마리 아르비드손이 펜대를 내려놓았다.

"지금까지 병원에서 절도 사건이 일어난 적은 단 한 번도 없었는데… 어떻게 해야 될지 모르겠네…."

지역 적십자사 단장이 주먹으로 테이블을 내리쳤다.

"난 할 거야! 꼭 그걸 찾아내서 당신에게 돌려주겠어요."

아베스타로 돌아온 미클로스는 우선 자기가 돌아왔다는 걸 알리기 위해 사무실부터 들렀다. 그런 다음 병동으로 가서 옷을 갈아입었다. 정오였고, 그는 다들 식당에 있으리라는 걸 알고 있었다.

미클로스는 그를 발견하고는 흠칫 뒤로 물러섰다. 목이 긴 신발을 신은 발 두 개가 한가운데 놓인 침대들 위 허공에서 아직도 반원을 그리고 있었다.

미클로스는 가방을 내려놓은 다음 그야말로 엉뚱한 행동을 했다. 안경을 벗어서 아무 흠도 없는 안경알을 닦은 것이다. 안경을 다시 코 위에 올려놓자 그가 꿈을 꾸지 않았다는 게 분명해졌다. 그가 서 있는 곳에서는 철제 벽장 중 하나가 병동의 윗부분을 가리고 있어서 볼 수가 없었다. 그러나 그가 앞으로 걸어나가자 몸통과 회색 바지, 허리띠도 눈에 들어왔다.

티보르 히르슈였다!

그가 천장 등 옆에 박혀 있는 굵고 끝이 구부러진 못에 스스로 목을 맨 것이다. 시신 아래의 방바닥에 편지가 한 통 놓여 있었다. 미클로스는 팔다리가 떨리기 시작해서 주저앉아야만 했다. 1분이 지나가고 2분이 지나갔다. 그 편지를 읽고 싶어

견딜 수가 없었다. 몸의 떨림과 혐오감을 극복해야만 했다. 그가 앉아 있는 곳에서는 편지지 아래쪽에 찍혀 있는 소인의 검은색 자국밖에 보이지 않았다. 공문서였다!

불현듯 스치는 생각. 내키지 않지만 일어나서 시신 아래로 갈 때 그는 이미 편지 내용을 알고 있었다. 그는 편지를 물끄러미 바라보았다. 그렇다, 물론 그걸 주울 필요가 없었다. 그는 티보르 히르슈가 마지막으로 받은 편지가 사망확인서라는 것을 미루어 짐작할 수 있었다. 그건 처녀 적 이름이 이르마 클라인인 티보르 히르슈 부인의 사망통지서였다.

미클로스는 순간 생각났다. 그는 히르슈의 아내가 벨젠에서 총에 맞아 죽었다고 릴리에게 쓰지 않았던가? 그가 그 편지를 쓴 것은 거대한 뱀을 연상시키는 승리의 행렬이 움직이기 시작해서 병동을 점령했던 순간이었다. 왜 그때 그는 자기가 느꼈던 불안감을 억눌렀던 것일까? 왜 그는 히르슈를 구하러, 그를 깨우러 달려가지 않았던 것일까?

하지만 미클로스, 그가 언제 그렇게 할 수 있었단 말인가?

어쩌면 침대에 누워 있던 히르슈가 일어나 앉아 편지를 흔들 때 그랬어야 했단 말인가? 그가 "그녀가! 살아 있어! 아내가 살아 있다니까!"라고 소리칠 때 그랬어야 했단 말인가? 그에게 달려가서 그를 뒤흔들며 얼굴에 대고 네 아내는 더 이상 살아 있지 않다, 그녀는 죽었다, 그녀가 마치 미친개처럼 권총에 맞아 죽는 걸 본 사람이 셋이나 있다고 소리쳤어야만 했단 말인가?

아니면 기다렸다가 나중에 그렇게 했어야만 했단 말인가?

하지만 언제? 그래, 언제?

히르슈가 꼭 국기를 흔들 듯 방금 받은 메시지를 높이 들고 흔들며 침대 사이를 걷기 시작했을 때 그렇게 했어야만 했는가? 단 한 단어로 슬로건을 만들었을 때 그렇게 했어야만 했단 말인가? 바로 그 순간에? 해리가 그의 뒤를 바로 따라와서는 그의 양 어깨에 손을 얹었을 때, 그리고 그들이 마치 시위를 하듯 3박자로 일제히 함성을 지르며 외치기 시작했을 때 히르슈를 다그쳤어야만 했단 말인가?

"그녀가! 그녀가! 그녀가! 그녀가! 그녀가! 살아 있어! 살아 있어! 살아 있어! 살아 있어! 살아 있어!"

그들 모두의 배를 죄고 있던 두려움이 방금 분출하여 무한히 반복되는 단어의 변덕스런 도취로 바뀌어가는데 도대체 무엇을 할 수 있단 말인가? 화산 같은 분출을 어떻게 멈출 수 있단 말인가?

"그녀가! 그녀가! 그녀가! 그녀가! 그녀가!"

테이블 위로 올라가서 합창 소리보다 더 크게 외쳐야만 했던 것이었을까? 뭐라고 소리칠 수 있었단 말인가? 그에게 이렇게 소리쳐야만 했었을까?

"정신 차려! 이성을 찾으라고, 이 바보야! 넌 혼자고, 네가 사랑했던 여자들은 모두 한줌 연기로 사라졌다는 걸 인정하란 말이야! 난 그걸 봤어! 그걸 알아! 그녀는 살아 있지 않아! 그

녀는 살아 있지 않아! 그녀는 살아 있지 않아! 그녀는 살아 있지 않아! 그녀는 살아 있지 않아!"

그는 그렇게 하지 않았다. 그는 그 대열에 끼어들었다. 미클로스는 뱀의 열두 번째 마디가 되었다. 그는 상식을 버리고, 그 어느 것도 바뀌지 않았다고 믿고 싶었다.

그리고 이제 히르슈의 생명 없는 몸뚱이가 갈고리에 매달려 있었다.

밤이 되어 신경안정제 주사의 즉각적인 효과가 사라지자 릴리는 사라와 함께 사무실로 내려가 공식적으로 신고를 해도 될 만큼 몸이 나아졌다고 느꼈다.

이틀 뒤, 미클로스로부터 편지를 받았을 때(그는 당시 스웨덴에서 그런 절도 사건이 발생했을 때 어떤 절차를 밟아야 하는지 아베스타에서 단 두세 시간 만에 알아냈다) 조사는 이미 이루어지고 있었다.

그러나 두 사람은 릴리가 그해 겨울에는 제대로 된 겨울 외투를 갖게 되지 못하리라는 사실을 알고 있었다.

사랑하는 릴리! 나의 유일한 릴리!… 경찰서에 가서 신고하고, 그 신원미상의 범인을 절도혐의로 고소해야 해. 독일어로 편지를 세 통(한 통은 병원 앞으로, 또 한 통은 외국

인 사무소 앞으로, 그리고 또 한 통은 경찰 앞으로) 써야 하는데, 편지에는 피해 물품에 대해 정확히 기록해야 해. 겨울 외투를 만들 천 3미터 50센티미터, 밤색, 줄무늬가 있음… 이런 식으로 말이야.

더 중요한 사건이 같은 순간에 일어났다. 엑셰에서 치료받던 열한 명의 여성(헝가리 여성 세 명 포함)이 화요일 아침에 버스를 타고 스몰란스스테나르 기차역까지 갔다. 기차역에서는 큰 소동이 벌어졌고, 눈은 끊임없이 내리고 있었다.

대부분의 수용소 난민들은 이미 기차 안에 자리를 잡았고, 엑셰에서 도착한 난민들은 봇짐과 가방을 들고 더러운 플랫폼을 이리저리 돌아다녔다. 스벤손과 검은색 케이프를 입은 여자 간호사들은 마치 군 의무대원들처럼 기차를 따라 이리저리 부리나케 뛰어다니며 난민들을 진정시키려고 애썼다. 눈물과 입맞춤, 진흙이 넘쳐났다. 즐거운 음악이 스피커에서 흘러나왔다.

릴리와 사라, 주디트는 마지막으로 본 지 석 달이 되어가는 친구들이 기차간에 이미 자리를 잡고 앉아 있는 것을 발견했다. 즐거운 고함과 포옹이 이어졌다. 그들은 창문을 내리고 창밖으로 몸을 내밀어 스벤손 의사에게 손 키스를 보냈다. 자전거를 탄 여자 간호사가 큰 가방을 어깨에서 허리로 비스듬히 둘러매고 도착했다. 그녀는 종을 계속 울려댔고, 사람들은 자전거에 치이지 않으려고 후다닥 길을 비켜주었다. 그날 치 우편물을 가져온 것이었다. 준비가 철저하게 이루어졌다. 그녀는 자전거 페달을 밟으며 방해받지 않도록 케이프를 무릎 위에서 둘둘 말았다. 그녀가 자전거에서 내리더니 소리쳤다.

"우편물이에요! 우편물!"

그녀는 플랫폼 한가운데 멈추어서더니 자전거가 쓰러지도록 내팽개쳤다. 서둘러 가방에서 편지를 몇 통 꺼낸 그녀가 수신자들의 이름을 읽었다. 그녀는 마이크 소리를 덮기 위해 소리를 질러야만 했다.

"스크와르즈, 바리, 베네데크, 라이히, 토르모스, 레흐만, 스자보, 벡크…."

안느-마리 아르비드손 역시 야단법석인 기차역 플랫폼에 서 있었는데 평소 릴리에 대해 죄책감을 느끼고 있던 터라 라이히라는 이름이 들려오자 고개를 번쩍 들었다. 그녀는 간호사에게서 편지를 건네받아 바벨탑이 세워지던 그때처럼 혼란스러운 이 혼돈의 와중에서 릴리를 찾기 시작했다. 그녀는 열차를 따라 뛰었다. 미클로스가 보낸 편지를 릴리의 손에 직접 전해준다고 생각하자 흥분되었다. 그녀도 큰 소리로 여러 차례나 릴리의 이름을 불렀으나, 그녀의 작은 목소리는 웅성거림에 파묻혀 들리지 않았다.

그녀에게서 겨우 몇 미터 떨어진 기차간의 창문에 몸을 기대고 있는 릴리의 모습이 문득 그녀의 눈에 들어왔다. 릴리도 그녀를 보았다. 진흙이 무릎 높이까지 묻어서 무거워 보이는 외투를 입은 아르비드손 부인이 편지를 흔들어대며 릴리의 이름을 또박또박 불렀다. 양쪽 뺨이 뜨겁게 달아오른 그녀가 거친 숨을 몰아쉬었다.

릴리가 그녀에게 소리쳤다.

"안느-마리! 안느-마리!"

릴리가 자기 성이 아닌 이름을 부르자 그녀는 감동했다. 그녀는 릴리에게 편지를 내밀었다. 그러고 나서 릴리의 손을 꽉 움켜쥐었다.

"네 남자친구인 것 같은데!"

그녀는 웃으며 낮은 목소리로 이렇게 말함으로써 자기가 그녀의 사랑을 옹호한다는 걸 넌지시 암시했다.

릴리는 봉투를 힐끗 보고 얼굴이 창백해졌다. 봉투에는 헝가리 우표가 붙어 있었고, 작고 뾰족한 글씨로 주소가 쓰여 있었다. 헛갈릴 수가 없었다. 릴리는 기차 안에서 뒤로 벌러덩 넘어졌고, 사라는 그녀가 바닥에 떨어지지 않도록 붙잡아야만 했다.

릴리가 속삭였다.

"엄마 글씨야."

그녀가 신경질적으로 편지를 움켜쥐었다. 그래서 사라는 이렇게 말해야만 했다.

"그러다가 편지 구겨지겠다. 내가 할게!"

그녀는 릴리의 손에서 편지를 빼내려고 했지만, 릴리는 편지를 놓으려고 하지 않았다. 주디트는 창가에 몸을 기울이고 플랫폼을 따라 뛰는 스벤손에게 소리쳤다.

"릴리 라이히가 어머니에게서 편지를 받았어요!"

그 말을 듣자 스벤손이 걸음을 멈추었고, 그의 뒤를 따라오던 여자 간호사도 순간 멈추어 섰다. 케이프를 입은 여자 간호사들이 마치 까마귀들이 날아오르듯 스벤손 의사를 둘러쌌다. 그들은 스벤손과 함께 열차에 올라탔다.

그 작은 열차 칸으로 최소 열다섯 명이나 되는 사람들이 몰려들었다. 릴리는 여전히 편지를 뜯어볼 엄두를 내지 못한 채 봉투에 입을 맞추며 쓰다듬고 있을 뿐이었다. 스벤손이 그녀를 채근해야만 했다.

"자, 이제 편지를 열어봐!"

릴리가 눈물이 가득한 눈으로 그를 올려다보았다.

"그럴 용기가 나지 않아요."

그녀는 숨을 한 번 들이쉬고 편지를 사라에게 넘겨주었다.

"네가 열어봐!"

사라는 망설이지 않았다. 거칠게 봉투를 뜯었다. 촘촘한 글씨로 빽빽하게 채워진 편지지 몇 장이 거기서 떨어져 내렸다. 그녀는 그걸 릴리에게 내밀었으나, 릴리는 고개를 흔들어 거부했다.

"읽어봐! 제발 부탁이야!"

스벤손은 릴리 옆에 앉아 그녀의 손을 꼭 잡아주었다. 부다페스트에서 보낸 편지가 도착했다는 소식은 꼭 도화선에 붙은 불처럼 빠르게 널리 퍼져나갔다. 복도와 플랫폼으로 수많은 사람들이 모여들었다. 사라는 꼭 연극무대에 선 것처럼 사람들의 기대에 부응하기 위해 목소리를 높여야만 했다. 과장된 어조로 외쳐야만 했다. 그녀는 그 순간이 얼마나 엄숙한지 의식하고 있었지만, 그녀의 목소리가 따라주지 않았다. 정말 부르기 힘든 슈만의 가곡도 척척 소화해내곤 하던 그녀가 편지는 억양도 없이 불안정한 목소리로 간신히 읽어 내려갔다.

"나의 사랑하는 릴리! 너희들이 낸 '세 명의 젊은 헝가리 여성이 스웨덴에서 가족들을 찾습니다!'라는 광고문이 「빌라고사그」 신문에 실렸단다."

릴리는 헤르나드 거리 안쪽의 발코니와 시금치색 출입문, 어머니의 다 낡은 잠옷 가운을 또렷하게 떠올릴 수 있었다. 초인종이 울린다. 엄마가 문을 열어주러 간다. 이웃인 보즈시가 그녀 앞에 서서 「빌라고사그」 신문을 자랑스럽게 흔들며 소리지른다. 릴리는 그녀가 뭐라고 소리치는지 알아듣지 못하지만, 그게 뭐 중요하겠는가. 그녀가 소리치는 것은 오직 한 가지 이유밖에 더 있겠는가. 그녀의 목 근육이 팽팽하게 당겨져 있었다. 보즈시는 신문에 굵은 글씨로 된 광고문이 삽입된 마지막 페이지를 손바닥으로 툭툭 쳤다. 엄마가 그녀의 손에서 신문을 낚아챈다. 신문지 구겨지는 소리가 들린다. 엄마가 광고문을 들여다본다. 이름과 성을 읽는다. 다리에서 힘이 쭉 빠져나간다.

릴리는 엄마가 기절하기 전이나 후에 했던 말을 분명하게 듣는다.

"난 우리 릴리가 영리한 아이라는 걸 늘 알고 있었죠."

기차간에서 사라는 최초의 감동적인 순간이 지나가자 원래의 목소리를 되찾았다. "끔찍한 한 해가 지나고 나니 네가 보내온 기적의 소식이 도착했구나! 그 기적 같은 소식이 내게 뭘 의미하는지, 그건 말로 표현할 수가 없어. 그냥 내가 지금까지 살아 있음을 하느님께 감사드릴 뿐이야."

보즈시가 식료품 저장실로 뛰어가면서 중얼거린다.

"식초, 식초, 식초…."

그녀는 두 번째 선반에서 식초를 찾아내어 입으로 코르크 마개를 뽑아낸 다음 코로 냄새를 맡는다. 그녀는 여전히 출입문 근처에 누워 있는 엄마에게 다시 뛰어간다. 그리고 엄마가 정신을 차릴 수 있도록 엄마 얼굴에 식초를 뿌린다. 엄마가 잔기침을 하더니 눈을 뜬다. 그녀가 보즈시를 바라본다. 하지만 아주 낮은 목소리로 릴리에게 말한다. "네가 사랑하는 아빠는 불행하게도 아직 돌아오지 않았단다. 해방되고 나서 오스트리아의 웰스라는 곳에 있는 한 병원에 있었는데(5월), 식중독을 일으켰고, 그 뒤로는 전혀 소식이 없어. 하늘이 도와 네 아빠가 집으로 돌아오고 우리 모두 살아 있는 즐거움을 누렸으면 좋겠구나."

릴리는 사라가 어느 구절을 읽고 있는지, 자기가 어느 구절을 엄마 자신의 목소리로 듣고 있는지 자신할 수 없었다. 마치 엄마가 그 답답한 열차 칸에 앉아서 가장 중요한 부분에 관해 얘기하고 있는 듯했다.

"6월 8일 이후로, 우리 사촌인 렐리의 남편이 아우슈비츠에서 돌아오고 나서는 그들과 함께 살고 있고, 아빠나 네가 돌아올 때까지 여기에 머무를 생각이다. 그러니 어서 빨리 돌아오렴!"

코를 찌르는 식초 냄새가 아파트를 가득 채운다. 보즈시의 도움을 받아 몸을 일으킨 엄마가 비틀거리며 부엌 개수대까지 걸어가 얼굴에 물을 끼얹는다. 그런 다음 의자에 앉아 무릎에 신문을 올려놓고 다음 몇 줄을 평생 못 잊을 거라는 확신이 들 때까지 일곱 번 연이어 광고문을 읽는다. "무슨 말부터 해야 될지조차 모르겠어. 하루 종일 뭐하고 지내니? 먹는 건 어떻게 하고 있니? 넌 어떤 모습을 하고 있어? 말랐어? 입을 옷은 많이 있어? 우리는 불행하게도 모든 걸 다 빼앗겼단다. 우리가 시골로 보낸 것 중에서 천도, 겨울 외투도, 옷가지도 돌려받지 못했어. 한마디로 전혀 아무것도 돌려받지 못한 거야. 하지만 걱정 마렴, 우리 딸…."

릴리는 엄마의 목소리로 단어들이 마지막으로 쏟아져 나오는 것을 들었다. 엄마는 오해의 여지가 있을 수 없는 방법으로

"우리 딸"이라고 말했다. 우리 딸, 우리 딸, 우리 딸… 오, 신이시여! 이 "우리 딸"이라는 말이 어찌나 다정하게 들리는지!

스벤손은 이 편지에서 단 한 단어도 이해하지 못했지만, 그의 얼굴은 열차 안에 있는 모든 젊은 헝가리 여성들처럼 행복과 자랑스러움으로 환하게 빛났다. 사라는 사람들을 쭉 한 번 둘러본 다음 침을 삼키고 편지를 계속 읽어 내려갔다. "네게 한 가지 좋은 소식을 알려줄게. 네 아빠가 너의 열여덟 번째 생일을 맞아 선물한 새 피아노는 멀쩡하단다. 릴리야, 네가 이 소식을 들으면 무척 기뻐할 텐데."

엄마는 의자에 앉아 있다. 잉크 냄새가 미처 가시지 않은 신문을 어루만지며 그녀는 입술에 가볍게 미소를 띤 채 무슨 내용으로 편지를 쓸까 생각 중이다. 그녀는 이제 곧 편지를 쓰기 시작할 것이다. 사실 그녀는 지난 10개월 동안 매일 밤 머릿속으로 편지를 쓰고 또 썼다. 새삼스레 머리를 쥐어짜지 않아도 지금 당장 편지지에 그걸 옮겨 쓰기만 하면 되었다. 어디 어디 쉼표를 찍어야 하는지도 알고 있으며, 스펠링이 맞는지 안 맞는지도 확인하고 또 확인했다. 하기야 이렇게 중요한 편지를 쓰면서 실수를 할 리가 없다. 그녀는 편지를 쓰면서 뭐라고 중얼거리고 콧노래도 부른다. "사랑하는 딸, 기회가 생기면 손과 발에 자외선을 쬐도록 해라. 그리고 머리에도 볕을 쬘 수 있으면 쬐렴. 왜냐하면 아름답게 굴곡진 너의 머리카락 술이 비타민 부족으로 많이 빠졌을지 모르거든. 그리고 어쩌면 티푸스에 걸렸을지도 모르겠구나. 내가 방금 한 애기, 절대 건성으로 들어서는 안 된다, 우리 딸. 신의 가호 아래에서 네가 집에 다시 돌아와 예전처럼 환하게 빛났으면 좋겠다."

누군가, 분명 스벤손 밑에서 일하는 간호사 중 한 명일 것으로 짐작되는데, 역장에게 달려가 스벤손 의사가 아직 내리지 않았으니 열차를 출발시키지 말아달라고 부탁했다. 스벤손은 꼼짝하지 않았다. 그는 릴리의 손을 꼭 잡고 있었다. 여성들이 눈을 반짝반짝 빛내며 열차 안에서 서로 몸을 밀착시키고 있었다. 사라의 목소리가 열려 있는 창문을 빠져나가 이미 인적이 끊긴 플랫폼 끝에 도달했다. "불쌍한 기유리에게서는 아무 소식이 없지만, 카르파티 가족 네 명은 다 무사하단다. 그리고 반디 호른은 러시아에 포로로 잡혀있다 하고… 쥬디는 광고문에 언급이 안 되어 있던데, 어떻게 된 건지? 너희들 같이 떠났었잖아?"

릴리는 목구멍이 콱 막히는 것 같았다. 그녀와 그녀의 사촌인 쥬디는 악취 나는 병동의 바닥에서 서로의 팔을 괴고 누워 있었다. 쥬디는 릴리의 곁에서 입가에 미소를 띄운 채 그렇게 나비가 날갯짓을 하듯 숨을 거두었다. 그녀의 몸에는 이들이 들끓었다…. 그녀는 언제 죽었을까? 어느 순간에 죽었을까? 릴리는 그 누구에게도 이 얘기를 하지 않았다.

식초 냄새 나는 부엌에 앉아 있었지만 릴리의 엄마는 자기가 지뢰밭 한가운데에서 헤매고 있는 것 같은 생각이 들었다. 그녀는 입을 다물었다. 수도꼭지에서 물방울 떨어지는 소리가 희미하게 들려왔다. 그런 다음 그녀는 보즈시를 보면서 울기 시작한다. 보즈시가 그녀를 껴안는다. 그들은 함께 운다. 운다.

릴리는 생생하게 듣는다. 엄마가 보즈시의 어깨에 얼굴을 파묻은 채 흐느끼며 이렇게 말하는 것을. "네 아빠와 널 껴안을 수만 있다면, 난 여한이 없단다. 내가 바라는 건 오직 그것뿐이야. 다른 건 바라지 않아. 우리는 널 기다리고 있어. 너에게 천 번의 키스를 보낸다. 널 미치도록 사랑하는 엄마가."

릴리는 거의 무아지경에 빠져 있었다. 그녀는 스벤손과 간호사들이 언제 열차에서 내렸는지조차 기억하지 못했다. 스벤손과 간호사들이 그녀를 껴안고 볼에 입을 맞춘 다음 열차에서 내린 것 같기는 하다. 그런 다음 열차가 곡선을 이루며 그들의 시야에서 사라질 때까지 마치 조각상들처럼 내리는 눈을 맞으며 플랫폼에 서 있었을 것이다.

사랑하는 릴리!

어떻게 얘기해야 될지 모르겠지만, 그 소식을 듣게 되어 무척이나 기뻐! 나는 알고 있었어. 그래, 네 어머니께서 보내신 편지가 그 주에 도착할 거란 걸 말이야. 1분, 2분이 지나고 하루 이틀이 갈수록 더욱더 너를 사랑해. 넌 너무 상냥하고 너무 착해! 난 진짜 못된 사람인데! 네가 날 바로잡아줄 거지?

12

미클로스는 어느 날 아침 아베스타에서 사라졌다. 그는 철책 문을 통과했지만, 12시가 될 때까지 아무도 그의 부재를 알아차리지 못했다.

사람들은 그를 찾기 시작했다. 그가 꼭 점심시간 전에 오후에 피울 담배 두 갑을 사기 위해 관리인 사무실에 들린다는 걸 알고 있는 해리와 프리다가 가장 먼저 그의 실종을 눈치챘다. 미클로스가 나타나지 않자 해리는 언제 어디서 마지막으로 그를 보았느냐고 야코보비츠에게 물었다. 1시에 린드홀름은 그가 가장 좋아하는 환자가 흔적도 없이 사라져버렸다는 사실을 알게 되었다. 그러자 자전거를 타고 갔을지도 모른다고 생각했으나, 없어진 자전거는 없었다. 그가 점심때도 안 보였다는 사실을 알게 된 사람들은 진짜로 불안해하기 시작했다.

린드홀름은 미클로스가 혹시 우체국에 갔다가 돌아오는 길에 몸에 이상이 생겼을지도 모른다며 사람을 보내 재활센터에서 마을까지 이어지는 도로를 차를 타고 다니며 살펴보도록

시켰다. 그러고 나서 우체국과 제과점, 기차역 등 미클로스가 갈만한 모든 장소에 전화를 걸었다. 하지만 그 누구도 그날 그를 보지 못했다.

그래서 결국은 오후 끝 무렵에 경찰에 알리고 환자들의 외출을 금했다.

모두가 그의 실종과 티보르 히르슈의 자살이 연관되어 있을 것이라고 추측했다. 미클로스는 그를 발견했고, 사람들이 끈을 자르고 그의 시신을 방바닥에 내려놓을 때도 그 자리에 있었다. 그러고 나서는 며칠 동안 단 한마디도 하지 않고 침대에 앉아 있기만 했다. 아무도 그를 위로할 수 없었다. 나중에 해리는 미클로스가 다가오는 크리스마스 축제를 피하기 위해 몸을 숨기고 싶어 할 수도 있다고 넌지시 암시했다. 특히 유대인들처럼 종교적인 이유로 크리스마스를 기념하지 않는 사람들이 있었지만, 그래도 많은 사람들이 크리스마스 얘기를 했다. 그러나 그리거에 따르면 미클로스는 사회주의자였기 때문에 크리스마스에 관심이 없었다고 했다. 그러니 그러한 사람이 크리스마스가 되었다고 해서 어떤 가족적인 감정 때문에 영향을 받을 리는 없다는 것이었다.

병동에 간 수간호사 마르타는 모든 사람들을 따로따로 불러 이것저것 캐물었다. 그녀는 미클로스의 개인 공간을 뒤질까 말까 오랫동안 망설였다. 그녀는 그의 모든 우편물을 다 읽어볼 생각까지 했다. 그는 편지들을 판지 상자 속에 정돈하고 분류

해놓았다. 그 안에는 300여 통의 편지가 차곡차곡 정리되어 있었으며, 릴리가 보낸 편지는 노란색 실크 리본으로 묶여 있었다. 마르타는 상자를 들어 올렸다가 유혹에 저항했다. 그녀는 너무 이르다는 생각이 들어 미클로스를 하룻밤 더 기다려보기로 했다.

미클로스는 바로 그 순간 재활센터에서 7킬로미터 떨어진 숲 속을 걷고 있었다. 절도 있고 규칙적인 걸음걸이로 산책하는 것이었다. 그는 깊은 생각에 잠겨 있었다. 그날 아침에 자기가 왜 그 절망과 불안의 감정에 휩싸였는지 그 이유를 납득할 수 없었다. 도대체 왜 그랬을까?

그날 아침이라고 해서 다른 날 아침과 다른 건 아무것도 없었다. 새벽에 체온이 올라갔다. 그리고 아침 식사를 했다. 릴리에게 편지를 썼다. 리츠만과 체스 게임을 한 다음 크리스마스로 예정된 릴리의 방문에 대해 말하고, 린드홀름이 이 특별한 방문을 빨리 검토하도록 그의 사무실을 찾아갔다.

어쩌면 그 때문이었을까? 린드홀름이 무심한 눈길로 그가 그대로 방을 나가도록 내버려두어서 그랬는지도…. 의사는 그의 폐를 청진해보고 어깨를 한 번 으쓱했을 뿐이었다. 모든 걸 체념한 듯한 그 동작!

미클로스는 소나무 숲에서 걸음을 멈추었다. 바람이 부드럽다. 문득 그는 깨달았다. 린드홀름의 그 무심한 동작이 마치 첫 번째 도미노 골패가 쓰러지면 다른 골패들이 연이어 쓰러지는 것처럼 모든 걸 뒤흔들어놓은 것이다. 그는 미어지는 가슴을 안고 린드홀름의 사무실에서 나왔다. 그는 그 빌어먹을 진단을 단 한 번도 믿어본 적이 없었다. 그는 의사의 진단이 잘못되었다고 간주하고 무시해버렸다. 그냥 자기 얘기하고 싶은 대로 얘기하게 내버려두지 뭐! 내 몸에 대해서 나만큼 잘 아는 사람은 없으니까!

그러나 그날 아침은 달랐다. 린드홀름의 무심한 동작이 꼭 그의 배에 일격을 가하는 것처럼 느껴졌다. 미클로스는 숨을 쉴 수가 없었다. 이제 곧 죽을 거야! 히르슈처럼 사라져버릴 거야! 다른 사람 차지가 될 수 있게 내 벽장을 비우고 침대를 다시 정리할 거야. 그리고 모든 것이 끝날 거야.

그래서 그는 떠났다. 비틀거리며 재활센터에서 나와 사거리까지 걷다가 왼쪽으로 방향을 틀어 시내로 향하는 대신 오른쪽으로 발길을 돌려 숲으로 향한 것이다. 그쪽으로 가본 적은 거의 없었다. 처음에는 아스팔트로 포장된 길을 걸었으나, 이윽고 포장도로는 산책길로 바뀌었다. 그러다가 이 산책길은 다시 좁아져 오솔길이 되었는데, 아마도 야생동물이 지나다니는 길 같았다. 그는 이 길을 따라갔다. 길은 조금씩 넓어지더니 눈 쌓인 넓은 빈터로 이어졌다.

그는 거기서부터 길을 헤매기 시작했다. 그렇다고 해서 크게 당황하지는 않았다. 걷는 게 기분 좋았고, 죽음의 신과 벗한다는 게 어느 정도 즐겁게 느껴지기까지 했다. 죽음의 신. 그는 이제 죽을 것이다. 그러고 나면? 그는 살았고, 사랑했다. 그뿐이다. 이제 그는 야생동물처럼 사라질 것이다. 그는 시를 몇 편 암송했다. 처음에는 마음속으로, 다시 나지막한 소리로, 그리고 마지막으로 목청껏. 그는 아틸라 요제프와 하이네, 보들레르의 시를 낭독하며 하늘 높이 치솟아 있는 소나무 사이를 걸어갔다.

오후 늦은 시간이었다. 기침 발작이 일었고, 자신이 안쓰럽게 여겨졌다. 몸에 한기가 들고 속이 떨렸다. 신발에는 구멍이 뚫려 젖은 발이 시리다. 몹시 지친 나머지 나무 그루터기에 주저앉아야만 했다. 자신의 운명을 인정하고 받아들였다고 한들 여기서 얼어 죽고 싶지 않았다. 다시 북쪽으로 방향을 잡았다. 확신이 들지 않았지만, 재활센터가 그쪽 어디에 있을 거라는 느낌이 들었다.

밤 8시에 린드홀름은 엑셰의 스벤손 의사에게 전화를 했다. 그는 이틀 전에 스몰란스스테나르 재활센터가 베르가로 이전되었다는 사실을 모르고 있었다. 스벤손은 미클로스가 실종되었다는 얘기를 듣자 깜짝 놀랐다. 스벤손은 린드홀름에게 미클로스가 사라진 이유를 설명해줄 수는 없었지만, 혹시 몰라서 베르가 재활센터의 전화번호를 그에게 알려주었다. 린드홀름은 밤 11시까지 기다렸지만, 미클로스의 행방이 여전히 오리무

중이었으므로 틀림없이 그에 대해 자기보다는 훨씬 더 많이 알고 있을 젊은 헝가리 여성 릴리에게 전화를 걸었다.

린드홀름은 자신도 모르게 자기 방이 아니라 관리인 사무실에서 전화를 했는데, 아마도 미클로스가 언제 어느 때 나타날지 모른다고 생각되는 도로를 계속 지켜볼 수 있어서였을 것이다.

여자들이 베르가로 옮겨온 후 이틀째 되는 날이었다. 그들은 아베스타 재활센터가 갖춘 것처럼 난방이 지나치게 잘된 긴 가건물에 묵게 되었다. 그들이 침대에 누워 있을 때 사람이 찾아와서 릴리에게 전화가 와 있으니 본관으로 가보라고 알려주었다. 침대 아래로 뛰어내린 그녀는 등에 외투를 걸쳤다. 사라는 최악의 경우가 걱정되어 그녀에게 뭐라고 소리쳤다. 사라도 신발을 찾아 신고 그녀와 동행했다.

겁에 질려 "여보세요?"라고 말하는 릴리의 작은 목소리를 듣는 순간 린드홀름은 미클로스를 보았다. 미클로스는 커브길에서 발을 질질 끌며 달팽이처럼 느릿느릿 정문 쪽으로 걸어오고 있었다.

"릴리? 미클로스 바꿔줄게요."

미클로스가 사무실까지 오려면 족히 5분은 걸릴 거라는 사실을 알고 있었지만, 린드홀름은 그렇게 말했다.

"전화 끊지 말아요! 미클로스가 금방 올 테니!"

미클로스는 자기가 아베스타로 가는 길을 찾지 못할 거라고 생각했다. 추운 곳에서 얼어 죽고 싶지는 않았던 그는 눈 위에 찍힌 자신의 발자국을 따라 북쪽으로 되돌아갔지만, 얼마 지나지 않아 불안에 사로잡혔다. 그는 자기가 같은 길을 뱅뱅 돌고 있다는 사실을 깨달았다. 눈 위에 찍힌 그의 발자국이 희미해지더니 두 개로 늘어났고, 어느 순간(이것도 확실하지는 않았다) 그는 곰의 발자국을 따라가고 있었다. 다행히도 그는 자신의 발자국을 다시 발견했다.

하지만 자기 발자국이 길 한가운데서 느닷없이 끊겨버리자 그는 도대체 어떻게 해야 할지 알 수가 없었다. 갑자기 공중으로 솟아오른 것처럼 흔적이 사라졌다. 진짜 누가 마술을 부리는 것 같았다.

해는 뉘엿뉘엿 넘어가고 있었으며, 날씨도 견디기 힘들 만큼 추워지고 있었다. 미클로스는 여기저기 상처가 난 발을 질질 끌며 겨우겨우 힘겹게 걸어갔다. 관자놀이가 욱신거렸고, 끊임없이 기침이 나왔다. 가느다란 초승달이 숲을 비춰주고 있었다. 그는 무르고 불안정한 눈길에 수시로 넘어져 무릎을 꿇곤 했다. 그는 모든 희망을 잃어버렸다. 그러나 걸음을 멈추면 안 된다는 사실을 알고 있었다. 마지막 남은 힘을 끌어 모아 걷기에 집중했다. 하나, 둘, 하나, 둘… 그렇지만 마음속 깊은 곳에서는 절망감이 피어 올랐다. 어떤 동물이 비웃는 소리가 들린 것 같기도 했다. 울음소리 같기도 했다. 하지만 한겨울 스웨덴에 올빼미가 있는지는 확실하지 않았다. 「올빼미가 죽음을 우네」 이건 아주 잘 쓰인 시다. 하지만 이제 언제 이 시를 종이에 옮겨 적을 수 있을 것인가? 결코, 이제 결코 그럴 수 없을 것이다.

그런데… 관리인 사무실과 울타리, 그리고 창살 창 뒤로 손에 전화기를 들고 있는 린드홀름의 모습이 문득 눈에 들어왔다. 꿈을 꾸고 있는 건가?

그가 마지막 남은 50미터를 걸어가는 데 족히 10분은 걸렸다. 그는 관리인 사무실로 들어갔다. 린드홀름이 그를 보더니 수화기를 그의 손에 넘겨주었다.

"릴리 라이히일세. 통화할 거지, 미클로스?"

릴리는 앞서의 침묵에 대해 어떻게 생각해야 할지 알 수 없었다. 아베스타에서 전화를 걸어온 낯선 남자가 미클로스를 곧 바꿔주겠다며 여러 차례나 그녀를 안심시키고 난 뒤에 그녀는 전화선에 문제가 있나 보다 생각했다. 수화기가 지글지글 끓고 슈우 하는 소리가 나기도 했던 것이다.

오래도록 기다리고 난 후에 다 죽어가는 듯한 미클로스의 목소리가 들려왔다.

"여보세요?"

"괜찮아?"

그가 뭐라 대답할 수 있단 말인가?

"응. 괜찮아."

릴리는 안심이 되었다.

"우리 베르가로 옮겼어. 우리 자리는 조금 구석진 곳에 있고."

"그리고?"

"넌 상상도 못할 거야. 끔찍하다구! 두말할 거 없이 끔찍해! 글로 쓰는 것도 싫을 정도였어! 내가 불평불만을 늘어놓는 게 잘못된 거야?"

미클로스 입 주위의 근육이 추위 때문에 마비되었다. 그는 겨우 입을 움직였다.

"아냐. 전혀 그렇지 않아."

그는 시간을 벌고 싶었다. 그래서 곱은 손가락으로 얼굴을 마사지하려고 애썼다. 린드홀름의 존재도 그를 거북하게 만들었다. 그가 닿을락 말락 할 정도로 가까이 있었기 때문에 미클로스는 그와 몸이 닿을까 봐 좀 떨어져 앉아야 했다.

"거긴 어때? 말해줘봐."

"나무로 지은 막사에, 덜거덕거리는 끔찍한 길에… 밤이 되면 추워서 잠을 잘 수가 없었어. 오늘 아침에는 일어났더니 목이 아프고 몸에 열도 났어."

"그렇군."

"막사 안에는 우리가 앉을 만한 곳이 단 한 군데도 없어. 의자도 없고, 책상도 없다고. 그래서 하루 종일 꼭 길거리에 버려진 개처럼 그곳을 배회할 수밖에 없어. 어떻게 생각해?"

"그렇군."

미클로스는 멍해졌다. 몸속이 텅 비어 버린 것 같았다. 길게 드러누워서 눈을 감았으면 좋겠다 싶었다.

릴리는 그의 목소리를 듣자마자 그가 평소와 다르다고 느꼈다. 대체로 그는 열정적이고 활동적이었으며, 말을 하다 마는 법도 없었다. 그런데 지금은 침묵이 너무 무거웠다. 그녀는 다시 한 번 시도했다.

"난 오늘 아침부터 신경도 날카로워지고 기분도 그다지 좋지가 않아. 울고 싶은 생각밖에 없어. 내 자리가 어디인지 모르겠어. 향수병에 심하게 걸렸어."

"그렇군."

릴리는 당황했다. 미클로스의 목소리가 얼음처럼 차가웠던 것이다. 두 사람은 잠시 침묵했다.

> 어제… 전화통화 할 때는 나도 내가 왜 그랬는지 모르겠어. 예의 바르게 말했어야 하는데, 그러지 못했어. 내가 하고 싶었던 말은, 내가 널 너무나 사랑한다는 것, 그리고 너와 함께 있으면 엄청나게 많은 걸 느낀다는 거야. 만일 내가 너에게 그 말을 하지 않았다면 용서해줘. 하지만 난 그렇게 느꼈어… 이제 며칠만 기다리면 널 볼 수 있겠구나!

릴리가 수화기에 대고 중얼거렸다.

"그렇다면…."

하지만 미클로스는 그 한마디, 그 세 음절 말고는 전혀 할 말이 없었다. 그는 이 두 마디만 앵무새처럼 되풀이할 뿐이었다.

"그렇군. 그렇군."

"괜찮아?"

"응."

릴리가 중얼거렸다.

"네가 엄마한테 편지를 써서 우리에 관해 전부 다 말씀드렸으면 좋겠어…."

린드홀름은 미클로스가 오직 잠들고 꿈꾸기만을 갈구한다는 사실을 느꼈다.

"좋아. 그렇게 할게."

새로운 침묵.

> …어제 수화기를 내려놓는 순간 이상한 느낌이 들었어… 차가운 물로 샤워를 하는 것 같은 그런 느낌… 네 목소리가 너무나 차갑고 생소하게 느껴져서 나는 네가 더 이상 나를 사랑하지 않을지도 모른다는 생각을 불현듯 할 수밖에 없었어.

둔탁한 소리가 났다. 전화는 끊겼다. 릴리는 얼굴이 창백해졌다. 죽음처럼 창백해졌다. 사라가 그녀의 팔을 잡았다. 두 사람은 문 쪽으로 향했다.

"미클로스의 목소리가 이상해. 아무래도 무슨 일이 일어난 게 틀림없어."

사라는 무슨 말인지 알아들은 것 같았다.

"자살한 친구 때문에 그럴 거야. 너무 슬퍼서…."

두 사람은 서로의 팔을 놓지 않은 채 더듬거리며 병동으로 향했다. 릴리는 밤새도록 잠을 이룰 수가 없었다.

13

그다음 날 밤, 새 환자들의 합류를 기념하는 무도회가 열렸다. 농담 삼아 스낵바라고 부르는 휑뎅그렁한 공간에 악단이 자리 잡았다. 악기는 피아노와 드럼, 색소폰, 세 가지였다. 이 세 명의 악사가 스웨덴 경음악을 연주했다.

여자들 몇 명이 춤을 추었다. 홀에는 세 명의 악사들 말고는 남자들이 아무도 없었지만, 그들은 개의치 않았다. 다른 여자들은 무도회를 열기 위해 임시로 세워 장식해놓은 테이블 주위에 자리를 잡았다. 그들은 멍하니 앞만 바라보고 있었다. 맥주와 브리오슈, 소시지가 나왔다.

릴리와 사라, 주디트는 멀찌감치 떨어져 함께 자리를 잡았다. 남자 두 명이 들어와 낮은 목소리로 뭔가 묻더니 그들에게 향했다. 그중 한 사람이 모자를 벗었다.

"릴리 라이히 씨 맞나요?"

릴리는 그냥 앉아 있었다. 남자는 그녀에게 스웨덴어로 말했고, 그녀는 독일어로 대답했다.

"네, 저 맞는데요."

남자가 호주머니에서 얇은 띠 모양의 천을 꺼냈다. 그 역시 독일어로 말했다.

"이게 뭔지 알아보겠어요?"

릴리가 그의 손에서 천 조각을 잡아채갔다.

"알아보고말고요!"

그녀는 천을 어루만졌다. 플러시 천이 그녀의 연한 손가락을 간지럽혔다. 그녀는 사라도 만져보도록 천을 넘겨주었다.

"너도 한번 확인해봐. 내가 겨울 외투를 만들려고 했던 천이지, 맞지?"

다른 남자도 모자를 벗었다.

"자, 부인. 저희는 엑셰에서 왔습니다. 저는 스빈카 지역을 담당하는 경찰이고, 베르그 씨는 병원 관리인입니다."

베르그 씨가 고개를 끄덕이더니 바통을 이어받았다.

"엑셰 군병원을 수색하는 과정에서 우리는 부인께서 분실신고를 하신 길이 3미터 50센티미터, 폭 90센티미터의 천을 찾아냈습니다. 복도의 의학용품을 넣어두는 붙박이장 아래쪽에 들어 있더군요. 절 따라오시겠어요, 부인?"

"네."

"좋습니다. 천은 폭이 3, 4센티미터 정도 되는 얇은 띠 모양으로 잘려져 있었습니다."

그는 천 조각을 집어서 보여주었다. 릴리는 아연실색했다. 악단이 느린 곡을 연주했다. 무대에서는 춤을 추는 여자들이 신이 나서 열심히 몸을 흔들어대고 있었다. 릴리는 자기가 독일어 단어들을 제대로 이해했는지 확실히 알고 싶었다. 그녀는 사라 쪽으로 돌아섰다.

"내가 제대로 들은 거 맞지? 천을 잘랐다구? 작은 조각으로?"

사라 역시 황당하다는 표정을 지으며 머리를 끄덕였다. 경찰관이 덧붙였다.

"저희 생각으로는, 도둑이 이 천을 훔치려고 하지는 않은 것 같습니다. 그냥 훼손하려고만 한 것 같아요."

악단이 이번에는 폴카를 연주하기 시작했다. 두 커플만 계속 춤을 추고 있었다. 릴리는 마치 석상으로 변해버린 듯 망연자실한 표정으로 덩치가 어마어마한 병원 관리인의 손가락 사이에 처량하게 대롱대롱 매달려 있는 가늘고 기다란 천 조각을 바라보고만 있었다.

"누가 그랬는지를 지금 알아내는 건 어려운 일입니다. 하지만 원하신다면 우리는 병원에 함께 있는 사람 모두를 신문할 생각입니다."

그가 손으로 무도회장을 가리켰다. 경찰관이 말을 이었다.

"쉽지는 않을 겁니다. 하지만 부인께서 원하면 하겠습니다."

릴리는 손을 저었다. 그녀는 단어들이 목구멍에 걸려 꼼짝 않는 바람에 단 한마디도 할 수 없었다. 영영 겨울 외투가 될 수 없는, 관리인의 엄지손가락과 집게손가락 사이에서 계속 춤추고 있는 그 작은 폭 4센티미터의 천 조각에서도 역시 눈을 떼려야 뗄 수가 없었다.

세 명의 젊은 여성들이 누비질 된 점퍼 호주머니 속에 손을 감춘 채 어둠 속에서 막사 사이로 난 오솔길을 단호한 걸음걸이로 올라가고 있었다. 얼음처럼 차가운 바람이 날카로운 소리를 내며 불었다. 갑자기 릴리가 걸음을 멈추더니 중얼거렸다.

"누가 이렇게까지 날 미워하는 거지?"

사라가 한 가지 설명을 내놓았다.

"너의 행복을 시기하는 거지."

주디트가 분노를 터트렸다.

"만일 내가 너라면 가만있지 않을 거야! 수사해서 범인을 잡아내야 해! 범인의 눈을 똑바로 쳐다보고 싶어!"

사라가 어깨를 으쓱거렸다.

"어떻게 범인을 잡지?"

"몰라? 다른 여자들한테 물어도 보고… 소지품도 뒤져보고…."

릴리가 씁쓸하게 웃었다.

"그래서 가위라도 찾아내겠다는 거야? 칼이라도 찾아내겠다는 거냐구?"

주디트가 끈기 있게 말을 이어갔다.

"몰라, 몰라! 가위든, 칼이든, 뭐든 찾아내야지! 천 조각이 나올지도 몰라!"

그들은 다시 걷기 시작했다. 사라가 말했다.

"물론이지. 그 사람은 그걸 자기 몸에 간직하고 있겠지! 자기 심장에! 주디트, 넌 정말 너무 순진해."

"난 그냥 이 사건이 해결되어야 한다고 말했을 뿐이야. 이번 사건을 그냥 넘겨서는 안 된다는 거지. 이게 내 생각이야."

릴리는 자기 앞에 나 있는 얼음에 뒤덮인 지저분한 길을 찬찬히 바라보았다.

"난 이제 알고 싶지 않아. 범인에게 내가 무슨 말을 할 수 있겠어?"

주디트는 격렬한 복수욕에 사로잡혀 소리쳤다.

"누군지 몰라도 그 도둑년 잡으면 얼굴에 침을 뱉어줘야 해!"

그러자 릴리는 자기가 과연 그렇게까지 인정이 많은 사람인지는 그다지 확신이 가지 않았지만 이렇게 대답했다.

"내가? 말도 안 돼! 그 여자를 보면 불쌍하다는 생각이 들텐데 뭘."

린드홀름은 미클로스에게 그 끔찍하게 길었던 하루 동안 어디를 갔었는지, 그리고 왜 종적을 감추었는지 묻지 않았다. 그

는 아주 뜨거운 물에 목욕을 하도록 권유하고, 체온을 낮추는 약을 처방해주었다. 사흘 뒤, 그는 자기가 최종적으로 어떤 결정을 내렸는지 미클로스에게 개인적으로 알려주는 것이 자신의 의무라고 느꼈다. 린드홀름과 미클로스는 오랜 친구처럼 소파에 앉아 있었다.

"이런 말 하면, 자네, 속이 상하겠지만… 자네 사촌 여동생이 이번 크리스마스 때 자네를 찾아오는 건 허락해줄 수 없네."

"왜요?"

"자리가 없네. 다 찼어. 하지만 그건 두 가지 이유 중 하나에 불과하다네."

"다른 이유는 뭔가요?"

"지난번에 난 자네가 그 사촌 여동생에게 작별 인사를 하라고 말했지. 기억나지? 하지만 설사 자네 건강이 좋았다 하더라도… 사실 그렇지 못하지만… 여자들이 남자 병동에 오는 것은 허용할 수 없네. 자네는 문학을 사랑하는 사람이니 그 점을 이해하리라고 믿네."

"제가 뭘 이해한다고 믿으세요?"

"언젠가 자네가 『마의 산』을 인용한 적이 있었지. 적절한 비유가 될지는 모르겠지만… 육체적 존재는 지나치게 사람을 흥분시킨다네… 그래서 위험해."

미클로스는 문으로 달려갔다. 린드홀름이 내린 결정은 돌이킬 수 있을 것 같지 않았다. 지난 사흘 동안에 무슨 일이 일어난 것일까? 왜 린드홀름 의사는 더 이상 그에게 차분하고 은밀한 호감을 느끼지 않게 된 것일까? 미클로스는 린드홀름의 결심에 작은 틈을 만들 방법을 필사적으로 찾았다. 공식적인 방법을 찾아내야 한다. 그는 이 방법을 아직 시도해보지 않았다. 그는 문손잡이를 움켜잡으며 고개를 돌렸다.

"선생님이 방금 말씀하신 걸 문서로 명확히 해주시기를 부탁드립니다."

"이봐, 미클로스, 우리 관계는…."

미클로스는 위협적인 어조로 말을 이어나갔다.

"전 우리 관계 신경 안 씁니다. 다만 선생님의 결정을 문서로 좀 작성해주시기를 부탁드릴 뿐입니다. 세 부 만들어주세요. 상급기관에 보내고 싶으니까요!"

린드홀름이 벌떡 일어나더니 소리쳤다.

"지옥에나 떨어져버려!"

"아니오. 지옥으로 가는 대신 헝가리 대사관에 가보겠습니다! 선생님은 저의 권리를 침해하셨어요! 가족 방문에 제동을 거는 건 선생님의 권한이 아니란 말입니다! 선생님 의견을 글로 써서 제게 주시기를 부탁드립니다!"

지금까지 린드홀름에게 이런 식으로 말한 사람은 없었다. 그는 말문이 막혔다. 두 사람은 꼭 대리석으로 만든 두 마리 개처럼 서로를 쳐다보았다. 그러다가 의사가 화를 꾹 참으며 한마디 던졌다.

"내 사무실에서 나가게!"

미클로스는 그에게서 등을 돌리더니 쾅 소리가 나게 문을 닫고 나가버렸다.

긴 복도로 들어서면서 미클로스는 자신도 놀랄 만큼 냉정했던 방금 일어난 일에 대해 다시 생각해보았다. 과연 무엇이 문제일까? 그가 가지고 있는 이동의 자유를 의사가 침해했다. 이것은 그가 내세울 수 있는 훌륭한 논거이며, 대체로 사실이다. 또 한편으로 이 나라는 그를 받아들였다. 그리고 그를 치료해주었다. 린드홀름은 그의 자유를 이렇게 제한하는 것이 의사로서의 당연한 권리라고 이의를 제기할 것이다. 의사의 이 같은 주장에 미클로스는 돈을 내는 건 스웨덴 정부가 아니라 국제적십자사라고 반박할 수 있을 것이다. 요컨대 그는 적십자사에만 감사를 표하고, 나중에 신세를 갚으면 되는 것이다. 설사 그가 스톡홀름의 나이트클럽에서 크리스마스의 밤을 보낸다 한들 누가 막아 나서겠는가?

그는 당혹스러웠다. 지금 여기서 그는 어떤 사람인가? 환자? 난민? 방문객? 그의 지위는 명확하게 규정되어야 할 필요가 있었다. 그렇게 해달라고 어디에 요구해야 하는가? 스웨덴 정부? 헝가리 대사관? 병원? 린드홀름?

그가 복도를 이미 꽤 걸어가고 있을 때 문 하나가 그의 뒤에서 열렸다. 린드홀름이 소리쳤다.

"미클로스! 돌아와! 할 얘기가 있어!"

하지만 미클로스는 그와 얘기를 나누고 싶은 생각이 눈곱만치도 없었다.

나의 사랑하는 릴리! 난 지금 너무 화가 나. 한편으로는 절망스럽기도 하고… 그렇지만 절대 굴복하지 않을 거야. 내게도 수가 있거든!

베르가 재활센터에서 누구나 다 들어갈 수 있는 곳은 여기뿐이었다. 여자 환자들로서는 선택의 여지가 없었다. 여기가 아니라면 그저 막사 안에 머물며 침대에 누워 있든지, 휘몰아치는 바람을 맞으며 산책을 하든지, 아니면 식탁들이 잔뜩 들어찬 이 홀에 앉아 저녁 식사가 시작되기를 기다려야 했다.

그날 오후에 릴리는 베벨의 책을 읽어보기로 결심했다. 미클로스는 편지에서 여러 번 이 책을 언급했고, 부드러운 가죽 장정이 기분 좋은 촉감을 선사하는 이 책을 벌써 두 달도 더 전에 그녀에게 보내주었다. 릴리는 이 책이 가능하면 눈에 띄지 않도록 일부러 신경을 써서 옮겨가며 치워두었다. 책 표지에 영 믿음이 가지 않았다. 표지에는 한 여자의 얼굴이 그려져 있었다. 꼭 그레이브스병(graves, 바제도병. 갑상샘 항진증의 대표적인 질환)에 걸린 사람처럼 눈이 툭 튀어나오고 동공이 확대된 이 여자는 냉혹하고 대담한 눈길로 독자를 바라보고 있었고, 긴 머리칼은 바람을 맞아 뒤엉켜 있었다.

릴리는 책을 읽어 내려가는 10분 동안 갈수록 화가 치솟았다. 네 페이지를 읽고 난 그녀는 얼굴이 붉으락푸르락해질 정도로 화가 나서 책을 탁 하고 닫아버리더니 방 반대쪽에 집어 던졌다.

"이 책은 도저히 읽을 수가 없어!"

사라는 미클로스가 보내준 회색 털실로 스웨터를 짜고 있다가 놀라서 물었다.

"뭣 때문에 그렇게 짜증이 났어?"

"베벨 때문에… 책 제목부터 벌써 짜증이 나! 어떻게 이런 제목을 붙일 수가 있지? 『여성과 사회주의』라니! 그런데 책 내용은 더 가관이야!"

사라가 뜨개질을 그만두고 책을 집어 들더니 먼지를 털어낸 다음 테이블 쪽으로 와서 릴리에게 건넸다.

"좀 딱딱한 건 사실이야. 하지만 계속 읽다 보면…."

"계속 읽을 수가 없어! 따분하다구! 차라리 아무것도 안 읽는 게 낫겠어! 따분하다니까, 알겠어?"

"그렇지만 책을 읽다 보면 배울 게 많을 거야. 하다못해 미클로스가 무슨 생각을 갖고 있는지 정도는 알 수 있을 것 같은데…."

"미클로스가 무슨 생각하고 있는지는 이미 알고 있어. 이 책은 도저히 읽을 수가 없어."

사라가 한숨을 내쉬더니 다시 뜨개질을 시작했다.

> 나의 사랑하는 미클로스! 베벨의 책은 며칠 뒤에 네게 다시 보낼게. 이곳은 책을 읽을 만한 여건이 안 되고, 나는 이런 책을 읽어낼 체력도, 끈기도 없어.

공동식당에는 거대한 창문이 나 있었고 먼지투성이 창유리를 통해 회색빛이 약하게 스며 나왔다. 식당 안을 힐끗 바라본 주디트는 릴리와 사라가 그 안에 함께 있다는 것을 확인했다. 이렇게 티격태격할 때마저도 두 사람은 하나처럼 굴었다. 그들과 함께 있으면 주디트는 자기가 불필요한 존재가 된 것 같았고, 그때만큼 외로움이 사무칠 때도 없었다. 앞으로도 늘 이런 식일까? 영원토록 아무것도 아닌 존재가 될까? 남자를 만나지도 못할 것이다. 그래, 남자는 그렇다 치자. 평생을 함께할 진정한 여자 친구도 안 생길까? 앞으로도 계속해서 자신을 다른 사람들에게 맞추며 살아가야 할까? 굴욕을 무릅쓰고 쓰다듬어달라고 애원해야 하는 것일까? 친절한 말 한마디를 건네줘서, 한마디 충고를 해줘서, 웅크리고 있을 수 있는 장소를 내줘서 고맙다고 말해야 할까? 그건 그렇다치고 도대체 이 릴리 라이히라는 여자는 어떤 사람일까?

주디트는 창문을 뒤로하고 막사 중 한 곳으로 서둘러 걸어갔다. 그들이 잠을 자는 12인용 공동침실에는 철제 침대가 놓여 있었고, 대기실에는 철제 개인물품 보관함이 설치되어 있었다. 주디트는 열쇠를 꺼내 그중 한 보관함의 문을 열더니 거기서 구리로 만든 자물쇠가 달린 가방을 끄집어냈다. 아직 살아 있는 유일한 친척인 보스턴의 사촌이 이 가방에 생선 통조림을 가득 채워서 지난 8월에 보내주었다. 청어와 고등어, 전어는 다 먹거나 다른 여자들에게 나눠줬다. 그녀는 이따금 가방을 끄집어내서 어루만지며 이제 곧 이 가방을 끌고 전쟁이 일어나기 전에 살았던 데브레센의 중앙로를 산책하게 될 것이라고 상상하곤 했다. 그러나 영원히 그곳에 돌아가지 못할지도 모른다. 친구와 가족 중에 누가 아직까지 그곳에 살고 있을까? 어쩌면 여기 스웨덴에 정착하게 될지도 모른다. 여기서 일도 찾고, 남편도 만나고, 집도 구하게 될지도 모른다. 누가 알겠는가? 운명의 신은 이따금 자신에게 매달리는 인간들에게 선의를 베풀기도 한다.

그녀는 막사 안에 혼자 있었다. 노란 가방 옆쪽에 있는 주머니에서 지갑을 꺼냈다. 그녀는 '그걸' 이 지갑 속에 숨겨놓았다. 그녀는 그걸 꺼내 손바닥에 꼭 쥐었다. 그녀는 자기가 왜 그걸 숨겨놓았는지를 설명할 수 없었다. 그리고 왜 그녀는 간직하고 있는 것일까? 그들이 언제 어느 때 그걸 찾아낼지 모르는데 말이다. 사실 그녀는 그게 발견되는 걸 두려워하지 않았지만 말이다. 누가 감히 그녀의 짐 가방을 뒤질 생각을 하겠는가? 엑셰에서 온 그 악당처럼 생긴 두 남자가 이 사건을 명명백백히 밝혀내겠다고 나서지 않는 한… 그래도 혹시 모르니까… 없애는 게 나을 것 같았다.

천을 꽉 쥐고 있었더니 손이 화끈거렸다. 엑셰에 있을 때 그녀는 촉감이 부드러운 그 값비싼 천을 가늘게 자르면서 쾌감을 느끼곤 했다. 그녀에게는 그렇게 할 만한 이유가 있었다. 그 누구도 그녀를 비난하지 못했을 것이다! 그 어느 누구도!

주디트는 화장실로 달려갔다. 그리고 문을 잠갔다. 그녀는 작별 인사를 대신하여 그 작은 천 조각에 코를 갖다 대고 킁킁거리며 냄새를 맡은 다음 변기에 넣었다. 그녀는 한숨을 내쉰 다음 물을 내렸다. 수세 장치가 쉬익 소리를 내며 거품을 만들어 냈다.

14

린드홀름은 잠도 못 자고 며칠 밤을 보내다가 릴리에게 전화를 해야겠다는 결정을 내렸다. 그는 미클로스 때문에 불안하다는 얘기를 마르타에게도 했다. 이 작은 여성은 미클로스가 병원에서 멀리 떨어진 숲속을 헤매고 다녔다는 사실에 깊은 우려를 표했다. 그녀 역시 이런저런 일이 복잡하게 얽혀서 혼란스럽겠지만 면담을 통해서 뭐가 어떻게 된 건지 정확하게 알아내면 모든 사람에게 좋을 거라 생각하고 있었다. 린드홀름은 공정한 관찰자 자격으로 옆에서 듣고 있다가 자기가 너무 나간다 싶으면 손짓을 해달라고 그녀에게 부탁했다.

의례적인 인사를 나누고 난 린드홀름은 본론으로 들어갔다.

"미클로스가 숲속을 헤매고 다닌 것은 한편으로는 탈출을 하고 싶은 욕구에서 비롯된 것으로 볼 수 있겠지만, 또 한편으로는…."

릴리는 베르가의 관리인 사무실에서 수화기를 귀에 꼭 갖다 대고 있었다. 이번에는 혼자였다. 그녀는 미클로스가 전화를 한 줄 알았다. 처음에는 너무나 행복한 나머지 막사에서 관리인 사무실까지 달려왔으나, 뜻밖에도 린드홀름의 목소리를 듣는 순간 빠르게 뛰던 그녀의 심장은 곧바로 진정되었다. 그녀는 그가 전화를 건 진짜 이유를 어서 빨리 말해주기를 초조한 심정으로 기다렸다.

"…또 한편으로는요?"

"또 한편으로는… 더 이상 사실을 외면해서는 안 됩니다. 내가 미클로스를 치료하기 시작한 지 이제 곧 5개월이 다 되어갑니다, 릴리. 그런데 한 번도, 단 한 번도, 그는 자기 병을 정면으로 직시하지 않았어요. 말 그대로 병을 정면으로 바라보아야 해요. 릴리, 난 이제부터 잔인한 사실 한 가지를 당신에게 알려줄 준비가 되어 있어요. 당신은 그 얘기를 들을 준비가 되어 있습니까?"

"전 무슨 얘기든 들을 준비가 되어 있어요…. 아니, 그 어떤 얘기도 들을 준비가 되어 있지 않아요, 선생님… 그렇지만 말씀해주세요."

린드홀름은 편안한 가죽소파에 자리 잡고 숨을 깊이 들이마셨다.

"미클로스는 죽음을 똑바로 쳐다보아야 합니다. 내가 그를 치료한 뒤로 그의 늑막에서 고름을 네 차례나 빼내야만 했지요. 우리는 그의 병을 치료할 뿐이지 완치할 수는 없어요. 그는 잘못된 영웅심으로 인해 지금까지 내가 내린 진단을 무시하려고 했어요. 의사들끼리 하는 말로는 병을 부정한다고 하죠. 듣고 있어요, 릴리?"

"네, 듣고 있어요."

"이제 그는 매우 의식적으로 숲속에서 길을 잃음으로써 5개월 만에 처음으로 현실이 그의 상아탑 속으로 난입하게 내버려두었습니다. 우리는 하나의 전환점에 도달한 거예요. 듣고 있어요, 릴리?"

"네, 듣고 있습니다."

"예측 불가능한 트라우마 효과가 나타나는 건 정상적이에요. 당신이 날 좀 도와줬으면 좋겠어요, 릴리. 미클로스가 터무니없는 꿈을 꾸도록 내버려두는 건 해결책이 아니에요. 내 말 듣고 있나요, 릴리?"

"네, 듣고 있어요."

"그는 당신이랑 결혼할 생각을 하고 있지만 말도 안 되는 미친 짓에 불과해요. 지금 상태로 볼 때 결혼은 위험하기까지 합니다. 미클로스는 더 이상 현실과 그의 상상 세계 사이의 차이를 말할 수가 없어요. 미클로스의 탈출이 상징적으로 어떤 의미를 갖는지 아세요, 릴리?"

"상징적으로요?"

"조난신호를 보내는 겁니다. 주치의인 나와, 그를 사랑하는 당신, 릴리에게 말이죠."

"제가 뭘 어떻게 해야 되는 거죠?"

"이 코미디를 끝내야 해요. 그에게 솔직히 얘기해야 합니다. 애정을 듬뿍 담아서 말이에요. 그에게 상처를 주지 않게 애쓰면서…."

린드홀름과 얘기를 나누는 내내 릴리는 관리인 사무실의 벽에 등을 기댄 채 서 있었다. 그러다가 갑자기 벽에서 몸을 떼어냈다.

"제 말 들어보세요, 선생님. 전 선생님의 특별한 직업적 능력을 존중해요. 선생님의 풍부한 경험을요. 전 세계적으로 인정받은 의학의 발달도 존중하구요. 알약과 엑스레이 사진, 거담제, 주사기… 이 모든 것에 감탄해요! 하지만 제발 부탁이니 저희들을 그냥 가만 내버려두세요! 저희들이 꿈을 꿀 수 있도록 내버려두세요! 무릎 꿇고 간절히 부탁드립니다. 우리가 더 이상 의술에 신경 쓰지 않도록 내버려두세요. 선생님, 부디 우리가 나아지도록 해주세요. 듣고 계세요?"

린드홀름은 자기 옆으로 오라고 마르타에게 손짓해서 함께 릴리의 열정적인 애원을 들었다. 서글픈 심정으로, 힘들게 그는 대답했다.

"그래요. 듣고 있어요."

1945년 크리스마스가 되기 이틀 전에 미클로스는 절망적인 모험을 시도해보기로 결심했다. 그는 허가도, 돈도 없이 자기랑

같이 베르가에 가자고 해리를 설득했다.

그는 자신의 선택을 가늠해보았다. 공식적인 승인은 요청하지 않기로 했다. 그렇게 했다가는 익숙하지 않은 법 제도 속에서 미로처럼 복잡한 싸움을 해야 될 게 틀림없기 때문이었다. 그는 좁지만 곧은 길을 가야 한다는 걸 알고 있었다. 하지만 그의 본능은 그에게 다른 길을 가라고 얘기했다.

베르가에 가려면 기차를 세 번 갈아타야만 한다. 세 대의 기차, 세 명의 검표원. 해리와 미클로스는 언변이 좋았다. 게다가 그들은 비쩍 말랐고, 옷도 허름했으며, 몸도 편치 않았다. 공무원이라면 그들을 동정하지 않으려야 동정하지 않을 수가 없을 것이다. 무엇보다 위험을 무릅쓰지 않는 자는 아무것도 가질 수가 없는 법이다.

월요일 오후에 그들은 재활센터 정문을 통과, 아베스타 역까지 걸어간 다음 출발하는 열차에 올라탔다.

> …네 생각은 어때, 사랑하는 릴리! 광고가 「비아 스베시아」 신문 다음 호에 실릴 수 있을까? 우리 두 사람 이름 쓰고 "우리는 약혼했습니다."라고만 알리면 될 거야….
> 사랑하는 미클로스! 우리 엄마에게도 그렇게 써 보내줘. 그러려면 돈이 필요할 텐데, 돈 생길 데 있어? 친구라는 그 주교님한테 편지 썼어?

처음 탄 열차부터 실패였다. 검표원은 놀란 표정으로 그들을 쳐다보더니 두 번이나 같은 말을 되풀이했다.

"승차권을 보여주시겠습니까?"

미클로스는 지을 수 있는 가장 아름다운 미소를 검표원에게 지어보였다.

"우리는 승차권 없습니다. 돈이 없어요. 우리는 환자입니다. 헝가리 사람들인데 아베스타 병원에서 치료받고 있어요."

검표원은 눈곱만큼도 감동을 받지 않았다. 그는 그다음 기차역에서 두 사람을 내리게 한 다음 곧바로 역장에게 그들을 넘겼다.

그들이 여행한 거리는 기껏해야 17킬로미터에 불과했다. 두 도망자는 버스에 태워져 다시 아베스타로 보내졌다. 버스는 승차권이 없어도 탈 수 있었다.

그동안 아베스타에서는 미클로스의 반항적인 행동을 징벌하기 위한 상벌위원회가 열렸다.

사랑하는 릴리! 우리는 30분 전에 어마어마한 소란을 불러일으키며 이곳으로 다시 끌려왔어. 너무 엄청난 소동이라서 너에게 어떤 일이 있었는지 얘기할 수는 없어.

린드홀름은 미클로스의 엑스레이 사진을 다시 찍었다. 그리고 그다음 날 미클로스를 불러 사진을 판독해주었다. 미클로스는 의자에 앉아 두 눈을 감은 채 의자의 다리들을 이용하여 균형과 예감의 놀이를 다시 시작했다. 그가 자신의 몸무게를 의자의 뒤쪽 다리 두 개에 얹자 앞쪽 다리 두 개가 들어 올려졌다. 그런 다음 정신을 집중하고, 균형을 유지하고, 무게중심을 점차 높이 올리기만 하면 될 것이다. 만일 그가 최고점에서 5초 정도만 멈출 수 있다면 그는 치료될 것이다. 완전하게.

동시에 그는 린드홀름과 자신의 탈출 기도가 낳은 결과에 대해 얘기했다. 의사가 이번에는 친절하고 너그러운 태도를 보여주었다.

"자넨 아쉽게도 실패했네, 미클로스. 병원장과 운영이사가 엄청 화났어."

미클로스는 의자 위에서 점점 더 높이, 점점 더 뒤로 자신을 밀어냈다.

"그래서 그들이 날 어떻게 할 건데요?"

"자네를 다른 재활센터로 보낼 걸세."

"어디로요?"

"회그보로 보내려고 하는 것 같아. 북부지방에 있는 마을이지. 주치의인 내 의견은 전혀 고려되지 않았네."

"왜요? 내가 사촌 여동생을 보러 가려고 해서요?"

"규율을 어겼다는 거지. 도망치려다 발각되었으니까. 잊지 말게, 미클로스. 자네는 짧은 시간 간격을 두고 두 번이나 사라졌어. 뭐가 어찌됐던 간에 나는 자네가 이 사실을 알았으면 하네.

난 자네에 대해 전혀 아무런 반감이 없다는 사실을 알아주게나. 솔직히 말하자면, 난 자네를 이해하네. 자네, 지금 그런다고 해서 뭐가 달라지나, 하고 생각 중이지?"

미클로스의 의자가 티핑 포인트에 가까워지고 있었다. 떨어질 것인가, 안 떨어질 것인가? 그것이야말로 가장 중요한 문제였다.

그가 말했다.

"어제 제 폐에서 뭘 보셨지요?"

"나의 선의에도 불구하고 난 자네에게 좋은 소식을 전해줄 수가 없네. 새로 엑스레이 사진을 찍을 때마다… 어제 사진도 마찬가지인데… 자네 폐가…."

툭! 미클로스가 앉아 있던 의자의 앞다리가 마룻바닥에 쾅 소리를 내며 부딪쳤다. 그는 화가 났다. 그가 의사를 뚫어지게 쳐다보았다.

"난 치료될 겁니다!"

의자 다리가 바닥에 닿는 순간 린드홀름은 몸을 부르르 떨었다. 린드홀름은 미클로스의 시선을 피하며 자리에서 일어나 그에게 손을 내밀었다.

"자넨 참 이상한 사람일세, 미클로스. 순수하기도 하고 미치광이 같기도 해. 고집쟁이기도 하고 경솔하기도 해. 난 자네를 무척 좋아하네. 하지만 우리가 헤어져야 하다니, 유감일세."

미클로스는 다른 곳으로 보내질 거라는 소식을 듣고도 조금도 동요하지 않았다. 그는 즉시 자기가 새로 살게 될 장소인 회그보라는 곳을 지도에서 찾아보았다. 그를 당황하게 만든 것은 회그보가 베르가에서 45킬로미터나 더 떨어져 있다는 사실 한 가지뿐이었다. 그는 간호사실로 갔다.

"여행용 가방을 한 번 더 빌릴 수 있을까요?"

미키마우스라는 별명을 갖고 있는 마르타는 아무 말 없이 그에게 다가가더니 발끝으로 서서 그의 뺨에 입을 맞추었다.

그리고 이렇게 말했다.

"아침마다 약 먹는 거 잊으면 안 돼. 그리고 담배는 이제 끊어. 그러겠다고 약속해. 우리, 악수 한번 할까?"

그는 그러겠다고 약속했다. 두 사람은 악수를 나누었다.

오후에 미클로스는 짐을 꾸리기 시작했다. 꼭 필요하지 않은 건 다 버리기로 결심, 자신의 삶 전부를 그 낡은 여행용 가방 속에 꽉꽉 채워 넣을 수 있었다. 옷가지는 자리를 거의 차지하지 않았지만, 책과 노트, 신문은 꽤 많았다. 그리고 마지막으로 엄청 큰 종이상자를 가득 메우고 있는 편지들이 있었다.

미클로스는 자기가 재활센터에서 쫓겨나는 게 상징적인 의미를 갖고 있다고 생각했다. 드디어 그때까지 그를 붙잡아두고 있던 모든 짐을 침몰 직전 버리게 되는 것이다. 벌써 오래전부터 이럴 준비를 하고 있었으나 실행에 옮기지는 못했다. 종이상자를 집어든 그는 상자에서 실크 리본에 묶여 있는 무거운 편지다발을 끄집어냈다. 릴리가 보낸 편지였다! 지난 다섯 달 동안 받은 다른 모든 편지들(클라라 쾨브스에게서 받은 편지, 헝가리 북동쪽의 니이르바토르라는 곳에 사는 순진한 열여섯 살짜리 소녀가 보낸 편지, 트란실바니아 지방에 사는 두 이혼녀가 보낸 탄식조의 수다스런 편지, 그리고 다른 편지들)을 한 아름 안고 샤워실로 향했다. 사실대로 말하자면, 그는 엑셰에서 돌아오고 난 뒤까지도 여전히 여덟 명의 여자들과 편지를 교환하고 있었다. 그때 12월 초에 그는 자기가 행복한 약혼자이며, 약혼녀를 미치도록 사랑한다고 이 여덟 명에게 써 보냈었다. 그들 중 두 명은 그를 축하해주었다.

미클로스는 편지다발을 샤워실까지 들고 가서 불에 태워버렸다. 그 모든 단어들이 잿더미로 변해가는 것을 보면서 그는 그 수많은 편지를 썼던 번드르르한 언변의 매력남, 즉 자기 자신도 불에 타고 있다는 생각을 했다. 만족스러웠다.

바로 그때 바이올린 소리가 들려왔다.

그는 편지다발이 완전히 재로 변할 때까지 기다렸다가 샤워실에서 나와 막사로 돌아갔다.

해리가 막사 한가운데 있는 탁자 위에 올라가 '인터내셔널가'를 연주하고 있었다.

남자들이 사방에서 나타났다. 침대 밑에서 나오기도 하고,

벽장 밑에서 나오기도 하고, 문 뒤에서 나오기도 했다. 그들 중 열 명이 마치 연극이라도 하듯 일렬로 늘어섰다.

깨어라 노동자의 군대 굴레를 벗어 던져라
정의는 분화구의 불길처럼 힘차게 타오른다
대지에 저주 받은 땅에 새 세계를 펼칠 때
어떠한 낡은 쇠사슬도 우리를 막지 못해
들어라 최후 결전 투쟁의 외침을
민중이여 해방의 깃발 아래 서자
역사의 참된 주인 승리를 위하여
인터내셔널 깃발 아래 전진 또 전진

라씨와 조스카, 아디, 파르카스, 야코보비츠, 리츠만 등 미클로스의 친구들이 모두 모여 노래했다. 그리고 해리는 바이올린을 연주했다.

…오늘 나는 기피 인물에다가 규정을 안 지키는 트러블메이커, 반항적인 선동가라는 이유로 회그보로 이감돼. 내 친구들은 그들이 나 없이는 단 한순간도 여기서 지낼 수 없을 것이라고 통고했지. 그래서 라씨와 해리, 야코보비츠 등이 나랑 같이 가게 될 거야….

그들은 미클로스를 데리고 문 쪽으로 향했다. 모두가 계속 노래하며 본관 안으로 들어갔다. 해리가 바이올린을 켜며 앞장섰고, 나머지 사람들이 그 뒤를 따라갔다.

어떠한 높으신 양반 고귀한 이념도
허공에 매인 십자가도 우릴 구원 못하네
우리 것을 되찾는 것은 강철 같은 우리의 손
노예의 쇠사슬을 끊어내고 해방으로 나가자
들어라 최후 결전 투쟁의 외침을
민중이여 해방의 깃발 아래 서자
역사의 참된 주인 승리를 위하여
참 자유 평등 그 길로 힘차게 나가자

의사들과 간호사들, 십여 명에 달하는 병원 직원들이 복도로 몰려나왔다. 그들이 그렇게 많이 달려왔다는 건 상황이 심각하다는 증거였다. 미클로스가 한 번도 본 적이 없는 얼굴들이 많이 눈에 띄었다. 이들 대다수는 사람들을 각성시키는 목적이 있는 이 상징적, 게다가 헝가리어로 불리는 노래를 들어본 적이 없었다. 그렇게 기백 넘치는 열 명의 남자들이 서로 팔짱을 끼고 씩씩하게 걸으며 우렁찬 목소리로 부르자 이 노래는 승리가가 되었다.

미클로스, 서로 보고 싶어 하는 우리의 바람이 그렇게 큰 소란을 불러일으키다니, 큰 충격이 아닐 수 없어….

사랑하는 릴리, 우리가 함께 보낸 1분 1초는 내게 삶 그 자체였어. 널 너무나 사랑해! 우리가 영원히 함께 지낼 수 있게 될 때까지는 아직 멀었다고 생각하면, 난 곧바로 기분이 우울해져!….

사랑하는 미클로스, 여기 베르가에서도 내가 널 보러갈 수 있도록 애써볼게!

베르가 재활센터의 여자 원장이 매우 청교도적으로 장식된 사무실에서 릴리가 자리를 잡고 앉도록 권했다. 비쩍 마른 몸에 안경을 쓴 그녀를 보며 릴리는 그녀가 과연 지금까지 단 한 번이라도 웃은 적이 있을까, 하는 생각이 들었다. 원장 앞의 테이블에 종이상자가 한 개 놓여 있었다.

"릴리, 만나서 반가워요. 최근에 난 비요르크만 씨와 얘기를 나누었어요."

그녀가 전화기를 가리켰다.

"그분은 이 소포를 받자마자 자기에게 전화를 해달라고 내게 부탁했어요."

그녀는 종이상자를 조심스럽게 릴리에게 밀었다.

“당신 거니까 열어봐요.”

릴리는 끈을 풀고 상자를 연 다음 그 속에 들어 있던 것을 하나씩 탁자 위에 올려놓았다. 판초콜릿 두 개, 사과와 배 몇 개, 나일론 스타킹 한 켤레, 그리고 성경책. 원장은 만족스러운 표정을 지으며 의자 위에서 몸을 뒤로 젖혔다.

“비요르크만 씨가 베르가에서 당신을 맞이할 가정을 찾아달라고 내게 신신당부했답니다.”

릴리는 성경책을 넘겨보다가 스웨덴어로 되어 있다는 걸 알고 실망했다. 스웨덴어는 한 글자도 몰랐던 것이다.

“당신은 비요르크만 가족의 선물을 차고 다니는군요….”

릴리는 가슴 위에 매달려 있는 은 십자가를 손으로 만졌다.

“네.”

“비요르크만 씨는 가족 전부가 당신에게 키스를 보낸다는 말을, 당신을 위해 기도한다는 말을 전해달라고 내게 부탁했답니다. 그들은 당신이 엄마를 다시 만나게 되어 무척 기뻐하고 있어요. 주말에 당신을 새로운 가톨릭 가정에 소개시켜주고 싶은데, 괜찮아요?”

릴리는 절호의 찬스라고 느꼈다. 그녀는 이리저리 돌려 말하거나 일을 복잡하게 만들지 않겠다고, 기마병이 진격을 하듯 원장에게 곧장 달려갈 거라고 다짐했었다.

“전 사랑에 빠졌어요!”

그러자 그녀 앞에 앉아 있던 원장이 놀라서 물었다.

"그거랑 이거랑 무슨 관계가 있죠?"

"제발 부탁이니 절 도와주세요. 전 얼마 전에 아베스타에서 회그보로 옮겨간 한 남자를 사랑하고 있어요. 그를 보러 가고 싶어요. 꼭 그래야만 해요!"

됐다, 말했다. 그녀는 애원하는 눈길로 원장을 올려다보았다. 원장이 안경을 벗더니 손수건으로 알을 닦았다. 두더지처럼 눈을 깜박이는 걸 보니 심한 근시인 것 같았다.

"지난주에 아베스타에서 도망친 두 헝가리 남자들 중 한 명이에요?"

말투가 적대적이었다. 그러나 릴리는 설명을 하려고 애썼다.

"맞아요. 하지만 그럴 만한 이유가 있었어요."

원장이 그녀의 말을 잘랐다.

"난 그런 행동 절대 인정할 수 없어요."

원장은 다시 안경을 쓰더니 엄격한 눈길로 릴리를 쳐다보았다. 릴리는 고집스럽게 같은 말을 되풀이했다.

"전 그 사람 사랑해요! 그리고 그 사람도 절 사랑해요! 결혼하고 싶어요!"

원장이 몸을 움찔했다. 이건 생각을 좀 해봐야 하는 문제였다.

"두 사람, 어떻게 해서 알게 됐죠?"

"편지로요. 9월부터 편지를 주고받았어요."

"서로 만난 적 있어요?"

"한 번요. 그 남자가 절 만나러 엑셰로 왔었어요. 우리는 사흘 동안을 함께 보냈어요. 난 그의 아내가 될 거에요."

원장은 성경책을 자기 쪽으로 끌어당기더니 페이지를 넘겼다. 시간을 흘려보내는 게 분명했다. 그녀가 고개를 다시 들었을 때 그녀의 시선에는 슬픔이 가득 담겨 있었다. 보는 릴리마저도 동정심이 일어날 지경이었다.

"지금 농담하는 거 아네요? 전혀 모르는 남자와 고작 넉 달 동안 편지를 주고받고서는 평생을 함께하겠다는 건가요? 난 당신이 더 진지한 사람이라고 믿었는데."

릴리는 자기가 그녀를 설득하지 못할 것이라는 사실을 깨달았다. 하지만 다시 한 번 시도해보았다.

"결혼하셨나요?"

"그게 이거랑 무슨 관계가 있죠?"

원장이 성경책을 닫고 안경을 벗더니 막대기처럼 생긴 손가락을 찬찬히 들여다보았다. 그리고 이렇게 대답했다.

"한 번 약혼했었어요. 하지만 내겐 큰 실망만 안겨줬어요. 좋은 경험이었지만, 고통스러웠죠."

15

스톡홀름에 있는 에밀 크론하임 랍비의 집은 그다지 안락하다고는 말할 수 없었다. 오직 역사적 특징만이 이 집을 돋보이게 했다. 랍비의 증조할아버지와 할아버지, 아버지가 그 어두운 색깔의 묵직한 가구들을 사용했던 것이다. 커다란 창문을 감추고 있는 닳아 해지고 색 바랜 비단 커튼은 100년도 더 되어 보였다. 랍비는 집에 있으면 안전하다고 느꼈으므로 새로 칠하거나 이사 갈 생각을 아예 하지 않았다.

지저분한 식기들이 부엌에 잔뜩 쌓여 있었다. 마치 독가스처럼 방문객들에게 달려드는 청어 냄새는 이미 오래전부터 더 이상 크론하임 부인을 괴롭히지 않았다. 그러나 랍비는 언제나 깨끗한 새 접시를 꺼내 청어를 담아 먹었고, 그 때문에 두 사람은 자주 다투었다.

이번에도 크론하임 부인은 부엌에 앉아 여기저기 굴러다니는 기름투성이 접시들을 무기력한 눈길로 물끄러미 바라보곤 했다. 그것들을 어떻게 해야 할 것인가?

랍비가 옆방에서 그녀를 향해 소리쳤다.

"들어봐! '내 친구 릴리는 지금 현재 자신이 유대인임을 부인하려 합니다. 편지를 보내 그녀를 감언이설로 완전히 꾀어낸 그 남자랑 같이 종교를 바꿀 생각을 하고 있다구요! 그 남자는 중증 결핵 환자예요! 게다가 그 남자는 스톡홀름의 주교를 알고 있다고 주장해요… 내 생각엔 거짓말 같지만…. 랍비님, 제발 부탁이니 속히 손을 쓰셔야만 합니다!'"

랍비는 식탁에 앉아 편지를 토막토막 끊어 읽으며 매번 자기가 접시에서 뭘 뒤적이는지 쳐다보지도 않은 채 거기서 청어 한 조각씩을 들어 올려 게걸스럽게 먹어치우곤 했다.

크론하임 부인이 부엌에서 역시 큰 소리로 물었다.

"대체 누가 보낸 편지예요?"

랍비는 청어를 절여놓은 소금물이 식탁보에 기이하고 신비로운 모양을 그려놓았다는 사실을 확인하고 놀랐다.

"얼굴이 달덩이처럼 둥글고 콧수염 난 아가씨인데, 이름이…."

그는 이미 누르스름한 청어 자국으로 얼룩진 편지봉투를 흘낏 쳐다보았다.

"이름이 주디트 골드야."

크론하임 부인은 이제 또 설거지를 해야 되겠군, 이라고 생각했고, 그건 결코 즐거운 일이 아니었다.

"그 아가씨를 알아요?"

"응. 몇 달 전에 엑셰에 들러서 만난 적이 있지. 그때 파리들에 대해서 얘기했지."

"그건 또 새로운 비유인가요?"

랍비는 방금 청어를 또 한 마리 먹어치웠다. 먹는 소리가 요란했다.

"감성적이고, 선의로 가득 찬 여성이었어. 언제 어느 때라도 울 준비가 되어 있는…."

크론하임 부인이 한숨을 내쉬었다.

"누가요?"

"그 주디트 골드라는 아가씨가… 하지만 그 아가씨의 감정 깊은 곳에, 아주 깊은 곳에 뭐가 있는지 알아?"

그의 아내가 화난 표정을 지으며 접시들을 한데 모으더니 설거지통 속에 담갔다.

"얘기해줘요. 당신은 머리가 좋은 사람이니까."

랍비가 편지를 들고 흔들었다.

"슬픔과 병적 착란이 자리 잡고 있어. 그게 그 아가씨의 마음속에 있는 거야. 이건 그 아가씨가 벌써 세 번째 보내온 편지야. 계속해서 자기 친구를 내게 까발리고 있어. 그런데 단지 내게만 까발리는 건 아냐. 분명해."

미클로스와 친구들은 스톡홀름에서 200킬로미터가량 떨어진 스웨덴 북쪽의 작은 도시 회그보에 있는 2층짜리 하숙집에

묶게 되었다. 에릭이라는, 머리가 엄청 크고 정장 차림의 남자가 그들을 맞이했고, 자신을 관리인이라고 소개하며 그들에게 내부 규정을 읽어주었다. 하루 세 끼 식사 시간을 엄격히 준수해야 한다는 규정 말고 그들에게 요구되는 건 거의 없었다. 그들은 일주일에 한 번씩 건강 체크를 위해 산드비켄에 가야만 했다. 미클로스는 분명히 느꼈다. 이 모든 게 시간 낭비에 불과할 뿐이라고.

그들이 머물게 될 2층으로 올라가는 순간 그의 실망은 더욱 커지기만 했다. 그들은 모두 스무 명이었으며, 세 개의 방에 나뉘어 자리 잡았다. 침대를 일곱 개씩 들여놓은 각 방은 한 가족이 주말을 보내기에 딱 적당해 보였다. 장롱은 복도로 다 내놓았다. 실망한 그들은 에릭이 문턱에 서서 지켜보는 가운데 침울한 표정으로 침대를 하나씩 골랐고, 그 위에 앉아 여행 가방을 무릎에 올려놓았다. 미클로스와 친구들은 가방에서 소지품을 꺼내어 대충 정리했다. 관리인은 방 안에서 담배를 피우는 건 금지되어 있다고 다시 한 번 그들에게 경고한 다음 사라졌다.

우리는 쥐구멍에서 일곱 명이 살고 있어. 라씨, 해리, 요스카, 리츠만, 야코보비츠, 파르카스(미국계 헝가리인), 그리고 나. 장롱도 없고 탁자도 없어. 다행히 중앙난방이 되어서 춥지는 않아, 그러나 침대로 말하자면, 참! 최근에는 유

치장에서밖에 볼 수가 없었던 밀짚 넣은 매트리스와 베개
뿐이야.

미클로스는 창문에 붙어있다시피 한 침대를 골랐다. 퀴퀴한 냄새를 맡고 싶지 않아서였다. 그는 휘파람을 불며 엑셰에서 릴리랑 같이 찍은 사진 중에서 잘 나온 것만 여행 가방에서 꺼내 다음 날 잠에서 깨어났을 때 시선이 단번에 릴리의 미소에가 닿을 수 있도록 면밀하게 계산하여 창유리의 문틀에 기대 놓았다.

그다음 날 오후에 미클로스와 해리는 보석가게를 찾으러 버스를 타고 시내에 갔다. 관리인은 보석가게 주인이 지나칠 정도로 꼼꼼한 노인이라고 미리 얘기해주었다. 손님이 가게 안으로 들어갈 때마다 문 위에 매달려 있던 작은 구리종이 울리곤 했다. 해리는 바이올린을 케이스에 담아 가지고 갔다.

보석가게 주인은 얘기 들었던 것과는 달리 매우 친절한 백발 신사였다. 그는 자홍색 나비넥타이를 매고 있었다. 미클로스는 미리 치밀하게 계획을 짜서 가게로 들어갔다.

"결혼반지를 좀 보고 싶은데요?"

주인이 미소를 지으며 대답했다.

"손가락 치수를 알고 계시지요?"

미클로스는 값싼 금속으로 만든 반지를 호주머니에서 꺼냈다. 엑셰의 커튼 고리를 떼어온 것인데, 릴리의 손가락에 딱 맞았다.

"약혼녀 줄 겁니다. 또 하나는 제가 낄 거고요."

친절한 노인은 반지를 가져가더니 치수를 어림해보고 나서 뒤쪽에 놓여 있는 벽장 서랍을 열었다. 그는 잠시 서랍 속을 뒤적거리더니 손바닥의 움푹 팬 부분에 올려 놓았다.

"여기 있습니다!"

그것은 금반지였다. 그는 계산대 밑에서 눈금 막대를 꺼내서 반지 치수와 그 값싼 금속 반지 치수를 비교해보더니 고개를 저었다. 그는 반지를 호주머니에 집어넣고 장난기 어린 눈으로 미클로스를 쳐다보았다.

"손가락을 좀 보여주세요."

그는 미클로스의 손을 잡더니 약손가락의 굵기를 어림잡아 쟀다. 그러더니 뭐라고 중얼거리면서 두 번째 서랍을 연 다음 망설이지 않고 다른 금반지를 꺼냈다. 그는 그걸 미클로스에게 내밀었다.

"한 번 껴보세요!"

미클로스는 반지를 끼었다. 놀랍도록 잘 맞았다.

나는 금을 안 좋아해. 금과 연관된 그 모든 사악한 감정을, 그 모든 저열한 본능을 생각하지 않을 수가 없었거든. 그러나 이 반지 두 개는 좋아할 거야. 왜냐하면 이제 곧 너의 핏줄기를 나의 핏줄기에 연결해줄 테니까….

미클로스는 해리와 짧게 눈길을 교환했다. 그들은 이제 중요한 순간에 도달했다. 그가 물었다.

"얼마인가요?"

노인이 잠시 생각에 잠겼다. 그 역시 얼마나 많은 저열한 본능이 이런 하찮은 것들에 집착하는지를 생각해보는 듯했다. 그런 다음 말했다.

"240크로나입니다. 두 개 합쳐서…."

미클로스는 눈썹 하나 까딱하지 않았다.

"저는 회그보의 기숙사에 살고 있습니다. 혹시 모르실까 봐 말씀드리면, 일종의 재활센터지요."

노인이 나비넥타이를 고쳐 매며 정중하게 고개를 끄덕였다.

"들어서 알고 있어요."

"제가 비밀 한 가지를 알려드릴게요. 전 얼마 전에 중요한 임무를 맡았습니다."

보석가게 주인이 호의로 가득 찬 미소를 그에게 보냈다.

"오, 임무! 굉장하군요!"

"이 일을 해주고 월급을 받습니다. 계산해보니 4개월치 월급을 모으면 반지 값 240크로나를 치를 수 있겠군요."

미클로스는 농담을 하는 게 아니었다. 그날 아침, 여행용 가방을 무릎 위에 올려놓은 헝가리 출신 난민들은 자기들이 얼마나 비참한 상황에 빠졌는지를 깨닫고 미클로스를 대표로 선출하기로 결정했다. 그는 그들을 위해 싸우겠다고 맹세했다. 그리스인과 폴란드인들을 포함한 모두가 십시일반으로 매월 용돈에서 조금씩 떼어 미클로스에게 주기로 약속했다. 이렇게 모아진 돈이 바로 그의 월급이었다.

보석가게 주인은 감동한 게 분명했다. 하지만 그는 반지를 그런 식으로 넘겨주려 하지 않았다.

"우선 진심으로 축하합니다. 아주 멋진 경력의 시작이 될 수 있겠군요. 하지만 난 어머니께 신성한 맹세를 했어요. 그 당시 나는 너무 젊었고, 어쩌면 좀 경솔한 맹세였을 수 있지요. 아시겠지만, 우리 가문이 보석가게를 연 지 200년이 넘었습니다. 나는 무슨 일이 있어도 절대 외상은 주지 않겠다고 맹세했어요. 무정해 보일지도 모르지만, 어머니에 대한 맹세는 반드시 지켜져야만 하니까요."

미리 대안을 준비해놓았던 미클로스는 진지한 표정으로 대답했다.

"전 헝가리 사람입니다. 제 눈을 똑바로 한번 봐주시겠습니까? 절 사기꾼으로 생각하시는 건 아니지요, 그렇지요?"

보석상이 한 걸음 뒤로 물러섰다.

"천만에, 그럴 리가 있나요? 나는 사기꾼의 냄새를 수 킬로미터 밖에서도 맡을 수 있는 사람입니다. 감히 말하건대, 당신은 사기꾼 타입이 아니에요!"

그 순간이 되었다. 미클로스는 해리를 발로 살그머니 찼고, 해리는 한숨을 내쉬며 바이올린 케이스를 계산대 위에 올려놓았다. 그는 슬픈 표정을 지으며 거기서 바이올린을 꺼내 노인에게 보여주었다. 미클로스는 느린 목소리로 음절을 하나씩 떼어가며(그는 이렇게 하면 더 큰 효과를 낼 수 있을 것이라고 생각했다) 분명하게 말했다.

"좋습니다. 저도 어르신께서 처음 보는 사람에게 외상을 주지는 않으시리라 확신하고 있었습니다. 제 생각으로는, 필요한 돈을 모을 때까지 이 바이올린을 담보로 맡기면 될 것 같은데요. 이 바이올린은 최소 400크로나는 나갑니다. 저의 제안을 받아들여주셨으면 합니다."

노인은 돋보기를 눈에 갖다 대고 바이올린을 꼼꼼하게 살펴보기 시작했다. 그것은 어느 스웨덴 신문이 한 젊은 바이올리니스트가 비극적 운명을 맞아 고틀란드 섬에서 치료 중이라는 기사를 실었을 때, 스웨덴 필하모니 교향악단의 음악가들이 해리에게 선물한 바이올린이었다. 값이 400크로나를 훨씬 넘었다. 보석상의 어머니라도 이 사실은 인정하지 않을 수 없을 것이다.

크론하임 랍비가 어정쩡한 자세로 버스에서 내렸다. 버스를 오랫동안 탔더니 다리가 저렸고, 지독하게 추웠다. 게다가 밖에서는 눈이 다시 내리기 시작했다. 그는 여자 환자들을 치료하는 재활센터가 어디 있는지 물었다. 그런 다음 추위에 떨며 옷깃을 더욱더 단단히 여미고 길을 떠났다.

그 뒤로 2, 3일 동안 미클로스는 그 어떤 상황에서도 자기가 맡은 일을 해낼 수 있다는 걸 증명해 보일 수 있는 기회를 가졌다.

헝가리인과 그리스인, 포르투갈인, 루마니아인 등 열 명은 낡은 식당의 식탁 주위에 둘러앉았다. 들려오는 건 나무식탁을 일제히 규칙적으로 두들기는 숟가락 소리뿐이었다. 그들은 머리가 엄청 큰 관리인 에릭이 달려올 때까지 계속해서 단호하고 맹렬하게 숟가락을 두드렸다.

"무슨 일입니까, 여러분?"

그는 열 사람이 숟가락으로 내는 소리 때문에 자기 말이 묻힐까 봐 걱정되는 얼굴로 크게 소리를 질렀다.

모든 사람이 동시에 숟가락으로 두드리기를 멈추었다. 미클로스가 포크를 하나 집더니 일어섰다.

> 릴리, 생각해봐. 난 그렇게 해서 능력 있는 인물이 된 거야! 사람들은 날 자기네들의 대표로 선출했어. 일은 많지 않지만, 한 달에 75크로나씩 받을 수 있다구!

미클로스는 포크 끝으로 자기 접시에 놓여 있는 감자알 하나를 쿡 찍어 올려 모두에게 보여주었다.

"이 감자는 썩었습니다."

에릭은 당황해하며 주변을 스윽 훑어보았다. 그러다가 모든 사람이 자기를 쳐다보고 있기도 하고, 관리인이라는 자기 직책에 맞는 위엄을 보여주고 싶기도 해서 느긋한 발걸음으로 미클로스를 향해 걸어가 코를 킁킁거리며 감자의 냄새를 맡았다. 그는 얼굴을 찡그리지 않으려고 애썼다.

"생선 냄새가 나는군요. 이게 무슨 문제가 되나요?"

미클로스는 그게 마치 무슨 증거물이라도 되는 것처럼 포크에 찍힌 감자를 보여주었다.

"이 감자는 상했어요. 어제도 좀 수상쩍어 보이는 감자가 하나 있었죠. 하지만 이번에는 확실해요. 썩었단 말입니다."

뜨개질로 짠 챙 없는 모자를 쓰고 자는 그리스인 청년이 그리스어로 날카롭게 외쳐댔다.

"국제적십자사에 편지를 써 보내겠어!"

미클로스가 그에게 충고했다.

"가만있어, 테오. 내가 알아서 할 테니까."

그는 자기 옆 의자를 정중한 태도로 가리켰다.

"앉으시죠!"

에릭은 망설였다. 미클로스가 의자를 끌어당겼다.

"맛을 한번 보시겠어요?"

관리인이 엉거주춤 한쪽 엉덩이를 의자에 걸쳤다. 해리가 벌써 그에게 접시와 포크, 나이프를 가져다주었다. 미클로스는 감자를 포크에서 빼내어 접시 한가운데 내려놓았다.

“자, 맛있게 드세요!”

에릭은 두려운 표정으로 모두를 둘러보았다. 그에게 베풀어질 관용은 없었다. 그는 감자를 깨물었다. 미클로스가 그의 옆에 앉았다. 무관심한 눈길로 에릭이 감자를 씹고 삼키는 모습을 바라보았다. 관리인이 농담을 하려고 애썼다.

“상어 냄새가 좀 나는데요. 난 상어를 좋아해요. 정말 맛있어요!”

미클로스는 전혀 아무런 감정도 얼굴에 내비치지 않은 채 포크로 감자를 또 하나 꿰서 에릭의 접시에 올려놓았다.

“정말요? 감자가 그렇게 맛있으면 더 드세요, 관리인님! 더 드시라니까요!”

에릭은 (뭐 달리 어쩔 수 있겠는가?) 포크로 두 번째 감자를 찍었다. 첫 번째 감자보다는 넘기기가 힘들었지만, 어쨌든 감자를 목으로 넘기긴 했다.

“정말 맛있어요. 전혀 이상하지 않아요. 전혀.”

“정말요? 그럼 마음껏 드세요! 마음껏!”

미클로스는 점점 더 속도를 빨리했다. 감자를 하나씩 차례로 포크에 찍어서 에릭의 접시에 올려놓았다. 쌓인 감자가 하나의 언덕을 이루었다. 다른 사람들은 두 사람을 빙 둘러싼 채 원을 이루고 서 있었다.

…사랑하는 릴리, 관리인 얼굴이 바로 창백해졌어. 하지만 그는 용감한 사람이었어. 왜냐하면 다 먹고 난 뒤에도 여전히 용감하게 그게 먹을 만하다고 주장했거든….

에릭은 이 서커스를 어서 빨리 끝내는 게 낫겠다고 생각했다. 그는 감자를 엄청나게 많이 먹었다.

"정말 먹을 만합니다. 나쁘지 않아요. 정말 맛있어요."

그러나 벌써부터 그의 머릿속에는 오직 토하고 싶은 생각뿐이었다. 감자를 한 입 먹을 때마다 그는 술을 마셨다. 마지막 감자를 먹고 난 그는 넘어지지 않으려고 식탁 가장자리를 꼭 움켜잡으며 의자에서 일어났다. 미클로스가 그의 양쪽 어깨를 움켜잡더니 자기 쪽으로 돌려세우려고 애썼다.

"국제적십자사가 우리가 먹는 감자 껍질 하나까지 돈을 내준다는 사실을 관리인께서 모르지는 않으실 겁니다. 재활센터에 사는 우리를 감자 한 알만 줍쇼 하고 손을 내미는 거지로 취급하지 말아주시기 바랍니다!"

다른 사람들이 환호했다. 그들이 미클로스에게 기대한 건 바로 이런 어투였다. 그들은 미클로스의 이런 면을 보고 그에게 돈을 대기로 한 것이다.

에릭이 트림을 했다. 그는 두 손으로 배를 움켜잡았다.

"여러분, 여러분은 지금 상황을 오해하고 있는 겁니다."

그는 결국 주저앉고 말았다. 배가 어찌나 아픈지 눈물을 흘리지 않으려고 마룻바닥을 손으로 박박 긁을 정도였다.

16

베르가의 공동식당. 식탁을 길게 붙여놓았다. 160명의 여자들이 여기서 식사를 했다. 음식을 서비스하는 두 명 말고도 매주 세 명의 환자들이 보조로 지명되어 일했다. 하지만 이렇게 해도 모든 사람이 식사를 마칠 때까지는 한 시간 반이 걸렸다.

절대 웃는 법이 없는 여자 원장이 에밀 크론하임을 식당으로 안내했다. 랍비는 이런 재활센터의 엄격하고 군사적인 질서에 이미 익숙해져 있었지만, 매번 그런 광경을 볼 때마다 압도되는 느낌이었다. 그는 여자 원장에게 식당에서 가까운 곳에 독립된 공간을 내달라고 부탁했다.

주디트는 릴리와 함께 문에서 먼 곳에 자리를 잡았지만, 어떤 예감 같은 걸 느꼈다. 왜 그랬는지는 모르겠지만 그녀는 문득 입구 쪽으로 눈을 돌렸다. 그런데 문이 열리고 랍비가 나타난 것이다. 주디트는 얼굴이 창백해지면서 땀을 흘리기 시작했다. 그는 음식에 정신을 집중시키고, 손에 들고 있는 수저로 붉은색 수프를 떠먹는 데만 관심을 쏟으려고 애썼다.

여자 원장이 주디트 쪽으로 걸어왔다. 이미 원장은 그녀를 내려다보고 있었다. 주디트는 머리를 수프 접시 속에 거의 파묻다시피 하고 있었다. 원장이 은밀한 목소리로 물었다.

"손님이 찾아오셨어요."

주디트는 머리를 들었다. 가슴이 미친 듯 방망이질 쳤다. 아무도 그녀의 심장 뛰는 소리를 듣지 못하다니, 이상했다.

릴리가 일어났다.

"저요?"

"스톡홀름에서 오셨어요. 크론하임 랍비라고 하시네요. 당신이랑 말씀을 나누고 싶어 하세요."

"랍비님요? 스톡홀름에서 오셨다구요? 지금요?"

"급하신가 봐요. 2시 기차를 타고 돌아가셔야 한대요."

릴리는 사람들의 머리 위로 식당 반대편에 서 있는 에밀 크론하임을 쳐다보았다. 랍비가 그녀를 보며 다정하게 머리를 끄덕였다.

엄청 넓은 식당 옆에는 유리가 끼워진 출입문을 통해 연결되는 더 작은 방이 하나 있었다. 옛날에는 아마도 이 방을 통해 음식 접시를 날라왔을 것이다. 주디트는 엉거주춤 일어서며 두 사람을 흘낏 쳐다보았다. 그녀는 이따금 그들에게 시선을 던질 수밖에 없었다. 그녀는 두 사람이 인사를 나누고 자리에 앉는 것을 보았다. 그녀는 손이 떨려서 차라리 수저를 내려놓는 쪽을 택했다. 그녀는 랍비가 자신이 어떤 일을 했는지 릴리에게 얘기하지는 않으리라고 확신했다. 자신의 정체를 폭로하지는 않을 것이다. 그렇지만 그녀 자신도 그 이유를 알 수 없는 일이 일어났다. 끈질긴 후회가, 쓰라린 회한이 그녀를 사로잡는 것이었다.

랍비는 옛날에 사무실로 쓰였던 그 작은 방에서 손목시계를 테이블에 올려놓고 태엽을 다시 감았다. 규칙적으로 째깍거리는 시계 소리가 분위기를 보다 부드럽게 해줄 것이라고 믿었던 것이다. 두 사람은 함께 시계가 째깍거리는 소리에 귀를 기울였다. 릴리 역시 침묵을 깨트릴 생각은 없었다. 그 소리 없이는 종교적인 대화가 불가능한 크론하임 랍비는 드디어 째깍 효과가 발휘된 것 같다고 생각되자 앞으로 몸을 숙이고 릴리의 눈을 들여다보며 말했다.

"신을 잃어버렸군요."

시계 째깍거리는 소리가 계속되었다.

어떻게 처음 보는 사람이 이렇게 대담하게 그녀의 머릿속을 들여다볼 수 있었던 것일까? 릴리는 묻지 않았다. 그녀는 그런 자기가 더 놀라웠다.

"아니에요. 신이 절 잃은 겁니다."

"그런 하찮은 일에 집착하다니, 당신답지 않아요."

릴리는 어깨를 으쓱거렸다. 식탁에는 식탁보가 깔려 있었다. 그녀는 그걸 만지작거렸다.

"그런데 어쩌다 저에 대해 그런 생각을 갖게 된 거죠?"
랍비가 몸을 뒤로 젖히자 의자가 삐걱거렸다.
"지금 그게 중요한 게 아녜요. 그냥 알게 됐어요. 그리고 십자가 목에 걸고 다니나요?"
릴리는 얼굴을 붉혔다. 어떻게 알았지? 그녀는 호주머니를 만져 십자가가 들어 있는 봉투를 찾았다. 그녀가 엑셰를 떠나고 나서 그걸 봉투에서 꺼낸 건 딱 한 번, 미클로스의 방문을 허락해달라고 말하기 위해 원장을 사무실로 찾아갔을 때뿐이었다. 아무짝에도 쓸모가 없는 것이었다.
"네, 저 십자가 있어요. 누가 제게 주었어요. 그럼 안 되나요?"
크론하임의 표정이 어두워졌다.
"신이 나지는 않는군요."
시계 째깍거리는 소리가 단조롭게 시간을 측정하고 있었다.
"내 말 잘 들어요, 릴리. 우리 모두는 의심으로 가득 차 있어요. 크고 작다는 차이는 있지만… 하지만 그게 종교로부터 등을 돌려도 되는 이유는 아닙니다…."
릴리가 손으로 탁자를 쳤다. 시계가 꼭 고무공처럼 살짝 튀어 올랐다.
"랍비님은 거기 있어봤어요? 우리랑 같이 여행을 해봤어요? 강제호송열차 안에 있어봤냐구요?"
릴리는 낮은 목소리로 말했지만, 주먹을 꽉 쥐고 있었다. 그녀는 자리에서 일어나지는 않았으나, 그녀의 몸 전체는 팽팽하게 긴장되어 있었다. 크론하임은 판유리 너머로 보이는 식당 안의 다른 사람들을 손으로 가리켰다.

"단지 시험에 든 거라고 말해서 당신을 모욕하고 싶지는 않아요. 아닙니다. 당신에게 무슨 일이 일어났는지 다 아는데 감히 그런 말을 할 수는 없지요. 신께서는 당신을 잃어버렸어요. 맞아요. 아니, 맞지 않는다고 해도 좋아요. 나 역시 그것 때문에 신과 갈등을 빚고 있으니까. 나도 화가 나요. 용서할 수 없습니다! 그분이 우리에게 이렇게까지 하실 수 있다는 게 말이에요! 당신에게도! 저 사람들에게도!"

랍비가 시계를 호주머니 속에 집어넣었다. 더 이상 계속하고 싶지 않았다. 그가 일어나자 의자가 넘어졌다. 하지만 신경 쓰지 않았다. 그는 걷기 시작했다. 한쪽 벽에서 다른 쪽 벽까지는 네 발자국밖에 되지 않았다. 그는 팔을 격렬하게 흔들며 왔다 갔다 했다.

"아니, 그건 용서할 수 없는 일이에요. 나, 에밀 크론하임 랍비가 이렇게 당신에게 말합니다! 그래요, 맞아요! 수백만 명이나 되는 당신의 형제자매들이 죽었어요. 도축장의 짐승처럼 그렇게 학살당했어요! 아니, 짐승들은 우리 유대인들보다는 더 나은 대접을 받습니다. 그러나, 오, 세상에! 무덤 속에 잠든 수백만 명의 유대인들의 온기가 채 식지 않았어요! 그들을 위해 올리는 기도가 아직 끝나지도 않았단 말입니다! 그런데 당신은 벌써 우리를 떠나려는 건가요? 우리에게서 등을 돌리려는 건가요? 신에게 공정하면 안 돼요. 신에게는 그럴 필요가 없습니다. 그 수백만 명의 존재들에게 공정해야 해요. 당신에게는 그들을 부정할 권리가 없어요."

식당에서 주디트는 랍비가 뭐라고 소리치며 방 안을 왔다 갔다 하는 걸 보았다. 그녀는 자기가 그 자리에 있지 않은 걸 행운이라 생각했다. 견뎌야 할 것이 식당의 평화로운 웅성거림과 수저질 소리, 여자들이 조용조용 얘기를 나누는 소리밖에 없다는 게 행운으로 느껴졌다. 하지만 입맛은 잃어버렸다. 방금 들고 온 고기와 볶음밥에 손도 대지 않았다. 도대체 입맛이 당기질 않았다.

> 사랑하는 나의 미클로스! 스톡홀름에 계시는 랍비 한 분이 오늘 나를 찾아와서 우리의 개종에 관해 일장 훈계를 늘어놓고 가셨어. 그분이 우리가 개종한 사실을 어떻게 알고 계실까, 도저히 짐작이 가질 않아. 혹시 너의 주교님이 그분께 알려준 건 아닐까?

이 편지 구절을 읽고 나서 미클로스는 재빨리 행동에 나섰다. 그는 개종이라는 복잡한 문제를 가장 신속한 방법으로 해결해야겠다고 결심했다. 그는 전화번호부에서 가장 가까운 시골 사제관의 전화번호를 찾았다. 그는 사제관이 적으면 적을수록 문제가 덜 생길 거라고 생각했다. 시골의 신부가 중심지의 주교보다 훨씬 더 설득하기 쉬울 것이다. 그는 미리 전화로 모두 설명한 다음 회그보에서 게블레까지 가는 버스를 탔다.

그는 이 마을에서 마음속으로 원했던 나무로 지어진 가장 소박하고 가장 호의적인 교회를 발견했다. 계단석 위에 위치한 창문을 통해 햇빛이 쏟아져 들어오고 있었다. 신부는 나이가 여든 살이 넘었으며, 나이든 사람들이 그렇듯 그는 머리를 끊임없이 떨고 있었다. 그 전날 미클로스는 회그보 도서관에 가서 교회법을 철저히 파고들었다. 마침내 그런 노력은 해볼 만한 가치가 있다고 판명되었다. 그는 릴리와 자기가 유대인으로서 이 교회에서 결혼식을 올리고 싶다는 얘기에 전문용어를 동원했고, 그 늙은 신부의 두 눈은 눈물로 가득 찼다.

"당신은 어떻게 이 모든 걸 다 알고 있지요?"

미클로스는 대답을 하지 않았다. 그는 거드름을 피우며 계속 설명했다.

"…중요한 건, 제 약혼녀와 제가 공식서원에 의해서가 아니라 일정 기간만 유효한 단순서원에 의해 가톨릭 신앙을 가지는 것입니다…."

신부의 두 손 역시 떨리기 시작했다. 그는 손수건을 꺼내더니 눈가의 눈물을 닦았다.

"감동입니다… 당신의 그 열정…."

미클로스는 본격적으로 나섰다. 그는 기독교 문학에서 적절한 문단을 꺼내 한 줄씩 인용하기 시작했다.

"신부님, 제가 알고 있는 한은… 제가 잘못 알고 있는 게 있으면 말씀해주세요… 단순서원은 일시적이고 일방적입니다… 바꿔 말하자면, 서원을 하는 당사자를… 이 경우에는 제 약혼녀와 저를 말하는 거겠지요… 교회에 결속시키지 교회를 당사자에게 결속시키지는 않는다는 겁니다. 반면에 공식서원은 상호적입니다. 말하자면 당사자에 의해서도, 교회에 의해서도 파기될 수 없다는 거지요."

"어떻게 이 모든 걸 알고 있지요?"

"우리는 개종을 매우 심각하게 받아들입니다, 신부님."

늙은 신부는 침착함을 되찾더니 일어나 성물실로 달려갔다. 미클로스는 힘들게 그를 쫓아갔다. 그는 두껍게 장정이 되어 있는 커다란 명부를 꺼내더니 펜을 잉크병에 담갔다. 미클로스는 그가 초록색 잉크를 쓴다는 것에 매료되었다.

"당신이 나를 설득시켰어요. 당신의 계획이 진지하다는 사실을 전혀 의심하지 않게 되었습니다. 자, 두 분에 관한 서면 정보를 여기 등록할게요. 당신 약혼녀가 기차를 타고 베르가에서 이곳으로 올 수 있게 되면 내게 연락해요. 날짜가 정해지면 두 분부터 우선적으로 세례식을 하도록 하겠습니다. 한 가지 말할 게 있어요, 미클로스. 내가 지금까지 사제로 봉사하는 동안 당신처럼 이렇게 열의에 충만한 사람은 본 적이 없습니다."

이 기간 중에 미클로스와 릴리의 편지 교환은 더욱더 자주 이루어졌다. 하루에 편지를 두 통씩 주고받는 일도 있었다. 12월 31일 밤, 그는 기숙사 식당에서 다른 사람들과 함께 술 마시고 취하는 게 내키지 않아 자기 방으로 올라갔다. 침대에 누워 릴리의 사진을 가슴 위에 올려놓고 평생을 그녀와 함께하겠다고 맹세했다. 그는 잠이 들 때까지 이 맹세를 자신에게 되풀이하고 또 되풀이했다. 잔뜩 취한 해리와 다른 친구들이 비틀거리며 새벽에 방에 들어가보니 그는 옷을 다 입고 두 눈에 눈물이 가득한 채 잠들어 있었다. 릴리의 사진이 그의 손 밖으로 삐져나와 있었다.

나의 사랑하는 릴리, 나의 전부인 릴리!
빌어먹을 「비아 스베시아」 신문사! 광고문을 주문했거든. 내용을 정확하게 써 보냈단 말이야! 그런데 그들이 결정적인 실수를 저질렀어. 이름 위치를 바꿔 썼지 뭐야? 그래서 나는 신부, 넌 신랑이 되어버렸어!

베르가에서 12월 마지막 날 열린 망년회 때 릴리는 피아노를 치고 사라는 노래를 했다. 두 사람은 오페레타 곡을 준비했는데, 〈차르다시의 여왕〉에 등장하는 '페테르 하즈마시'라는 곡이 큰 성공을 거두어 앙코르곡으로 세 번이나 더 불러야만 했다. 그다음 순서는 그보다 덜 즐거웠다. 3인조 밴드가 연주를 하고, 많은 여성들이 춤을 추고, 또 울었다. 망년회 때는 한 사람이 포도주를 1리터씩 마실 수 있었다.

12시에 점심을 먹을 때도 나는 널 생각했어.
왜냐하면 토마토소스가 있었거든.
너, 이거 좋아하잖아!
나의 귀여운 릴리, 널 너무나 사랑해!

새해 첫날, 남자들은 각자 맹세를 했다. 야코보비츠는 침대에서 일어날 수 있게 된 이후로, 즉 7월부터는 빵을 한 조각씩 호주머니에 쑤셔 넣곤 했다. 그는 그다음 날이면 또 빵이 나올 것이므로 그게 바보 같은 행동이라는 걸 잘 알고 있었다. 그러나 이런 행동은 더 이상 되풀이되지 않았다. 1946년 1월 1일, 야코보비츠는 더 이상 호주머니에 빵을 쑤셔 넣지 않겠다고 맹세했던 것이다. 해리는 오직 사랑이 느껴질 때만 여자를 유혹하겠다고 맹세했다. 리츠만은 이스라엘로 이주하기로 결심했다. 미클로스는 자기 나라로 돌아가자마자 러시아어를 배우겠다고 맹세했다.

우리가 미래를 꿈꿀 때 우리 잇속만 차리는 것 말고 모든 것에 대해 생각했으면 해! 우리의 미래는 일, 직업, 인간 공동체, 사회 봉사에 대해 우리가 함께 할거라 상상해!

새해 첫날 아침에 베르가에서 헝가리 여성들은 '헝가리 국가'를 불렀다.

사랑하는 미클로스! 스톡홀름의 치과에는 언제 가?

일주일 뒤, 미클로스는 산드비켄행 버스에 올라탔다. 그해 겨울은 몇 년 만에 기온이 영하 20도까지 내려갔다. 버스 창유리에 두꺼운 얼음이 뒤덮여 있는 게 꼭 은박지에 쌓여 있는 것처럼 보였다. 미클로스는 찬란히 빛나는 은빛 속에서 혼자 요동쳤다.

우리나라에 돌아가면 난 오직 노동자만을 위한 신문사에서 일하고 싶어. 그게 여의치 않으면 다른 직업을 찾아볼 거야. 부르주아들은 정말 지겨워.

같은 날 아침에 베르가에서 릴리는 일어나기를 거부했다. 그럴 수가 없었다. 12시쯤에 사라와 주디트가 그녀를 침대에서 억지로 일으켜 세웠다. 그들은 릴리가 아기라도 되는 듯 옷을 입혔다. 그들은 썰매를 구해와서 그녀를 태운 다음 번갈아가며 재활센터 큰길의 한쪽 끝에서 다른 쪽 끝까지 끌고 다녔다.

> 나의 사랑하는 미클로스! 향수병을 이렇게까지 심하게 앓아본 적은 아직까지 없었어. 고향으로 날아갈 수만 있다면 내 인생의 10년을 아낌없이 줄 수 있을 정도야!

미클로스는 은박지로 쌓인 이 버스 안에서 마치 사탕 상자 속에 잊힌 초콜릿처럼 보였다. 엔진이 부르릉거렸다. 그는 바깥 세계를 잊어버릴 수 있었다. 버스 안은 딱 기분 좋을 만큼 따뜻했고, 조명은 환상적이었으며, 제동장치는 그를 적당히 흔들었다. 미클로스는 호주머니 속에 손을 집어넣어 가늘고 뾰족한 물체를 만졌다.

> 호주머니 속에 손을 집어넣었더니 립스틱이 만져졌어. '미치 6. 양홍빛.' 지난번에 사두었는데, 너에게 보내는 걸 깜박 잊고 있었어. 만나서 직접 줘야겠어. 하지만 우선 우리가 입을 맞추면 립스틱 자국이 남는지 아닌지 확인해보자구. 알았지?

썰매를 탄 릴리는 꼭 날개가 달린 것 같았다. 그동안 사라와 주디트가 함께 썰매를 끌었다. 두 사람은 친구가 원기를 되찾도록 해주고 싶었다. 그들은 릴리가 이렇게 깨끗하고 차가운 공기 속을 달리면서 기분이 풀리기를 바랐다.

> 네가 보낸 편지가 지금 내 앞에 놓여 있는데, 벌써 스무 번도 더 읽었어. 편지를 읽을 때마다 거기서 뭔가 새로운 걸 발견하고, 매 순간 점점 더 미치도록 행복해져!
> 아! 난 너를 정말 사랑해!!!
> 재미있는 꿈을 꾸었어. 그렇게 또렷한 꿈을 꾼 건 처음이야. 우리가 헝가리로 돌아갔는데, 엄마 아빠가 기차역에서 기다리고 있었어.
> 그런데 네가 없는 거였어! 나 혼자였다구!

릴리는 꿈속에서 동부역에 도착했다. 어마어마하게 많은 사람들이 나와 있었지만, 서로 밀치거나 끼어들지 않아 혼잡하지 않았다. 수백 명이나 되는 사람들은 어떤 움직임도 없이 뻣뻣하게 앞쪽만 쳐다보고 있었다. 유일하게 움직이는 건 증기를 내뿜으며 지붕 덮인 플랫폼으로 개선장군처럼 들어오는 기관차뿐이었다. 연기가 서서히 사람들을 뒤덮더니 공중으로 올라갔고, 동틀 무렵의 창백한 빛 속에서 사람들이 무거운 여행가방을 들고 기차에서 내렸다. 아마 수백 명, 어쩌면 수천 명은 될 것 같다. 이 사람들도 꼼짝하지 않은 채 계속 그들을 기다리고 있었다.

릴리는 붉은색 물방울무늬 원피스를 입고 커다란 머리쓰개를 썼다. 그녀는 꼼짝 않고 있는 사람들 사이에서 엄마 아빠를 보았다. 그녀는 뛰기 시작했으나, 단 한 걸음도 그들에게 다가갈 수가 없었다. 정말 이상한 일이었다. 그녀가 달리려고 죽도록 애를 쓰는 바람에 입안이 바짝 마르고 숨쉬기가 점점 힘들어졌다. 그러나 여전히 엄마 아빠에게는 가까워질 수 없었다. 거리가 10미터도 채 되지 않는데 말이다. 릴리는 엄마의 생기 없고 슬픈 눈길을 또렷이 볼 수 있었다. 다행히 아빠는 웃고 있었다. 그는 딸을 맞이하려고 두 팔을 크게 벌리고 있었지만, 릴리는 그에게 다가갈 수가 없었다.

산드비켄의 엑스레이 촬영실은 기계만 한 대 달랑 놓여 있는 작은 방이었다. 그 당시에 이미 미클로스는 엑스레이를 자신의 개인적인 적으로 간주했다. 야윈 어깨를 유리판 위에 갖다 붙이고 엑스레이 사진 찍기를 밥 먹듯이 하다 보니 그는 그걸 보기만 하면 바로 격렬한 증오에 사로잡혔다.

그는 눈을 감은 채 혐오감을 억누르려고 애썼다.

이곳의 이레네 함마르스트룀 여의사는 린드홀름과는 다르게 신뢰 가득한 분위기를 조성할 줄은 몰랐지만, 이해심이 깊었고, 온화했으며, 우아한 아름다움을 갖추고 있었다. 그녀는 미클로스의 마지막 비밀을 캐내려는 듯 탐색하는 시선으로 그를 유심히 살펴보았다.

그녀는 창문 앞에 서서 엑스레이 사진을 햇빛에 비추어보았다. 미클로스는 늘 하던 놀이에 몰두했다. 그는 무게중심을 의자의 뒤쪽 다리로 옮겼다. 그의 몸은 천천히 뒤로 기울어졌다. 그는 이레네 함마르스트룀을 보고 있지 않았다. 그는 균형이 점점 더 불안정해지도록 의자를 움직였다. 의사가 창문 앞에서 중얼거렸다.

"내 눈을 믿을 수가 없군요."

미클로스는 1밀리미터만 오차가 생겨도 문제가 발생하는 운명의 지점에 도달했다. 만일 계산이 잘못되었을 경우 그는 볼링 핀이 쓰러지듯 그렇게 의자에서 굴러 떨어질 것이다.

이레네 함마르스트룀은 흥분하여 옆방의 상자 속에 다른 엑스레이 사진들과 함께 분류되어 있던 그의 옛날 엑스레이 사진들을 가지러 갔다. 그녀는 창가로 돌아가서 두 사진을 비교해 보았다. 그녀는 몸을 아주 조금 뒤로 제치고 있는 미클로스에게 말했다.

"이것 좀 보세요. 이건 지난 6월에 찍은 엑스레이 사진인데, 엄지손톱만 한 반점이 있어요."

미클로스의 행동은 그 클라이맥스에 도달했다. 의자는 흔들거리고 있었고, 그의 구두는 허공에 떠 있었다.

"그리고 이건 오늘 찍은 거예요. 이제 반점이 거의 안 보여요.

이건 진짜 기적이라구요! 린드홀름 의사가 뭐라고 얘기하던가요?"

미클로스는 물리학 법칙이 정해놓은 한계에 도달했다. 그동안 계속해온 훈련의 결과로 이제 그는 마치 먹잇감을 덮칠 준비가 되어 있는 매처럼 의자 가장 높은 곳에 걸터앉아 있었다.

"제가 살날이 6, 7개월밖에 안 남았다고 그러시던데요."

"좀 냉정하게 들렸을지도 모르지만, 사실대로 말씀하신 거예요. 나였어도 그렇게 얘기했을 거예요."

미클로스의 원맨쇼는 계속되고 있었다.

"자, 그래서 무슨 말씀을 하시려는 건가요?"

"물론 이 엑스레이 사진만 보고는 아무것도 단정 지을 수 없지만…."

"그게 무슨 말씀이신가요?"

"지금으로선, 용기를 가지라고 얘기하고 싶어요. 이렇게만 상태가 지속되면 좋은 결과가 있을 거예요. 새벽에 체온이 몇 도나 되죠?"

쇼는 끝났다. 그러나 이 5초는 기적의 나라에서 영원토록 기억될 것이다. 의자가 넘어지면서 미클로스도 의자와 함께 마룻바닥으로 넘어졌다. 이레네 함마르스트룀은 엑스레이 사진을 집어던지고 그에게 달려갔다.

"오, 세상에!"

미클로스는 머리 뒤쪽을 세게 부딪치는 바람에 얼굴을 찡그리면서도 미소를 잃지 않았다.

"괜찮습니다, 괜찮아요! 나 자신과 내기를 한 것뿐이에요!"

이레네 함마르스트룀은 이 호감 가는 헝가리 청년의 보기 흉한 금속 치아를 보자 지역센터에 말해서 무료로는 어렵더라도 할인가에 고쳐주도록 설득해봐야겠다고 다짐했다.

그날은 기억할 만한 날이었다.

기숙사에서 미클로스는 모두가 차렷 자세로 기다리고 있는 방으로 들어갔다. 그는 다른 사람들이 이미 자기가 회복되고 있다는 얘기를 들었을 것이라고는 생각하지 못했다. 그러나 모든 친구의 얼굴이 자부심과 즐거움으로 환하게 빛나는 걸로 보아, 그들이 이런 퍼포먼스를 하는 이유는 딱 하나밖에 없다고 생각했다. 그는 침대에 앉아 가만히 기다렸다. 다른 사람들은 입을 다문 채 베토벤의 '환희의 송가'를 콧노래로 부르기 시작했다.

왜 이런 의식을 치르는지 궁금해서 견딜 수 없을 정도가 되고, 합창단이 낮은 소리로 노래하던 '합창 교향곡'이 클라이맥스에 도달하고, 눈을 감고 침대에 기대 있던 미클로스가 벌떡 일어나자 해리가 신문을 꺼냈다. 마치 공식 발표라도 하듯 그는 아무 말 없이 신문을 미클로스의 머리 위로 들어올렸다.

시 한 편이 그 신문에 스웨덴어로 실려 있었다. 「비아 스베시아」 신문 3면에 이탤릭체로 인쇄되어 있는 것이었다. 시의 제목은 '한 스웨덴 소년에게'였다. 그리고 그 아래 시인의 이름이 나와 있었다. 미클로스.

미클로스는 모든 시를 머릿속에서만 구성했다. 그게 며칠이고 몇 주일이고 계속되었다. 그러다가 준비되었다고 느껴지면 종이에 쓰는 것이었다.

하지만 이 시는 쓰는 데 겨우 10분밖에 안 걸렸다. 그때 미클로스는 배 위의 갑판 의자에 앉아 있었다. 입속에 든 케이크에서는 라즈베리와 바닐라 향이 풍겼다. 뱃고동 소리가 울렸다. 그들은 강가에서 천천히 멀어졌다. 자전거를 타는 여자들은 강변에 가만히 서서 배를 바라보고 있었다. 얼마나 걸릴지 모르겠지만 그들을 맞이하게 될 고장이 금방이라도 손에 닿을 듯 가까이 있었다. 미클로스는 선물로 받은 이 케이크에 대해 화답을 해야 될 것 같은 생각이 들었다. 그는 스웨덴 아이들에게 바치는 시를 쓰기로 했다. 그 시는 그의 지옥 같은 체험으로부터 힘을 끌어내는 삶에 대한 충고이며 경고가 될 것이다.

미클로스는 잘 바스러지는 비스킷을 입안에서 굴리며 처음 두 행을 마음속으로 박자에 맞추어 읊었다. "넌 아무것도 몰라, 어린 형제여 / 무엇이 대륙의 이마에 죽음의 검은 주름을 그리는지." 그리고 벌써 그는 자기 시를 헌정받게 될 여섯 살짜리 금발 소년이 곰 인형을 끌어안은 채 앞에서 자기를 빤히 쳐다보고 있는 것을 보았다. 어린 스웨덴 소년.

시행들이 봇물 터지듯 쏟아져 나왔다. 시행을 창조하기보다는 그걸 기억하는 게 더 어려울 정도였다. 배가 항로를 바꾸어 전속력으로 먼 바다로 나가기 시작했을 때 시가 끝났다.

넌 아무것도 몰라, 어린 형제여
무엇이 대륙의 이마에 죽음의 검은 주름을 그리는지.
너에게 비행기는 새에 불과해
네가 사는 북쪽 나라의 별이 총총한 하늘에서 사라져가는

네가 뭘 알겠니 공습경보에 대해서 폭탄에 대해서
영화 속 지옥이 아니라 현실 속의 지옥에 대해서
시간의 물결은 세상의 공포를 침몰시키지 않았어
나의 형제여, 넌 진짜 악이 무엇인지 몰라

나의 형제여, 넌 표를 갖고 있었어
먹고 입는 데 필요한 표를, 그리고 넌 놀 수 있었어
죽음은 네 불행의 빵을 보며 얼굴을 찡그렸지
너 같은 아이들이 한줌 연기로 사라졌어

언젠가 네가 어른이 되면

미소 짓는 헌신적인 금발머리 거인이 될 거야
우리가 지금 흘리는 눈물은 구름과 안개가 될 거야
우리의 현재는 과거가 되어 있을 거야

만일 네가 이 유혈의 시대를 회상한다면
창백한 어느 소년을 기억해
그의 장난감은 수류탄 파편이고
그의 경호원은 살인무기야

어린 형제여, 만일 네게 아들이 생긴다면
그에게 가르쳐 총칼은 절대 진실이 아니라고
세상의 고통을 없애는 건
멀리 날아가는 로켓포가 아니라고

그리고 장난감 가게에 들르게 되면
납 병정도 무기도 사주지 마
대신 나무 조각을 사줘
그 아이가 죽이는 방법이 아니라 건설하는 법을 배우도록

해리가 미클로스의 어깨를 가볍게 두드렸다.

"내가 자네 경력을 책임지기로 했네. 자네가 허락할 것이라 예측하고 이 시를 한 스웨덴 신문사에 보냈지. 거기다 시를 번

역해달라고 부탁했어. 그러면서 위대한 헝가리 시인이 쓴 시니까 실력 없는 번역자에게 아무렇게나 맡기면 안 된다고 당부하는 걸 잊지 않았어. 그게 3개월 전의 일이야. 그리고 오늘 아침 신문에 이렇게 실린 거지. 번역을 확인해봤는데 잘된 거 같아."

다른 사람들은 여전히 차렷 자세를 취한 채 계속해서 '환희의 송가'를 콧노래로 흥얼거렸다. 미클로스가 몸을 일으켜 해리를 꼭 껴안고는 눈물을 흘리지 않으려고 정신을 집중시켰다. 눈물 콧물 흘리며 우는 건 위대한 헝가리 시인에게 어울리는 행동이 아니었던 것이다.

그렇다, 그날은 아주 성공적인 날이었다. 그 증거를 자정이 되기 전에 가지게 될 것이다.

문을 두드리는 소리가 났다. 어떤 남자가 전화로 미클로스를 찾았다. 순간적으로 그는 지금 자기가 어디 있나 생각했다. 실내복 차림으로 계단을 뛰어 내려간 그는 가슴이 방망이질치는 걸 느끼며 단숨에 접수처까지 질주했다. 전화기를 낚아챘다.

처음 듣는 목소리가 물었다.

"혹시 잠 깨운 거 아닌가요?"

"아니, 괜찮습니다."

"미안해요. 난 스톡홀름의 크론하임 랍비입니다. 아주 중요한 일이 있어서 이렇게 전화를 했어요."

미클로스는 발에 냉기가 느껴졌다. 몸을 따뜻하게 하려고 그는 한쪽 발바닥을 다른 쪽 다리의 장딴지에 갖다 댔다.

"말씀하세요."

"전화로는 안 됩니다. 이해하지요?"

"알았습니다."

"자, 미클로스. 내가 내일 아침에 기차를 타고 산드비켄까지 갈 겁니다. 돌아오는 기차를 탈 때까지 두 시간 여유가 있어요. 그러니 중간쯤에서 만나요."

"원하시면 제가 시내로 갈 수 있는데요."

"아녜요, 아녜요. 그냥 중간에서 봅시다. 외스탄뷘에서 만나면 어때요?"

외스탄뷘은 산드비켄으로 가는 버스가 맨 먼저 서는 정거장이었다. 미클로스는 이미 여러 차례 지나 본 적이 있었다.

"그럼 외스탄뷘 어디서 뵐까요?"

"버스에서 내려서 산드비켄 쪽으로 계속 걸어와요. 그러다가 첫 번째 나타나는 길에서 오른쪽으로 돌아 계속 걸어요. 나무다리까지 계속 걸어오면 돼요. 거기서 기다릴게요. 다 적었어요?"

미클로스는 당황스러워하며 적었다고 대답했다.

"성함을 한 번 더 여쭤봐도 될까요?"

"에밀 크론하임이에요. 자, 그럼 내일 아침 10시에 나무다리에서 만나요. 늦으면 안 돼요!"

랍비가 전화를 끊었다. 하도 정신없이 통화를 하는 바람에 미클로스는 윙윙거리는 소리가 아직까지 들려오는 수화기를 손에 들고 있다가 그가 왜 자기를 만나려고 하는지 묻는 것도 잊어버렸다는 사실을 문득 깨달았다.

그다음 날 아침, 미클로스는 버스를 타고 외스탄뷘에서 내렸다. 그는 랍비가 일러준 대로 첫 번째 사거리까지 간 다음 오른쪽으로 돌아 20분 동안 힘들게 걸어 나무다리에 도착했다. 발목까지 내려오는 외투를 입은 에밀 크론하임이 피곤한 표정으로 커다란 돌 위에 앉아 있었다. 미클로스는 인간이 꽁꽁 얼어붙은 세계에 그렇게 앉아 있을 수 있다는 사실에 놀랐다. 랍비는 꼭 호수 옆에서 여름 소풍을 즐기고 있는 것처럼 보였다.

"어떤 소식인가요?"

랍비가 즐거운 표정으로 다리의 반대편 끝에서 물었다.

미클로스는 멈추어 섰다. 물론 정말 좋은 소식이 있긴 있었다. 그런데 이 별나 보이는 사람은 도대체 무슨 얘기를 하는 것일까?

"크론하임 랍비님?"

"크론하임 랍비 아니면 누구겠어요? 그 가톨릭 주교는 누구인가요? 당신이 만나게 해주겠다고 릴리에게 말했다는 주교 말이에요. 만일 당신이 스톡홀름의 주교를 생각했다면, 난 그분을 아주 잘 알고 있거든요. 아주 매력적인 분이지요."

그 순간 미클로스는 릴리가 그녀를 훈계했다는 랍비에 관해 쓴 편지 구절을 기억해냈다. 그래, 맞아! 그 랍비 이름이 크론하임이었어! 모든 게 다 이해되었다. 랍비는 그를 꾸짖으러 온 것이다. 흥, 될 대로 되라지. 그것 때문에 외스탄뷘까지 오다니, 유감이로군!

"우리는 더 이상 주교를 필요로 하지 않습니다."

"다른 사람을 찾아냈군요."

최소한 30미터는 될 것 같은 나무다리가 강에 걸쳐져 있었다. 계곡 아래로 수백 년은 되었을 것 같은 나무들이 경계를 서고 있었다. 햇빛 속에 얼어붙은 침묵이 눈 쌓인 나뭇가지 위에 자리 잡고 있었다. 바람 한 점 불지 않았고, 새 지저귀는 소리도 들려오지 않았다. 오직 그들의 큰 목소리만 풍경의 장엄한 아름다움을 방해할 뿐이었다.

"맞습니다. 랍비님. 게블레에서 아주 훌륭한 노신부님을 찾아냈지요. 그분이 우리에게 세례를 주실 겁니다."

크론하임은 뻣뻣한 머리칼을 손으로 헝클어 뒤죽박죽을 만들었다.

"하지만, 릴리는 이제 더 이상 그런 바보 같은 짓을 할 생각이 없어요."

미클로스는 랍비를 똑바로 쳐다보기로 결심했다. 그는 다리를 건너가 랍비에게 손을 내밀었다.

"하지만 릴리는 내게 편지를 보내 정확히 반대로 얘기했는데요."

"뭐라고 얘기하던가요?"

"스톡홀름의 랍비가 자기를 찾아와서 훈계를 했다고요. 어떻게 해서 알아냈는지는 모르지만, 그가 우리의 의도를 냄새 맡았다고요. 뭐 대충 그런 얘기였어요."

"당신의 그 약혼녀는 그런 시니컬한 표현을 쓸 수 없는 사람이었어요…. 냄새를 맡았다… 난 사냥개가 아닌데!"

"랍비님, 어떻게 그 사실을 알게 된 겁니까? 우리는 아무에게도 말하지 않았는데."

크론하임은 미클로스의 팔을 잡고 함께 다리 한가운데까지 갔다. 그는 난간에 팔꿈치를 기댄 채 주변을 훑어보았다.

"이렇게 웅장한 풍경을 본 적이 있나요? 백 년이 지나고 천 년이 지났지만 풍경은 하나도 변하지 않았어요."

저 밑으로 보이는 계곡은 과연 소름이 끼칠 정도로 아름다웠다. 꼭 설탕을 뿌려놓은 듯한 무성한 소나무 숲이 끝없이 펼쳐져 있었다.

미클로스는 마지막 장애물을 무너뜨릴 순간이 되었다고 느꼈다.

"랍비님, 만일 전쟁 전이었다면 저는 이렇게 하는 것이 곧 도망을 치는 거라고 생각했을 겁니다. 하지만 지금은 그게 투명하고 독립적인 결정입니다."

크론하임은 미클로스를 보고 있지 않았다. 겉으로 보기에 그는 자연을 감상하는 데 완전히 몰두해 있었다.

"그 어떤 것도 저 풍경을 더럽히지 않아."

미클로스는 단호한 표정으로 하던 말을 이어나갔다.

"저는 우리가 언젠가 갖게 될 아이의 운명에 대해 생각합니다. 게다가 저는 신자였던 적이 단 한 번도 없어요. 전 무신론자이고, 랍비님이 그런 이유로 저를 경멸한다 해도 상관없습니다. 저는 우리가 개종함에 있어 전혀 겁내지 않는다는 사실을 랍비님이 알아주셨으면 합니다."

랍비는 그의 말에 귀를 기울이지 않는 듯했다.

"이곳은 태곳적부터 여기 있었어요. 저 다리가 전망대로 건설되었다는 사실을 인정합시다. 하지만 저 다리도 나무로 되어 있어요. 여기 다른 건축 자재가 있나요? 쇠나 유리, 구리가 있어요? 없지요, 그렇지요?"

"그 말씀 하시려고 절 만나자고 하신 건가요, 랍비님? 외스탄뵌에 있는 나무다리에 대해서 말씀하시려고?"

"이건 여러 가지 얘기 가운데 하나예요."

미클로스는 이 수수께끼 같은 대화가 지겨워지기 시작했다. 의구심이 들었지만 겨우 추스르고 있는데, 뜻밖에 나타난 머리카락이 철사 같은 이 키 작은 남자가 이곳 시골의 새하얀 아름다움에 관해 설교를 하는 것이었다. 미클로스는 그를 이해하기로 했다. 하기야 이해하지 않으면 어쩌겠는가? 수천 년 전이라고? 그래서 뭐 어쩌란 말인가? 그러거나 말거나 나랑은 상관없어! 릴리가 개종을 원한다면, 그녀의 영혼 저 깊숙한 곳에서 잠자고 있는 일체의 불안과 망설임을 모조리 쫓아내버릴 것이다.

그는 고개를 숙여 인사했다.

"크론하임 랍비님, 만나 뵙게 되어 반가웠습니다. 저희의 결정은 확고합니다. 누가 뭐래도 생각은 바뀌지 않을 겁니다. 안녕히 계세요."

그는 단호한 걸음으로 걷기 시작했다. 다리 끝에 도착한 그는 뒤를 돌아다보았다. 에밀 크론하임은 그가 그러기만을 기다린 것 같았다. 외투 호주머니에서 편지를 꺼내더니 흔들어대는 것이었다.

그가 소리쳤다.

"나도 이러기는 싫은데… 성경에 나오는 것처럼… 아니, 성경에 안 나오는지도 모르지만… 요컨대, 난 당신과 그다지 깨끗하다고는 말할 수 없는 거래를 하고 싶군요…."

미클로스가 눈을 동그랗게 떴다.

"이리 와요! 내가 뭘 갖고 있는지를 좀 봐요!"

랍비가 편지를 손에 들고 뱅뱅 돌렸다. 미클로스는 마지못해 발길을 돌렸다.

"내가 이 청원서를 썼어요. 너무 감동적이라서 누구든지 눈물을 흘리지 않을 수 없을 겁니다. 자, 이 편지에 서명해요. 오늘 당장 스톡홀름에 가져갈 테니까. 걱정 말아요. 내가 그들에게 청원을 받아들이라고 요구할 테니까. 조건은 딱 한 가지만 달겠어요. 두 사람이 스톡홀름 유대교 예배당에서 결혼식을 했으면 좋겠어요. 물론 후파(달아맨 지붕, 유대교 결혼식이 거행되는 동안 신랑·신부가 그 밑에 서 있게 된다) 아래서 말이에요. 예복 비용과 의식 비용, 피로연 비용은 내가 다 부담할 겁니다. 그러고 나면 국제적십자사에서 두 사람에게 이런저런 혜택도 제공할 수 있을 거예요. 적십자사에서는 신혼부부에게, 예를 들면 베르가에 분리된 방을 제공해주어야 합니다."

미클로스는 서류를 받아들었다. 스웨덴어로 쓰여 있었다. 그가 알아볼 수 있는 건 스톡홀름에 있는 국제적십자사 본부로 보내는 청원서의 주소였다.

"적십자사에서는 이런 일을 취급하지 않습니다."

"아니, 취급합니다! 이런 일을 하게 된 걸 자랑스러워할 겁니다. 기사를 쓰게 할 거예요. 왜냐하면 배척당해 죽음의 문턱까지 갔다가 되살아나 비틀거리며 돌아온 두 남녀가 자기들의 후원하에 결합하여 새로운 삶을 사는 거니까. 그건 그렇고, 의사는 뭐라고 하던가요?"

"뭐에 관해서요?"

"결핵에 대해서 말이에요."

"그것도 알고 계세요?"

"일이 어떻게 되어가나 지켜보는 건 나의 의무입니다. 그런 일을 하라고 내게 돈을 주는 겁니다."

"치유되어 가는 중이에요. 공동空洞이 석회화 되어가고 있어요."

"신께 감사를!"

크론하임이 미클로스를 껴안더니 그의 귀에 대고 속삭였다.

"자, 이제 우리 거래가 성사된 거지요?"

미클로스는 마음이 누그러졌다. 그는 이미 릴리에게 보낼 편지를 쓰고 있는 중이었다. 거기서 그는 성인이라면, 더더구나 사회주의자라면 사소한 종교적인 문제에 대해 불평을 늘어놓지 말아야 한다고 했다.

17

갑자기 이런저런 일들이 빠르게 진행되었다. 랍비는 약속한 대로 빛의 속도로 필요한 모든 허가를 다 받아냈다. 두 달이 채 되지 않아 릴리와 미클로스는 스톡홀름에 있는 유대 예배당의 후파 그늘 아래 서서 결혼식을 하게 되었다. 크론하임이 릴리는 흰색 호박단 드레스를, 미클로스는 검은색 턱시도를 빌려 입는 데 드는 비용을 내주었고, 결혼식이 끝나고 베풀 피로연도 준비했다. 구스타프 5세 스웨덴 왕도, 강제수용소에서 살아남아 죽을 때까지 변함없이 사랑할 것이라고 서로에게 맹세한 이 두 젊은이에게 진심 어린 내용의 축전을 보내왔다.

1946년 2월, 결혼식을 올리기 전 몇 주 동안 미클로스는 치과를 다니며 엄청 고통스러워했다. 크론하임이 합금으로 된 치아를 꼭 자기瓷器로 된 치아로 바꾸라고 조언했던 것이다.

"이것 봐, 아들. 쇠로 된 이빨을 낀 사람이랑 키스할 맛이 나겠나? 내가 그 얘기를 신자들이랑 해봤지. 그랬더니 만장일치로 너의 치과 치료비를 십시일반 모으기로 결정했어. 사흘 만에 600크로나를 모았다니까. 내가 널 위해 잘한다고 소문난 치과 의사를 찾아놨어. 자, 여기 주소….”

에밀 크론하임은 손을 비빌 수도 있었을 것이다. 그는 지금까지 일을 잘 해왔다. 하지만 결혼식을 하기 전인 3월 초에 있었던 한 번의 방문이 그의 행복에 그늘을 드리웠다. 그것은 두 번의 다급한 초인종 소리로부터 시작되었다. 랍비는 평소처럼 미국 만화책을 읽으며 청어절임을 게걸스럽게 먹어치우고 있었다. 그러면서 이따금 웃음을 터트렸다. 그의 아내가 여자 방문객을 맞이했는데, 불청객의 불안한 모습에 놀라 그녀가 걸친 외투와 벨벳 모자, 진흙투성이에 눈 덮힌 장화 차림 그대로 거실로 들어오게 했다. 랍비는 방문객의 존재를 알아채지 못한 채 소금물 속에서 청어 조각 하나를 건져냈다.

크론하임 부인은 그의 손을 탁 치고 싶었으나 그냥 참고 낮은 목소리로 이렇게 한마디만 하고 말았다.

“손님이 오셨어요.”

랍비는 당황한 나머지 손가락을 바지에 닦고 펄쩍 뛰어 일어났다. 크론하임 부인은 한숨을 내쉬지 않을 수가 없었다.

“세상에! 당신 바지 좀 봐요!”

젊은 여성의 윗입술에 눈송이가 아직도 매달려 있었다. 그래서 그런지 영락없이 여자 산타클로스처럼 생겼다.

"오, 주디트! 나의 부지런한 서간문 작가님! 자, 자, 앉아요!"

주디트는 외투의 단추를 풀지도 않고 자리에 앉았다. 크론하임 부인은 조심스럽게 부엌으로 물러갔다.

"랍비님을 베르가에서 봤어요. 저의 비밀을 다른 사람들에게 말씀 안 하신 거 감사드립니다."

크론하임은 청어가 담긴 접시를 주디드 쪽으로 내밀었다.

"소금에 절인 청어인데, 먹을래요?"

"전 이거 안 좋아해요."

"어떻게 소금에 절인 청어를 안 좋아할 수가 있지요? 비타민 덩어리인데. 생명 덩어리라고 할 수 있는데. 그리고 내가 왜 당신의 비밀을 다른 사람에게 얘기하겠어요? 주디트, 너무 늦기 전에 내게 알려줘서 고마워요."

눈송이가 주디트의 신발 위에서 계속 녹아가고 있었다.

"아녜요. 너무 늦을 위험이 있는 건 바로 지금이에요."

"세상에! 그것 때문에 스톡홀름으로 날 보러 온 건가요?"

주디트가 랍비의 손을 잡았다.

"우리가 릴리를 구해내야 해요."

"그녀를 구해야 한다고요? 누구로부터? 무엇으로부터?"

"결혼으로부터요! 믿을 수가 없어요. 내 친구가 결혼을 하려 한다니까요!"

크론하임은 주디트의 손에서 자기 손을 빼내려고 했지만, 그녀는 무지막지한 힘으로 그의 손을 움켜쥐고 있었다.

"사랑은 위대한 겁니다. 결혼은 사랑을 확인해주는 거고…."

"하지만 그 남자는 사기꾼이에요! 릴리를 납치하려 한다구요! 결혼을 빙자한 사기꾼이라니까요!"

"오, 오, 오! 이거, 웃을 일이 아닌데! 아니, 어쩌다가 그렇게 믿게 됐지요, 주디트?"

크론하임 부인이 차와 작은 과자 몇 개를 들고 들어왔다. 랍비는 단 걸 전혀 좋아하지 않았다.

"먹어요! 마셔요! 편안하게 있어요! 괜찮으면 난 청어를 마저 먹겠어요!"

주디트는 바닐라를 넣은 과자하고 차는 쳐다보지도 않았다. 그녀는 또 크고 무거운 가구들 한가운데서 타일 스토브가 온기를 뿜어내고 있다는 사실도 안중에 없었다. 그녀는 아직 숄도 벗지 않았다.

"제 말 들어보세요, 랍비님. 랍비님이 모르시는 게 있어요, 랍비님. 스웨덴에 있는 재활센터에서 치료받고 있는 모든 여성들의 이름과 주소를 알고 있는 남자가 있다고 상상해보세요!"

"상상하고 있어요."

"자, 그럼 이제 그 남자가 그 모든 여성들에게 편지를 써 보낸다고 상상해보세요! 제 말 이해가 가세요? 모든 여성들에게 편지를 보낸다구요! 처음부터 끝까지 다 보낸다니까요!"

랍비가 청어를 꿀꺽 삼켰다

"매우 집요한 사람이군요."

"편지는 다 똑같아요. 설탕처럼 달콤한 내용이죠. 묵지에 대고 복사한 것처럼 말이에요. 그 남자는 우체국에 가서 모든 편지를 부치죠. 상상이 가세요, 랍비님?"

"좀 황당한 얘기 같은데…. 그 얘기 어디서 들었어요?"

주디트는 의기양양한 표정으로 랍비를 쳐다보았다. 그녀의 순간이 도래한 것이다. 그녀는 호주머니에서 구겨지고 누렇게 변색된 편지를 꺼냈다.

"자, 보세요! 저도 작년 9월에 그 남자가 보낸 편지를 한 통 받았다구요! 물론 전 이 편지에 답장할 생각이 전혀 없었어요! 그 남자 속셈이 너무 뻔했으니까요. 어떻게 생각하세요? 릴리도 같은 편지를 받았어요! 난 그 편지를 봤고 읽어봤답니다. 수신인 이름만 달라요! 살펴보세요! 확인해보시라구요!"

크론하임 랍비는 구겨진 편지를 잘 펴서 꼼꼼히 읽어보았다.

> 친애하는 주디트!
> 만일 당신이 헝가리어를 한다면 느닷없이 낯선 사람들이 다가와 자기도 헝가리 사람이라며 당신에게 말을 거는 것에 익숙해져 있을 겁니다. 우리는 조금씩 예의가 없어져가는 것 같습니다.
> 예를 들면 저도 우리가 같은 나라 사람이라는 핑계로 당신에게 허물없이 말을 겁니다. 당신이 데브레센에 살 때 나

를 알고 있었는지, 그건 잘 모르겠습니다. 저는 대독협력강제노동국에 끌려 가기 전에 「독립신문」에서 일을 했고, 저희 아버지는 주교관 내에서 서점을 하셨습니다.

랍비가 고개를 저으며 말했다.

"음, 좀 이상하긴 하군."

주디트는 금방이라도 눈물을 흘릴 것만 같았다.

"그런데 내 친구는 자기 인생의 배를 이 남자에게 밧줄로 매어두려 한단 말이에요!"

랍비는 꿈꾸는 듯한 표정을 지으며 다시 청어를 입속에 집어넣었다.

"자기 인생의 배라… 꽤 시적인 표현인데… 그녀는 자기 인생의 배를 밧줄로 매어두고 있는 거로군."

50년도 더 뒤에 처녀 적 이름이 릴리인 우리 어머니는 내가 아버지가 보낸 편지에 답장을 하기로 처음 결심한 그 순간이 기억나느냐고 하도 귀찮게 물어대자 자신의 기억을 오랫동안 파고들었다.

"정확한 순간은 생각이 안 나는구나. 9월에 구급차가 나를 스몰란스스테나르에서 엑셰로 이송하고 난 뒤 내가 꼼짝 못하고 침대에만 누워 지낼 때 사라와 주디트가 느닷없이 내 머리

맡에 나타났지. 두 사람은 스몰란스스테나르에서 내 개인 소지품 중 일부를 가져왔는데, 거기에 네 아버지가 보낸 편지가 들어 있었어. 주디트가 침대 모서리에 앉더니 내가 그 불쌍한 남자에게 답장을 하도록 설득하려고 일장 연설을 늘어놓기 시작했지. 그녀는 데브레센 출신의 그 불쌍하고 병든 남자가 답장을 얼마나 간절하게 기다릴 것인지에 대해서 내게 말했단다. 사라와 주디트는 다시 떠나고, 나는 침대에 계속 꼼짝 못하고 누워 있었어. 화장실에 가는 것도 금지되어 있었으니까. 누워만 있으려니까 지겨웠는데, 네 아버지 편지가 옆에 있는 거야. 이틀인가 사흘 뒤에 간호사한테 종이와 연필을 좀 가져다달라고 부탁했지."

1946년 6월, 릴리와 미클로스는 다른 헝가리 사람들과 함께 제2차 본국송환 인원에 포함되었다. 그들은 스톡홀름에서 프라하까지 비행기를 타고 간 다음, 같은 날 부다페스트행 열차에 탑승할 수 있었다.

두 사람은 손을 꼭 잡은 채 미어터지는 열차의 곰팡내 속에서 서로 부둥켜안고 있었다. 미클로스는 열차가 국경을 통과하자마자 미안하다는 뜻으로 미소를 지으며 길을 터서 그 작고 구석진 곳, 전적으로 이국적이며 더러운 곳까지, 즉 화장실까지 갔다. 그리고 그 안에 들어가 문을 잠갔다. 아름다운 금속 케이스에 든 그의 체온계는 여전히 호주머니 속에 들어 있었다. 안락한 열차는 얼마 전에 복구된 선로를 이리저리 흔들리며 달리고 있었다. 미클로스는 체온계를 입에 물고 두 눈을 감은 다음 문손잡이를 꽉 잡았다. 그는 레일 위를 달리는 열차바퀴의 리듬에 맞추어 130까지 숫자를 세려고 애썼다. 97까지 셌을 때 그는 눈을 다시 떴다.

화장실에 걸려 있는 이 빠지고 깨진 거울 속에서 너무 커 보이는 양복을 우스꽝스럽게 걸친 비쩍 마르고, 면도를 하지 않아 까칠해 보이는 얼굴에 안경을 쓴 한 남자가 그를 바라보고 있었다. 거울로 다가가 몸을 기울였다. 그는 앞으로 그 모습을 항상 보게 될 것인가? 새벽마다 몸열기를 재기 위해 체온계를 물고 있는 이 걱정스러운 눈빛의 인물을 보게 될 것인가?

그는 결심했다. 그는 수은주가 어디까지 올라갔는지 확인해 보지도 않은 채 체온계를 입속에서 꺼내 변기에 집어던져 버렸다. 체온계 케이스도 같은 운명을 맞았다. 그는 잔뜩 화가 난 사람처럼 망설이지 않고 두 번이나 변기의 물을 내렸다.

6월의 바로 그날 밤 9시, 부다페스트 기차역에는 어마어마한 인파가 몰려들었다. 특별기차인 데다가 라디오에서 이 기차가 도착하리라는 걸 알리지 않았기 때문에 이 상황은 더욱 놀라지 않을 수 없는 일이었다. 라디오 방송은 없었지만 말이 돌고 돌았다. 예컨대 릴리의 엄마는 6번 트램을 탔다가 그 소식을 듣게 되었다. 머리에 두건을 두른 한 여인이 오후의 러시아워 속,

발 디딜 틈 없이 승객들로 꽉 찬 트램 안에서 큰 소리로 외쳤던 것이다. 그녀 역시 딸이 19개월 만에 돌아온다는 사실을 알리면서.

릴리는 몸에 잘 맞는 빨간색 물방울무늬 원피스를 입고 있었다. 그녀는 봄부터 살이 붙기 시작하여 지난번 스웨덴에서 체중을 쟀을 때는 75킬로그램이 나갔다. 스웨덴을 떠날 때 몸무게가 53킬로그램이었던 미클로스는 입은 바지가 헐렁헐렁했다.

그들은 맨 뒤쪽에 달린 객차를 타고 여행했다. 미클로스는 여행가방 두 개를 들고 가장 먼저 열차에서 내렸다. 릴리의 엄마가 딸을 향해 뛰어갔고, 두 사람은 몇 분 동안 아무 말 없이 서로 꼭 부둥켜안았다. 릴리의 엄마는 아무도 기다리는 사람이 없는 미클로스도 껴안았다.

릴리의 엄마는 남편이 돌아오기를 여전히 기다리고 있었다. 하지만 사실을 말하자면, 릴리의 아빠, 가방 세일즈맨인 산도르는 마우트하우젠 강제수용소가 해방되자 집으로 돌아가다가 어떤 식당에서 훈제된 햄과 돼지비계를 먹었다. 그날 밤 그는 병원으로 옮겨졌고, 이틀 뒤에 장폐색으로 사망했다.

기차역은 먼지도 많았고 습했다. 릴리와 릴리의 엄마, 미클로스는 감동 어린 눈길로 한순간도 놓치지 않고 서로를 바라보며 흥분한 군중들 사이를 헤치고 집으로 돌아갔다.

나의 아버지 미클로스와 어머니 릴리는 1945년 9월부터 1946년 2월까지 6개월 동안 편지를 주고받다가 스톡홀름에서 결혼식을 올렸다. 50년 동안 나는 두 분이 이렇게 편지를 주고받았다는 사실을 모르고 있었다. 1998년에 아버지가 돌아가시고 난 뒤에 어머니는 꼭 우연히 그렇게 된 것처럼 내게 수레국화처럼 파란색과 진한 붉은색의 실크 리본으로 묶어 놓은 커다란 편지다발 두 개를 내밀었다. 나는 그녀의 눈 속에 희망과 불안이 어려 있는 것을 보았다.

물론 나는 두 분이 어떻게 만나게 되었는지는 알고 있었다. 하지만 깊이 있고 상세한 진실은 알지 못하고, 다만 일화 수준에서 대충만 알고 있을 뿐이었다. "나는 네 아버지가 내게 보낸 편지에 완전히 빠져들었단다." 어머니는 그들의 옛 이야기를 이렇게 언급했고, 그럴 때마다 입을 살짝 삐쭉거리며 매력적으로 웃음 짓곤 하였다. 그녀는 또 스웨덴에 대해서도, 세계지도 위쪽에 그려져 있는 그 안개와 얼음의 수수께끼 같은 세상에 대해서도 얘기하곤 했다. “북극이여, 신비로움이여, 기묘함이여….”(헝가리 시인 어디 엔드레Ady Endre의 유명한 시) 마치 수치스러운 얼룩이 그들의 시작을 물들이기라도 한 것 같았다.

그러나 편지들이 있었다. 나는 몰랐다. 50년 동안 부모님은 편지를 꺼내지도, 거기에 쓰인 문장을 인용하지도, 그것에 대해 언급하지도 않은 채 편지다발을 가지고 이리저리 돌아다녔다. 이 편지들은 드러나지 않게 보존되었다. 과거는 개봉이 금지된 우아한 상자 속에 갇혀 있었다.

이제 아버지에게는 그 이유를 물어볼 수 없게 되었지만, 어머니에게는 귀찮을 정도로 질문을 퍼부어댈 수 있었다. 어머니가 가장 자주 보인 반응은 그냥 어깨를 한번 으쓱하고 마는 것이었다. “아주 오래된 얘기야. 너도 네 아버지가 얼마나 부끄러움을 많이 타는지 알잖아? 우리는 잊어버리고 싶었단다.”

뭐라구? 왜? 어째서 반세기가 지난 지금도 한 줄 한 줄 속에서 눈부신 빛을 발하는 이 아름답고 영예로운 사랑이 잊혀지고 억제되고 사라지도록 내버려두었단 말인가? 그리고 만일 부모님의 관계가 위기를 맞았다면(왜 그런 순간이 찾아오지 않았겠는가? 모든 부부관계가 온갖 위기로 점철되는 법인데 말이다) 왜 그들은 위기를 막기 위해, 그리고 거기서 힘을 이끌어내기 위해 자신들이 주고받은 편지다발을 보호하고 있는 가느다란 실크 끈을 자르지 않았을까? 아니면 우리는 더 감정적인 질문을 던질 수도 있을 것이다. 다시 말해 그들의 관계가 지속된

50년 동안, 시간은 단 1초도 멈추지 않았을까, 라는 질문. 천사들이 방을 지나간 침묵의 순간이 단 한 순간도 없었을까? 아버지나 어머니가 단순히 향수를 느껴서 서재의 책 뒤에 숨어 있는 편지다발을, 그들의 만남과 사랑을 분명하게 보여주는 구체적인 증거인 편지다발을 다시 끄집어낸 순간이 단 한 순간도 없었을까?

물론 나는 그런 질문에 대한 대답을 알고 있다. 그런 순간은 없었다고.

아버지는 어떤 편지에서 소설을 쓰고 싶은 생각이 머릿속을 맴돈다고 썼다. 그는 독일의 강제수용소로 끌려갈 때 느꼈던 집단적 공포(여기에 대해서는 나중에 아버지 대신 호르헤 셈프룬이 『아주 긴 여행』이라는 책에 썼다)에 대해 언급하고 싶어 했다.

그런데 왜 아버지는 거기에 대해 쓰지 않았을까?

나는 그에 대한 대답을 추측할 수 있을 것 같다. 아버지는 1946년에 헝가리로 돌아갔다. 그의 가족 중에서는 여동생만 살아 있었고, 부모님이 살던 집은 폭격당했다. 과거가 흔적도 없이 사라져버린 것이다. 그러나 그의 미래는 그의 바람대로 구체화되었다. 신문기자가 되어 좌익 신문사에서 일하기 시작한 것이다. 그러다가 1950년대 초의 어느 날 자신의 책상이 편집국 밖으로 옮겨져 있는 것을 발견하였다.

나는 정확히 언제 그가 공산주의에 대한 믿음을 저버렸는지 모른다. 여론을 조작하기 위한 라슬로 라지크(Raslo Rajk, 민족적 공산주의자 그룹의 지도자. 1949년 10월 배신죄로 처형되었다) 재판이 열리던 즈음에 그 같은 믿음에 균열이 간 게 틀림없다. 그러나 1956년에 권력투쟁이 벌어지자(1956년 10월 23일, 헝가리혁명) 부모님들은 처음으로 이민을 가고 싶다는 생각에 사로잡혔다. 나는 담요 삶는 냄새에 물든 부엌에 서 있는 아버지의 절망스런 얼굴을 떠올렸다. 그는 낮은 목소리로 어머니에게 말했다.

"당신은 내가 평생 동안 설거지 해주기를 원해? 당신이 원하는 게 그거야?"

그들은 이민을 가지 않았다.

1956년에서 1988년까지 이어진 카다르(Kadar, 헝가리 총리) 시대에 아버지는 외교 문제에 정통한 저명한 저널리스트가 되었고, 수준 높은 주간지 『마기야로즈다그』를 창간하여 부편집국장을 지냈다. 그는 소설도 쓰지 않았고, 강제수용소로 끌려가는 기차 여행에 대해 서술하지도 않았으며, 시를 쓰는 습관도 잃어버렸다.

그의 이데아 숭배와 거의 종교에 가까웠던 그의 최초의 믿음, 그리고 나서 체념한 그의 현실 인정이 그의 마음속에 자리 잡고 있던 작가의 꿈을 무산시켰다고 나는 확신한다. 이것은 단지 재능만 있다고 해서 작가가 될 수는 없음을 증명해준다. 좋은 환경에서 태어나는 것도 나쁘지는 않다.

하지만 내 부모는 편지를 벽장 맨 밑바닥에 꼼꼼하게 보관했다. 정말 중요한 건 편지였고 어머니의 결정에 따라, 그리고 아버지의 너그러운 동의를 사후에 받아 내 손에 넘겨줄 때까지 그 편지를 간직했다.

불가능해 보이는 사랑과
그 안에서 피어난 치유의 단서

이제 스물다섯 살이 된 미클로스는 자기가 6개월밖에 못 사는 시한부 인생이라는 사실을 알게 된다. 그를 치료하는 린드홀름 의사는 이렇게 선고한다.

"객관적인 입장을 취하겠네. 그게 더 쉬우니까. 자네가 살 수 있는 시간은 이제 6개월밖에 안 남았다네, 미클로스."

그러자 그는 다른 사람들이 보기에는 도저히 실현될 것 같지 않은 꿈을 꾼다. 즉 결혼도 하고 그 당시에는 난치병이었던 결핵도 치료하겠다는 결심을 하는 것이다.

나치의 강제수용소에서 간신히 살아남은 헝가리 사람 미클로스는 제2차 세계대전이 끝나자 스웨덴의 한 병원으로 옮겨져 병을 치료받는다. 그리고 그는 자신에게 어울리는 신붓감을 찾을 수 있으리라는 희망을 품고 역시 스웨덴의 병원에서 치료를 받고 있는 117명의 헝가리 여성들에게 편지를 쓴다.

그가 받은 답장 중 단 한 장만이 그의 마음에 와 닿는데….

친애하는 미클로스!

어쩌면 저는 당신이 생각하는 여성을 닮지 않았을지도 모르겠어요. 왜냐하면 전 데브레센에서 태어나긴 했지만 한 살 때부터는 부다페스트에서 컸거든요. 그렇긴 하지만 전 당신을 자주 생각했답니다. 당신이 쓴 편지의 직설적인 어조가 마음에 들어요. 그래서 앞으로도 당신과 계속해서 편지를 주고받기로 결심했답니다. 저에 관해서 딱 한마디만 하겠어요. 전 잘 다려진 바지나 정성들여 빗질한 머리에는 혹하지 않아요. 저를 매혹시키는 건 오직 그 사람의 인간성뿐이거든요

그건 바로 릴리 라이히가 보낸 답장이었다. 릴리는 열여덟 살, 미클로스처럼 나치 강제수용소에 갇혀 있다가 살아남아 스웨덴의 한 병원에서 치료를 받고 있는 헝가리 여성이다.

1945년 9월에서 1946년 2월까지 6개월 동안 미클로스와 릴리는 거의 매일 편지를 주고받는다. 그리고 편지를 한 차례 두 차례 교환할 때마다 그들의 사랑은 깊어져간다.

이제 두 사람은 제2차 세계대전의 공포를 잊어버리고 행복을 누리기 위해 용기와 힘을 낼 것이다. 그리고 첫 만남을 위해 산을 넘고 물을 건널 것이다.

눈이 그쳤다. 네 사람은 안데르센이 동화 속에서 하얀 타원형 접시 위에 담긴 빵조각에 비유했던 주인공들처럼 거기 모여 있었다. 미클로스는 듣기 좋은 바리톤 목소리의 소유자였다.

"난 당신을 이런 모습으로 상상했었어. 오래전부터… 꿈속에서… 안녕, 릴리."

릴리가 당황한 표정으로 머리를 끄덕였다. 그녀가 안도의 한숨을 크게 내쉬었다. 모든 게 자연스러워 보였다. 두 사람은 서로 껴안았다.

이 감동적인 러브스토리는 저자 가르도시 피테르의 부모님 얘기다. 남편이 죽고 난 뒤에 릴리가 그와 주고받은 편지다발을 아들인 피테르에게 보여주었던 것이다.

나의 아버지 미클로스와 어머니 릴리는 1945년 9월부터 1946년 2월까지 6개월 동안 편지를 주고받다가 스톡홀름에서 결혼식을 올렸다. 50년 동안 나는 두 분이 이렇게 편지를 주고받았다는 사실을 모르고 있었다. 1998년에 아버지가 돌아가시고 난 뒤에 어머니는 꼭 우연히 그렇게 된 것처럼 내게 수레국화처럼 파란색과 진한 붉은색의 실크 리본으로 묶어놓은 커다란 편지다발 두 개를 내밀었다.

불가능해 보이는 사랑과 도저히 성취할 수 없을 것 같은 도전을 다룬 이 작품은 전 세계 30여개 나라와 번역 출판 계약을 맺었다. 여러 차례의 수상 경력을 갖고 있는 영화감독이기도 한 가르도시 피테르는 자신의 작품을 직접 영화로 만들었다.

스웨덴 신문에 실린「한 스웨덴 소년에게」라는 시는 시인이기도 했던 미클로스가 쓴 시다. 수많은 시련과 죽음의 위협을 극복하고 획득한 두 사람의 사랑 덕분에 더욱더 절절하게 우리 마음에 울리는 듯하다.

삶이 끝에 섰다고 생각했을 때, 더 이상 따뜻하고 호의적인 미래가 내 앞에 없다고 생각했을 때, 이 어린 연인이 이룬 작은 행복을 떠올려보라. 모두 불가능하리라 여겼던 일상적인 작은 희망, 치유란 바로 거기서 찾아온다.

이재형

가르도시 피테르 Gárdos Péter

가르도시 피테르는 헝가리 부다페스트에서 1948년 태어났다. 그는 헝가리의 유명 영화감독으로 몬트리올 국제영화제에서 심사위원상을, 시카고 국제영화제에서 골든휴고상을 수상하였다. 이밖에도 스무 개가 넘는 국제영화제에서 여러 부문에 걸쳐 수상하였다.

『새벽의 열기』는 저자의 첫 장편소설이자, 자신이 만든 영화 〈새벽의 열기〉의 원작소설이다. 이 책은 30여 개국에서 출간되었으며, 전 세계가 사랑한 감동적인 실화소설로, 절망 속에서 희망과 사랑을 찾아 삶을 개척한 피테르 감독의 부모님의 이야기이다. 이야기는 시한부 선고를 받은 주인공 남자가 절망 대신 결혼이라는 희망을 선택하고, 신붓감을 찾기 위해 117명의 헝가리 여자들에게 편지를 보내면서 시작된다. 그렇게 만난, 병약한 헝가리 남자 미클로스와 우연과 우연이 날실과 씨실처럼 짜여 답장을 보내게 된 헝가리 여자 릴리는 6개월 동안 편지를 주고받게 된다. 그리고 이 편지들은 죽음의 문턱에서 극적으로 살아남은 홀로코스트 생존자인 두 주인공에게 언젠가 다시 희망적인 삶을 시작할 수 있다는 믿음을 주었고, 그 믿음은 숭고한 사랑과 치유를 거쳐 위대한 기적을 일으켰다.

이재형

한국외국어대학교 프랑스어과 박사 과정을 수료하고 한국외국어대학교, 강원대학교, 상명여자대학교 강사를 지냈다. 우리에게 생소했던 프랑스 소설의 세계를 소개해 베스트셀러를 기록한 많은 작품들을 번역했으며, 지금은 프랑스에 머물면서 프랑스어 전문 번역가로 활동하고 있다. 옮긴 책으로 『달빛 미소』 『프랑스 유언』 『그리스인 조르바』 『세상의 용도』 『가벼움의 시대』 『부엔 까미노』 『어느 하녀의 일기』 『걷기, 두 발로 사유하는 철학』 『꾸뻬 씨의 시간 여행』 『꾸뻬 씨의 사랑 여행』 『마르셀의 여름 1, 2』 『사막의 정원사 무싸』 『카트린 드 메디치』 『장미와 에델바이스』 『이중설계』 『시티 오브 조이』 『조르주 바타유의 눈 이야기』 『레이스 뜨는 여자』 『정원으로 가는 길』 『프로이트: 그의 생애와 사상』 『사회계약론』 『법의 정신』 『군중심리』 『사회계약론』 『패자의 기억』 『최후의 성 말빌』 『세월의 거품』 『밤의 노예』 『지구는 우리의 조국』 『마법의 백과사전』 『말빌』 『신혼여행』 『어느 나무의 일기』 등이 있다.

새벽의 열기

지은이_가르도시 피테르
옮긴이_이재형

1판 1쇄 인쇄_2019년 5월 27일
1판 1쇄 발행_2019년 6월 10일

펴낸이_황재성·허혜순
책임편집_조혜정
디자인_color of dream

펴낸곳_무소의뿔
(04030) 서울시 마포구 동교로 136
신고번호 제2012-000255호
신고일자 2012년 3월 20일
전화 02-323-1762 팩스 02-323-1715
이메일 mussopulbook@naver.com
www.facebook.com/mussopulbooks
ISBN 979-11-86686-43-0 03830

무소의뿔은 도서출판연금술사의 문학 브랜드입니다.
이 도서의 국립중앙도서관 출판예정도서목록(CIP)은
서지정보유통지원시스템 홈페이지(http://seoji.nl.go.kr)와
국가자료공동목록시스템(http://www.nl.go.kr/kolisnet)에서
이용하실 수 있습니다. (CIP제어번호: CIP2019019265)